KB058630

나의 목발이
희망이 될 수 있다면

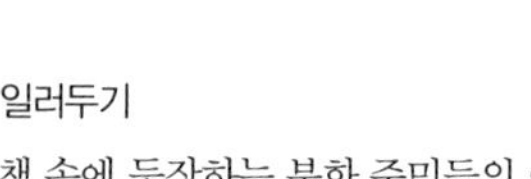

일러두기

책 속에 등장하는 북한 주민들의 이름은 모두 가명이다.

꽃제비에서 북한 인권 활동가로 살아가기까지

나의 목발이 희망이 될 수 있다면

지성호 지음

RHK
알에이치코리아

차례

4장 1만 킬로미터의 여정

5장 북한 땅에 자유의 봄을

REACHED

/ 들어가는 글 /

매일 아침을 감사함으로 시작한다. 서울 하늘 아래에서 산다는 것만으로도 나는 감사하다. 학업을 마치고 사회의 일원이 된 것 또한 감사한 일이다.

지난 2006년 7월 26일이 떠오른다. 자유를 선물받던 그날, 나는 나 자신에게 몇 가지 약속을 했다. 첫째는 빠른 시간 안에 기초생활수급자에서 탈피하는 것이었다. 세금을 내는 평범한 시민으로 살고 싶었다.

둘째는 북한에서 태어난 것을 부끄러워하지 않는 것이었다. 그곳에서 살아남은 나를 오히려 자랑스러워하기로 약속했다.

지체장애2급(중증장애인)이라는 사실에 주눅 들지 않고 당당히 사는 것이 세 번째 약속이었다. 평등한 기회가 주어지는 사회에서 당당히 살아가는 모습이 자유를 갈망하는 북한 주민들에게 희망이 될 것이라 믿었다. 나를 장애인으로 만들고 끊임없는 고통과 차별을 주었던 북한 사회. 그래서 목숨을 걸고 탈출해야 했던 1만 킬로미터의 탈북 과정도 항상 잊지 않고 살리라 결심했다.

2006년 11월 3일 주민등록증을 받고 사회로 나오던 그날, 나의 1호 통장에는 100만 원이 들어 있었다. 사회 정착을 위한 초기 정착금이었다. 하지만 다음 날 나의 전 재산은 5만 원으로 줄었다. 정착금을 받으면 300만 원이 넘는 금액을 브로커에게 주기로 계약했기 때문이다. 전 재산 5만 원과 빚 200만 원. 기초생활수급비가 나올 20여 일을 그 돈으로 견뎌야 했다. 그래도 슬프진 않았다. 꿈이 있기에, 쌀은 살 수 있기에.

처음으로 찾아간 재래시장에서 채소 파는 아주머니는 이렇게 물었다. 지금도 잊을 수 없는 그 질문. "교포세요? 어디서 왔어요?" 나는 손사래를 치며 주민등록증을 보여주는 것으로 대답을 대신했다. 북한 특유의 억양을 가지고 있는데도 다름을 인정하는 것이 왜 그리도 싫었는지 모르겠다. 정착은 배움이라는 생각이 들었다. 대인관계도 억양도 새로 배워야 했다.

대학교에 입학해야겠다는 꿈도 꾸었다. 대학을 졸업해야 할 이유가 있었다. 탈북 과정에서 체포되어 보위부에서 고문을 받고 감옥에서 돌아가신 아버지 묘소 앞에 떳떳한 아들로 서고 싶었기 때문이다. 60톤 화물열차에 팔과 다리를 잃은 아들의 고통을 바라보았던 아버지, 항생제를 살 돈이 없어 염증으로 썩어 들어가는 아들의 팔다리를 보며 피를 팔아서라도 약품을 구하려 했던 아버지였다.

결심이 서자 악착같이 공부하기 시작했다. 왼손이 의수인 나는 오른손 하나로 컴퓨터를 배웠다. 자격증 시험에 여러 번 도전했지만 번번이 떨어졌고, 수많은 날을 눈물로 보냈다. 탈북자를 처음 본다며 매우 놀라워했던 직업전문학교 교장 선생님과 형님 누나가 되어준 학급 동료들은 내가 한국 사회에 정착하는 데 따뜻한 손길을 내밀어준 사람들이다.

학교에 다니면서도 나는 용돈을 벌기 위해 몇 개월 생계비를 꼬깃꼬깃 모아 포장마차 장사를 시작했다. 오고 가며 호떡과 오뎅을 팔아주던 아이들과 이웃들이 그립다. 금수저 흙수저를 따지던 한국 사회에서 나는 내가 할 수 있는 일이 있음에 감사했다. 무작정 포장마차를 시작한 나와 상권을 놓고 다투던 사람들과도 이내 친해졌다. 그 외 수많은 일들이 나의 정착을 도와주었다.

대학 입시에 도전하면서 나는 인천광역시에서 새로운 생활을 시작했다. 인천시에서 탈북민 40여 명으로 결성된 최초의 자원봉사단체 '그릇'에서의 활동은 자신감을 높여주었고 삶의 전환점이 되어 주었다. 그때 마을 주변 삼산종합사회복지관의 복지사 선생님과 함께 꾸었던 꿈이 있다. 탈북민들의 봉사활동을 통해 우리가 사회 일원으로 하나되는 연습을 하자고. 그리고 우리는 해냈다.

2009년 동국대학교 회계학과에 입학하기 전까지 봉사단장으로 활동한 시간들은 무척 보람찼다. 의족을 했지만 연탄 다섯 장을 나를 수 있는 힘이 있다는 것에, 노숙인 분들에게 배식봉사를 해드릴 수 있다는 사실이 행복했다.

물론 한국 사회에 정착하기 위해 고군분투하는 도중에 찾아온 슬픔도 있었다. “아빠 미워!” 당돌하게 외치던 세 살짜리 딸아이의 한마디와 서럽게 울던 수화기 너머의 목소리. 평생 동안 잊을 수 없다. 장애가 있는 나는 딸아이를 안고 탈북할 수가 없었다. 탈출에 성공해서 아버지와 함께 남한으로 데리고 오리라 계획했지만 이제는 부질없는 꿈이 되었다. 딸아이는 이 세상 사람이 아니니까….

북한에 사는 딸아이와 어렵사리 연결된 전화는 그것이 처음이자 마지막이 되었다. 2006년 가을, 할아버지의 등에 업혀 탈북을 시도하다가 국경경비대에 체포된 그 아이. 보위부에서 할아버지가 피투성이가 되도록 고문당하는 모습을, 숨을 거두는 광경까지 지켜본 그 아이의 공포심은 어땠을까. 나와 통화하며 서럽게 울던 세 살 아이의 눈물의 무게를 나는 잊지 않을 것이다.

고통과 눈물을 가슴 깊은 곳에 묻고 희생을 치르며 찾은 나라에서 나는 열심히 살려고 노력했다. 대학교에 입학한 뒤 탈북대학생들을 중심으로 동아리를 만들어 봉사활동을 이어갔다. 신종플루가 유행하던 그때 홀로 집에서 일주일을 앓았다는 동아리 총무 남 모 양의 이야기를 들으면서 나는 생각했다. 우리가 서로를 챙겨주지 않으면 누가 죽어도 모를 수 있겠다고. 그들은 모두 부모와 형제를 북에 두고 혈혈단신으로 살아가는 20대 초중반 가장들이었다. 교재비 하라고 용돈 줄 사람도 없었고 입학식이나 졸업식에 찾아와 축하해줄 가족도 없었다. 오직 홀로서기뿐이었다. 그런 우리를 가족처럼 대해준 서울시 중구의 구청 관계자분들과 민주평화통일자문회의 서울중구협의회 분들은 나의 어머니이자 아버지, 삼촌 같은 분들이었다.

북한 인권을 개선해야 한다고 항상 나에게 이야기했던 친구가 있다. 북한 주민의 해방을 외치며 얼어붙은 두만강을 건너간 로버트 박. 그는 나의 친구였다. 그의 체포와 고문 소식을 뉴스로 보면서 정말 많이 울었다. 그는 나의 가장 친한 친구였고, 나의 인생 역정이 그를 북한 인권 활동가로 만들었기 때문에 그가 그런 고난을 겪는 것에 일종의 책임감마저 느껴졌다.

그때 나는 생각했다. 나는 무엇이 그렇게 무서웠을까? 수많은 피해를 당하고도 나는 왜 북한 정권에 맞설 생각을 못했을까? 죽을까 봐? 북한 살림으로는 내 의족을 영원히 해줄 수 없기에 돈 벌어보려고 중국으로 넘어간 어머니는 왜 북한에서 다시 볼 수 없었는지, 그 어머니를 찾아간 여동생도 왜 북한 땅에서 다시 볼 수 없었는지…. 나의 어머니와 같은 처지에 놓인 사람들이 중국 땅에 25만여 명 살고 있다는 사실에 눈물이 났다. 원치 않는 결혼으로 인신매매당하는 그 여성들이 가여웠다.

그런 깊은 혼란과 고민 끝에 2010년 4월, 나는 북한인권단체 나우(NAUH)를 설립했다. 나의 어머니와 같은 처지에 놓인 여성들에게 자유를 찾아주기 위해, 북한 청년들에게 자유를 전하기 위해, 꽃제비 출신들이 대학생으로 살아갈 수 있다는 사실을 알려주기 위해, 국내와 국제사회에 북한 주민들의 고통을 알리고 함께 힘을 모아 그들의 인권을 개선하기 위해 나우를 시작했다.

우리가 모았던 초기자금은 200달러였다. 국제사회에서는 남북한 청년들이 이 땅에서 작은 통일을 이루고 자기 민족을 살리기 위해 노력하는 모습을 긍정적으로 보아주었다. 탈북여성을 구출하는 데 쓰일 비용을 모금하기 위해 탈북대학생들이 만든 크리스마스카드를 팔려고 눈물 흘리며 뛰어다닐 때 손을 잡아준 극동방송도 잊을 수 없고, 탈북대학생들이 통일의 미래로 잘 성장할 수 있도록 그들에게 장학금과 세뱃돈, 공간을 마련해주신 김장환 목사님도 잊을 수 없는 분이다. 나우 대표로 활동하는 수년 동안 나는 미국의 전·현직 대통령인 지미 카터와 조지 W. 부시와 도널드 트럼프를 만나는 영광을 누렸다. 대한민국과 우크라이나, 루마니아를 비롯한 여러 국가들의 전·현직 대통령을 만나는 기쁨도 누렸다.

2018년은 나의 일생에서 특별한 해였다. 미국의 한 해 정책을 결정하는 국정연설 자리에 귀빈으로 참석한 것이다. 트럼프 대통령은 북한의 잔혹성을 이야기하며 나를 가리켜 자유를 갈망하는 '희망의 상징'이라고 불러주었다. 미국 시민들을 대표하는 상하원의원들의 함성이 내 심장을 울렸다. 그 함성은 북한 주민들에게도 자유를 찾아주라는 미국 시민들의 응원의 외침이었다.

시민사회 활동가가 2018년 한 해에 세 번이나 백악관으로 초대되는 기적이 또 있을까? 국정연설 행사, 며칠 뒤 탈북자 초청 행사와 크리스마스 리셉션 초대까지 트럼프 대통령이 주최하는 행사들에 나는 어김없이 초대받았다. 평창동계올림픽 기간 동안에는 미국을 대표해서 한국을 방문한 마이크 펜스 부대통령을 만나기도 했다.

나는 생각한다. 1982년생…. 많은 일들이 있었다. 이 모든 경험은 내일의 나를 만들어갈 것이다. 자유라는 소중한 그 이름, 대한민국 국민이 되었기에 누릴 수 있는 행복이다. 오늘의 나를 있게 해준 한국사회에 보답하기 위해 나는 끊임없이 노력한다. 그것이 북한 영혼들에 대한 나의 사명이라고 생각한다. 북한도 신분 때문에 대학교에 못 가는 사람 없고, 부모의 죄가 자손대대로 이어지지 않는, 개개인의 인격이 존중받고, 주민들이 진정한 주인이 되는 민주주의 사회가 되길 원한다. 궁극적으로 한반도의 통일, 그 시대의 사회 통합에 쓰임받는 내가 되기를, 그런 나우가 되기를 기도한다. 대한민국에서 받은 사랑을 국가가 필요할 때 기꺼이 내줌으로써 그 사랑을 환원하고 싶다.

이 책의 수익금 전액은, '먼저 온 통일'이라고도 부르며, 통일된 한반도에서 큰 역할을 담당할 탈북대학생들을 위한 교재와 도서를 구입해 그들이 더 넓은 식견을 쌓는 데 사용할 것이다.

2019년 7월

지성호

1장

고난의 행군이 시작되다

나의 고향,
한반도의 유배지

내가 나고 자란 땅 북한은 춥고 척박한 곳이었다. 그리고 나의 고향, 함경북도 회령시 학포리 세천은 북한에서도 유난히 더 춥고 척박한 마을이었다.

우리 동네는 회령시에서도 북쪽 끄트머리에 있었다. 서쪽으로는 두만강이 흐르고 있었고 두만강 건너편은 중국 동북 지방인 삼합진과 맞닿아 있었다. 두만강에서 비포장도로를 따라 산골짜기를 넘어 6킬로미터 정도 더 들어오면 마지막 민간 지역인 세천이 나온다. 골짜기와 골짜기 사이에 자리한 세천의 비탈길을 드나드는 것은 석탄을 나르는 화물열차, 그리고 만주벌판에서부터 불어온 두만강 바람뿐이었다. 두만강변의 최북단 탄광 마을 세천. 여기가 바로 내가 태어나고 자란 곳이다.

동네 이름은 세천이었지만 사람들은 보통 '학포탄광'이라고 불렀다. 행정구역이 몇 차례 변경되면서 그때마다 공식적인 이름은 달라졌지만 구역이 바뀌고 이름이 바뀌어도 탄광 마을이라는 정체성은 그대로였기 때문이다. 마을 골짜기에는 '하모니카 사택'이라고 불리는 집들이 다닥다닥 붙어 있었는데, 한 층에 많게는 열 세대 이상이 거주하는 이층집들이었다.

아침저녁이면 집집의 굴뚝에서 검고 매캐한 석탄 연기가 올라오는 것도, 경직된 얼굴의 탄광 보위대가 마을 입구의 초소에서 출입하는 차량과 사람들을 검문하는 것도, 신혼부부들이 초소 옆에 걸린 김일성의 유화 초상화에 머리를 조아리며 수령에게 충성하는 자녀들을 키우겠다고 맹세하는 것도 어린 내게는 당연하고 익숙한 풍경이었다.

탄광 마을에서 단연 눈에 띄는 것은 '버럭산'이었다. '버럭'은 석탄을 캘 때 나오는 돌을 뜻하는데 버럭산이란 이 돌무더기가 산처럼 높이 쌓인 것을 비유적으로 이르는 말이다. '산'이라는 표현이 무색하지 않게 버럭 무더기의 높이는 어마어마했다. 멀리에서도 한눈에 들어왔고 깊은 산속에서 길을 잃고 헤맬 때도 쉽게 찾을 수 있었다. 이 버럭산의 높이는 지난 70여 년 동안 학포탄광에서 생산되고 실려 나갔던 엄청난 무게의 석탄량을 가늠케 했다.

같은 동네에 사는 친할아버지의 집에 가려면 버럭산을 지나 뙈기밭이 어지럽게 자리한 오솔길을 걸어 올라가야 했다. 길가의 풀은 내

키만큼 되기도 했고 내 키를 훌쩍 넘기도 했다. 너댓 살의 나는 아버지에게 업혀서, 또는 아버지를 뒤따라 걸으며 버럭산을 힐끗거렸다.

"아버지, 버럭산 꼭대기에서 돌덩어리들이 자꾸 떨어져서 어찜까. 버럭들이 뙈기밭의 곡식들을 망치고 있슴다."

"그렇구나."

"곡식이 뭉개져서 뙈기밭 주인이 힘들어지지 않겠슴까. 버럭 때문에 밭이 줄어들면 어떡함까?"

나는 뙈기밭 주인이 왜 그렇게 걱정되었을까. 아버지는 어린 아들이 다른 사람을 염려하는 것이 대견했던 것 같다. 내가 그런 이야기를 할 때마다 인자한 표정으로 바라보거나 긍정적인 대답을 돌려주곤 했으니까. 그러나 오솔길의 끄트머리에 다다르면 낯 모르는 타인에 대한 걱정보다 할아버지의 집에 간다는 기쁨이 앞섰다.

할아버지의 집에는 '삼지연'이라는 북한산 텔레비전이 있었고 800여 평의 커다란 텃밭에서 일군 여러 가지 채소와 과일이 있었다. 우리 집에는 배급으로 받은 옥수수밖에 없었지만 할아버지의 집은 풍족하고 여유로웠다. 할아버지의 집에서 텔레비전을 보거나 평소에 먹어보지 못한 음식을 먹는 일은 어린 내게 가장 큰 기쁨 중 하나였다.

그러나 할아버지의 집을 제외하면 거의 대부분의 동네 사람들은 고단하고 궁핍한 생활을 면치 못했다. 나의 이웃들은 크게 두 부류로 나뉘었다. 소개민(疏開民)과 국군포로. 소개민은 여러 지역에서 추방되어온 사람들이었다. 평양, 신의주, 개성, 황해도…. 출신 지역은 다양했지만 이들이 추방된 이유는 비슷비슷했나. 누군가는 6·25전쟁 이전에 38선 이남에 살아서, 다른 누군가는 전쟁 당시 국군이나 미군에게 밥을 지어줘서, 또 다른 누군가는 국군이 들어올 때 태극기를 흔들어서…. 한마디로 전쟁 당시의 행적과 관련된 이유들이었다.

이따금 전쟁과 상관없이 기독교인이라는 이유로 추방된 사람도 있었다. '요셉'이라는 독특한 이름을 가진 아버지의 친구 역시 그런 이들 가운데 하나였다. 소개민들은 적대세력이거나 적대세력의 후손들이었고 영원히 고향에서 추방당해야 할 인물들이었다.

수적으로 보면 전쟁 당시 사로잡힌 국군포로와 그 후손들이 소개민들보다 훨씬 많았다. 우리 동네인 학포탄광만 그런 건 아니었다. 멀지 않은 은덕군(옛 아오지)에 위치한 아오지탄광을 비롯해 한반도 북부의 수많은 탄광이 국군포로들의 쉴 새 없는 중노동으로 돌아가고 있었다. 어른들의 말로는 포로의 계급에 따라 각각 다른 탄광으로 보내진다고 했다. 이를테면 아오지탄광은 국군 장교들로 채워졌고 학포탄광은 사관 출신들이 주를 이뤘다.

소개민들처럼 국군포로들도 출신 지역이 다양했다. 경기도, 충청도, 전라도, 경상도…. 나이가 지긋한 국군포로 할아버지들은 간혹 자랑 섞인 고향 이야기를 늘어놓곤 했다.

"쌀은 우리 전라도가 최고제. 해남이나 나주 쪽 간척지에서 나는 쌀이 을매나 미질이 좋고 맛나는디."

"호남 쌀이 최고란 소리는 처음 듣네. 경기도 쌀을 먹어봤으면 그런 소리는 못하지. 쌀은 뭐니 뭐니 해도 경기도가 최고야. 탄성 있고 쫄깃한 것이 얼마나 맛있는데."

나는 국군포로 할아버지들의 이야기를 다 이해하지 못했다. 다만 오랜 시간이 지난 뒤에도 그들이 자신들의 고향을 그리워한다는 것, 그리고 우리 동네가 토착민의 마을이 아니라는 것을 어렴풋이 깨닫곤 했을 뿐이다. 학포탄광, 좀 더 공식적인 표현으로 '세천로동자구'라 불리는 우리 동네에서는 남북한의 온갖 사투리를 다 들을 수 있었다. 이곳은 한반도 전역의 사람들이 모인 마을, 더 정확히 말하면 한반도 전체의 유배지였다.

국군포로와 그 자손들은 이 유배지에서조차 계속 머물 수 없었다. 이들의 다음 행선지이자 마지막 종착역은 정치범 수용소이기 때문이다. 이들은 북한 계급 체계의 가장 밑바닥에서 죽을 때까지 고통받아야 하는 사람들, 죽어서도 대를 이어 끝나지 않는 고통을 받아야 하는 사람들이었다.

• • •

우리 집안의 정치적 신분은 소개민이나 국군포로들과 확연히 달랐다. 학교 선생님은 조선민주주의인민공화국의 모든 사람이 평등하다고 말했지만, 나는 우리 집안 사람들과 이웃들 사이에 놓인, 눈에 보이지는 않지만 너무나도 명확한 간극을 보면서 계급의 중요성을 알아가고 있었다. 계급의 최상위에는 백두혈통이라 불리는 사람들과 김일성의 직계가족이 있었다. 그다음 계급은 전쟁 당시 북한군으로 용맹을 떨친 사람들이었다.

전쟁 이전부터 열성 공산당원이었던 할아버지는 6·25 때 북한군으로 참전해 혁혁한 공을 세웠다. 전쟁이 끝난 뒤 그는 학포탄광의 직맹위원장으로 부임했고 탄광 노동자들을 관리하고 감시하는 역할을 맡았다. 북한군의 일원으로 용맹하게 국군과 싸운 일도, 조선직업총동맹 제5차대회에서 김일성과 기념사진을 찍은 일도 그에게는 큰 자랑거리였다. 은퇴 후에도 그는 800여 평에 이르는 텃밭을 보장받아 풍족하게 살고 있었다.

할아버지는 슬하에 4남 2녀를 두었는데, 할아버지의 맏아들이자 나의 큰아버지는 과거에 아오지라 불리던 은덕군의 인민위원회 초급당비서였다. 초급당비서는 지역의 의료, 보건, 교육 등을 관장할 뿐 아니라 은덕군에 있는 석탄공업대학의 최종 입학 결정권을 가지고 있었다. 당의 고급 간부였던 큰아버지는 전용 운전기사를 대동하고 도요타 승용차를 타고 다녔다. 큰고모는 학교 경리원이었고 작은고모는 중고등학교에서 김일성 혁명역사를 가르치는 교원이었다. 작은고모는 교원 시절, 한 군인을 만나 결혼했는데 그는 북한의 엘리트 코스인 김일성정치군사대학을 졸업한 뒤 화성 지역에서 정치범 수용소(16호 관리소)의 경비대를 맡고 있는 인물이었다. 우리 집안에서 좀 특이한 사람은 삼촌이었다. 다른 가족들과 달리 그는 반건달이나 다름

없는 생활을 했고 질이 좋지 않았다. 또 다른 삼촌은 제대 후 탄광에서 일하다가 돌에 깔려 죽었다.

"우리는 공산당 집안이다. 다시 말해 이 동네의 다른 사람들과는 신분이 다른 게야. 할아버지가 이 동네에 온 이유는 사람들을 통제하고 감시하기 위해서다. 그게 우리의 신분이야."

집안 어른들은 우리가 '다른 신분'이라는 것을 강조했다. 어른들의 말이 아니라도 나는 우리와 이웃들이 같지 않다는 것을 알고 있었다.

집안 행사가 있을 때면 동네에서는 쉽사리 볼 수 없었던 승용차들이 우리 집을 찾아왔다. 차에서 내리는 사람들은 지역의 최고 책임자들이었다. 할아버지도 할아버지지만 초급당비서인 큰아버지나 정치범 수용소 경비대인 고모부의 위치 또한 함부로 할 수 없는 것이었다. 그러나 막강한 집안 사람들이 모인 자리에서 주로 화제가 되었던 것은 장래가 촉망되는 큰아버지나 작은고모 내외의 아들들이 아닌, 바로 나의 장래 문제였다.

"큰아버지는 성호가 당 간부가 되길 바란다. 함경북도 당책임비서 정도 되어서 216 대형 벤츠를 타야지."

큰아버지가 그렇게 말하면 고모부가 곧장 반론에 나섰다.

"아니, 내 생각은 좀 다르다. 고모부는 성호가 군인으로서 체계적인 과정을 밟는 게 좋을 것 같다. 김일성정치군사대학을 졸업해서 최고의 군사 정치 간부가 되는 거야."

두 사람이 나의 미래에 관심과 조언을 아끼지 않았던 이유는 아버지에 대한 배려였을 것이다. 오른쪽 다리가 불편했던 아버지는 형처럼 고위직에 오르지 못했고, 말단 당원이자 공장 기술자로 고된 삶을 살았다.

아버지는 불편한 다리를 이끌고 매일 쇠를 녹여 쇳물을 만들었다. 그런 다음 쇳물을 들것으로 운반해 형틀에 붓는 일을 반복했다. 1500도나 되는 열을 막기 위한 방화복도, 위험으로부터 몸을 보호할 안전모나 안경도 지급되지 않았다. 힘들고 위험한 업무를 견디게 하기 위해 당에서 지급한 것은 술뿐이었지만 당은 최소한의 장치인 그 술조차 내어주지 않았다. 체제의 말단에 있었던 아버지는 아무리 몸이 아파도 일을 쉬지 않았다. 아니, 쉴 수 없었다. 세대주인 아버지의 근무 일수에 따라 가족 전체의 식량 배급량이 결정되기 때문이었다.

'큰아들인 내가 출세해야 우리 가족 모두 잘살 수 있다.'

큰아버지와 고모부가 나의 장래를 두고 설왕설래할 때나 아버지가 기진맥진한 몸으로 귀가할 때면 나는 맏아들로서의 책임감을 느끼곤 했다. 내가 잘되어야 했다. 나는 우리 가족의 꿈이고 희망이었다. 나의 미래가 곧 가족 모두의 미래였다.

나는 큰아버지 같은 어른이 되고 싶었다. 그는 뒷거래 따위를 하지 않는 강직한 사람, 본인의 일에 충실하고 당에 충성하는 사람이었다. 또 나는 고모부처럼 군인이 되고 싶었다. 통일의 최전방에 서서 미국놈들에게 핍박받는 남한을 공산화하는 데 앞장서고 싶었다. 무엇보다 걱정스러운 것은 남한의 어린이들이었다. 학교 선생님은 종종 헐벗고 굶주린 남쪽 아이들에 대해 이야기했다.

"남조선에서는 여러분 또래의 어린이들이 미군 부대 앞에서 미제가 던져준 쓰레기를 주워 먹습니다. 수령님의 은혜를 입은 여러분이 그 가여운 어린이들을 해방시켜야 합니다."

선생님이 서 있는 교탁 뒤편에는 김일성, 김정일의 초상화가 걸려 있었다. 공공기관, 열차, 가정집 어느 곳이든 김일성 김정일 부자의 초상화가 없는 곳이 없었지만, 인자한 미소를 띤 수령님의 사진을 보며 남녘 어린이들에 관한 이야기를 들으면 눈물이 솟구치면서 사명감에 불타올랐다.

'나는 큰아버지처럼 강직하고 충성스러운 사람이 될 것이다. 나는 고모부처럼 강인하고 용맹한 군인이 될 것이다. 그리하여 남녘의 가여운 어린이들을 해방시키고 남북의 모든 주민들에게 쌀밥에 고깃국을 먹일 것이다.'

죽어도 죽지 않는 신, 김일성

1994년 7월 8일 김일성이 사망했다. 우리는 이 상황이 금방 이해되지 않았다. 우리에게 수령님은 영원히 살아 있는 신이었다. 문자 그대로 만수무강(萬壽無疆)하는 존재였다. 그래서 설 명절마다 우리는 이렇게 구호를 외치곤 했다.

"위대한 수령님의 만수무강을 축원합니다!"

만수무강할 줄 알았던 신이 죽었다는 소식에 슬픔보다 놀라움이 더 컸다. 하지만 우리가 받은 충격은 충성심이 강한 어른들과 학교 선생님들의 설명으로 누그러들었다.

"수령님께서 인민을 위해 밤낮없이 애쓰시며 너무 과로하신 나머지 깊은 잠에 드셨습니다. 하지만 100일 후면 다시 깨어나십니다."

오후 2시에 수업이 끝나면 선생님은 아이들에게 수령님에게 헌화할 꽃다발을 만들어오라고 지시했다. 우리는 오후 내내 산골짜기를 쏘다니며 꽃을 꺾은 뒤 저녁 무렵 분향소에 모였다. 분향소에 꽃을 바친 다음에는 수령님이 깨어나시기를 빌며 통곡했다. 아이들뿐만 아니라 동네 어른들까지 모두 분향소에 모여 울고불고 난리였다. 야생화의 꽃향기와 알코올 냄새가 진동했고, 끊임없이 이어지는 청송곡 소리는 음산하고 무서웠다.

굵은 장대비가 억수 같이 쏟아지는 날에도 꽃을 꺾으러 가야 했다. 우비도 없었고 해진 신발 속으로 진흙이 들어왔지만 온몸이 흠뻑 젖더라도 산을 오르내려야 했다. 100일이 되는 날까지, 그러니까 수령님이 부활하는 날까지, 날씨가 나빠도 몸이 아파도 매일 꽃을 꺾어 바쳐야 했다. 얼마간의 시간이 지나자 꽃을 꺾으러 다니는 일보다 분향소에서 오열하는 일이 더 고역스럽게 느껴졌다. 아무리 슬퍼도 몇

주 몇 달을 매일매일 울 수는 없었다.

"으허어어엉, 흐흐흐윽…."

눈가는 말라 있더라도 울음소리를 끌어낼 수는 있었다. 눈물이 나지 않아도 울어야 했다. 울 수 없다면 우는 척이라도 해야 했다. 뒤에 있는 사람이 나를 볼 테니까. 선생님도 지켜보고 있으니까.

김일성이 사망한 지 100일이 가까워지자 사람들 사이에서는 신비한 이야기가 떠돌았다.

"누가 마른 고목에서 꽃이 피는 것을 봤답대."

"저쪽 동네 누구는 환한 빛을 내는 학이 날아가는 모습을 봤답대."

"이게 다 징조가 아니면 뭐겠니? 수령님이 곧 부활하신다는 징조라고."

하지만 100일이 지나도 수령님은 살아나지 않았다. 장례를 치르고 나자 이번에는 또 다른 설명이 덧붙여졌다.

"수령님의 육체가 일어나지 않았을 뿐 영혼은 살아서 우리와 함께하고 계십니다. 수령님은 이곳에서 영원히 함께하십니다. 김정일 장군님이 슬픔으로 많이 수척해지셨다고 합니다. 이제 우리가 힘을 합쳐 수령님이 못 다하신 일을, 그분이 계획하신 조국 통일의 위업을 장군님과 함께 이뤄나가야 할 때입니다."

당국은 수령님이 영원히 살아 있다는 의미로 전국의 마을에 영생(永生)탑을 지었다. 그리고 김일성을 태양신으로, 그의 생일인 4월 15일을 태양절로 규정했다. (아들인 김정일은 광명성으로 칭했고 그의 생일인 2월 16일은 광명성절로 불렀다.)

그때는 몰랐지만 북한은 그리스도교를 모방한 거대한 사이비 종교집단이었다. 교회에서 매주 성경 공부를 하고 예배를 드리고 찬송가를 부르고 눈물로 회개하는 것처럼, 북한에서는 매주 사상 교육과 생활총화를 받고 수령에 대한 찬양 노래를 부르고 눈물로 자기비판을 했다. 예수의 탄생으로 기원 전후가 나뉘는 것처럼 김일성의 탄생을 기점으로 주체 전후가 나뉘는 것도 몹시 흡사한 점이다.

다른 점이 있다면 교회에서는 신도가 예배에 나오지 않았다고 처벌하진 않지만, 북한에서는 생활총화에 나가지 않으면 사상 검토를 받고 최악의 경우 정치범 수용소로 끌려간다는 것이었다. 말귀를 알아듣는 순간부터 세뇌를 당하기 시작한 우리에게는 수령님이 영원히 우리 곁에 살아 있다는 말이 전혀 이상하게 들리지 않았다.

• • •

북한의 식량 사정이 나빠진 것은 김일성 체제의 막바지였던 1990년대 초중반이었다. 김일성 정권에서도 옥수수 배급이 늦게 나온 적은 많았다. 하지만 적어도 인간의 가장 기본적인 욕구이자 생존의 필수조건인 '먹는 문제'에 대해 구제의 의지가 있었던 김일성과 달리, 북한의 새 지도자인 김정일은 이 문제를 방치하다시피 했다.

주민들은 정치에 개입할 수 없었고 오직 감사와 충성만을 강요받았기 때문에 나라가 어떻게 돌아가는지 파악할 길이 없었다. 그럼에도 불구하고 사람들은 막연하게나마 상황이 나빠지고 있다는 것을 감지했다.

아버지가 일을 하면 가족들의 몫까지 식량이 배급되어야 했다. 하루 일을 안 나가면 하루치 식량을 제하기 때문에 아버지가 하루를 쉰다는 것은 가족들이 하루를 굶는다는 의미였다. 임금은 식량과 화폐였다. 식량 배급이 기본이었고 생활비는 치약이나 비누 같은 생필품을 겨우 살 수 있을 정도였다. 그 돈으로는 학용품도, 교복도, 된장이나 간장 같은 조미료도 사기 어려웠다.

그렇지 않아도 쪼들리는 살림인데 언제부터인가 식량 배급이 늦어지기 시작했다. 보름에 한 번씩 나와야 하는 식량이 일주일씩 열흘씩 미뤄졌다. 배급이 안 나와도 아버지를 비롯한 대부분의 주민들이 매일 출근하고 매주 생활총화와 사상학습을 받았다. 당에 대한 충성심 때문만은 아니었다. 그렇지 않으면 정치범 수용소에 끌려가기 때문이었다.

사람들이 뭔가 잘못되어가고 있다고 느낄 무렵, 당국은 '자력갱생'을 강조했다. 남에게 의지하지 말고 오직 자신의 힘으로 어려운 처지를 벗어나 새 삶을 살라는 의미였다. 자력갱생의 원칙에 따라 일부 사람들은 당국의 허락을 받아 뙈기밭을 조성한 뒤 합법적으로 농사를 지었다. 얼마간의 곡식을 기관에 바친 뒤 나머지는 농사를 지은 사람들이 나눠먹는 협동농장의 형태였다.

그 무렵의 어느 날, 봉사관리소 부업지에서 탈곡한 콩을 도둑맞는 사건이 일어났다. 자루에 담긴 콩은 움막에 보관되어 있었고 경비 역할을 하는 할아버지가 움막을 지키고 있었다. 그런데 한밤에 군복을 입은 남자 일곱 명이 들이닥쳐 80킬로그램 남짓한 콩을 자루째 훔쳐 간 것이다. 수사 끝에 잡힌 일곱 명의 도둑은 진짜 군인이 아니라 학포탄광에서 일하는 20대 청년들이었다. 동네 사람들은 일곱 명 전원이 교화(교도소)형을 받겠거니 여겼지만 즉결재판의 결과는 달랐다. 다섯 명은 교화형, 주동자로 밝혀진 두 명은 공개총살형이었다. 도둑질을 하면 죽어야 하는가. 나는 언뜻 이해가 되지 않았다. 어른들도 대놓고 말하지 못할 뿐 지나친 판결에 술렁대는 분위기였다.

공개총살이 열리는 날, 인민반장은 이른 새벽부터 동네를 돌아다니며 사람들을 불러 모았다.

"오늘 아침 아홉 시에 공개총살이 진행되니 한 사람도 빠짐없이 참가하시오!"

공개총살에 참가해야 하는 것은 어른들만이 아니었다. 교장은 선생님들을 소집했고 선생님들은 학급 반장을 소집했다. 반장은 집집마다 뛰어다니며 선생님의 공지를 아이들에게 전달했다.

"공개총살하는 데 다 오래!"

처형장은 빈 밭이었다. 밭 중앙에 크고 하얀 천이 쳐 있었고 김일성과 김정일 부자의 초상화가 걸려 있었다. 재미난 구경거리라도 생긴 듯 처형 장면을 더 가까이에서 보기 위해 어른들 사이를 비집고 앞으로 나가는 아이도 있었다.

나는 앞쪽에 있었다. 죄인을 실은 차가 처형장 앞에 멈춰 서더니 만신창이가 된 청년 두 명이 재갈이 물린 채 끌려 나왔다. 혹시라도 죄인들이 사람들을 향해 억울하다거나, 공산당이 나쁘다는 식의 말을 하면 안 되니까 입을 막아놓은 것이었다.

하지만 내 눈에 비친 그들은 그런 저항을 할 여력도 없어 보였다. 얼마나 맞았는지 이미 반시체나 다름없는 몰골이었다. 도망치지 못하게 팔다리도 반대쪽으로 다 꺾어놓은 상태였다. 군인들은 팔다리가 기묘하게 꺾인 채 휘청거리는 청년들을 관중 앞으로 끌고 나온 뒤, 눈가리개를 씌우고 말뚝에 묶었다. 사람이 죽을 것을 어떻게 알았을까. 어디에선가 나타난 까마귀들이 까악까악 소리를 내며 죄수들의 머리 위를 맴돌고 있었다.

탕! 탕! 탕!

총성이 울리자 청년들의 머리통에서 시뻘건 분자 같은 것이 터지며 흩날렸다. 총알이 관통한 뇌가 바닥에 떨어지는 장면을 본 것 같기도 했다. 총성은 두 번 더 울렸다. 총알이 머리, 가슴, 배를 차례로 명중할 때마다 각 부위에 묶여 있던 줄이 탁, 탁, 풀렸다. 나는 넋 나간 듯 그 장면을 보다가 옆에 있는 다른 죄인에게 시선을 돌렸다. 배에 묶여 있던 줄 하나가 미처 풀리지 않은 상태였다. 군인은 무심한 표정으로 시체에 다가가더니 칼을 꺼내 줄을 잘랐다.

군인들이 시체를 가마니에 둘둘 말아 차에 싣고 떠나자 까마귀들이 바닥에 떨어진 뇌를 뜯어 먹기 시작했다. 피비린내가 확 끼쳐왔다. 우웩. 내 옆에 있던 아이가 속에 있는 것을 게워냈다.

'저 사람들이 죽을 만큼 잘못한 건가? 원래는 살인자만 죽이는 게 아니었나? 콩을 훔친 저 사람들이 정말 죽을 만큼 잘못한 건가?'

어른들도 아이들도 말이 없었다. 들리는 것은 유가족의 애끓는 통곡소리와 까마귀들의 불길한 울음소리뿐이었다. 모든 사람들이 나와 같은 생각을 하고 있었을 것이다.

'도둑질이 죽을 만한 죄인가? 저들이 죽을 만큼 잘못한 것인가?'

하지만 그 사건은 시작에 불과했다. 식량 사정이 나빠지자 배고픈 사람들이 늘어났고, 배고픈 사람들이 늘어나자 도둑도 늘어났으며, 도둑이 늘어나자 공개처형당하는 사람도 늘어났다. 허기에 시달리다 소를 잡아먹은 일가족이, 탄광에서 구리선을 훔쳐 국수와 바꿔 먹은 탄부가 사형당했다. 회령 시내에서는 한 주가 멀다 하고 공개처형이 이뤄졌는데 그중에는 고작 옥수수 몇 개를 훔친 사람도 있었다.

'이건 아니지 않나?'

불만 섞인 말이 목구멍까지 치받쳐도 불만보다 더 강력한 것은 언제나 공포였다. '허락받은 말 외에는 하지 말 것.' 그 원칙은 우리가 어릴 때부터 교육받은 것, 너무나도 깊이 각인되어 거부할 엄두조차 낼 수 없는 것이었다.

우리는 모두 침묵했다.

고난의 행군인가, 미공급 사태인가

열세 살 때 나의 보물 1호는 중국산 운동화였다. 1994년 여름, 나는 등교하기 전 이른 새벽마다 산에 올라가 송이버섯을 캤다. 자연산 송이버섯을 수매소에 가져가면 쌀이나 기름 같은 필수품으로 교환할 수 있었다. 그 당시엔 몰랐지만 수매소로 넘어간 송이버섯은 중국이나 일본으로 넘어가 높은 가격에 판매되기도 했다.

나의 중국산 운동화도 그렇게 채취한 송이버섯과 맞바꾼 것이었다. 새 운동화를 신고 학교에 가는 내 모습과 나의 운동화를 부러워할 친구들의 얼굴을 떠올리면 상상만으로도 우쭐해지곤 했다. 당장 새 신을 신고 나가고 싶었지만 내 발엔 조금 컸으므로, 나는 보자기에 운동화를 고이 싼 뒤 궤짝에 넣어 보관했다. 이따금 운동화가 너무 보고 싶으면 보자기를 풀고 하염없이 운동화를 바라보기도 했다.

'운동화가 꼭 맞을 만큼 얼른 발이 컸으면….'

행여 흠이라도 날까 조심조심 운동화를 어루만지며 그런 생각을 하다가도, 과연 그때가 되어도 아까워서 신을 수나 있을까 싶었다. 그 운동화는 내가 처음으로 가져보는 외제 물건, 우리 집에서 유일한 새 물건이었다.

"아무래도 네 운동화를 팔아야겠다."

어느 날 어머니는 굳은 표정으로 내게 말했다.

“정말 미안하지만 나도 생각다 못해 이야기하는 게야. 이제 집에 먹을 게 하나도 없다. 너도 알다시피 새 물건이라곤 네 운동화뿐이잖니. 운동화를 팔아서 동생들 먹일 식량을 살 거다. 옥수수 4킬로그램, 어쩌면 5킬로그램쯤 될지도 모르지.”

내가 어떻게 번 돈인데…. 나는 목구멍까지 치밀어 오르는 소리를 겨우 억눌렀다. 북한은 학생이라고 해서 공부만 해야 하는 건 아니다. 우리는 일고여덟 살 때부터 매일 노동을 했다. 나와 친구들은 매일 아침 여섯 시 반에 기상해서 집합 장소로 이동했고, 그곳에서 학급별로 대오를 맞춰 학교로 행진했다.

1·2교시를 듣고, 중간체조를 하고, 3·4교시까지 마치면 집에 점심을 먹으러 갔다. 이때 공지가 떨어졌다. 그날 오후에 작업할 장소와 필요한 작업도구를 알려주는 것이다. 점심을 먹고 학교로 돌아올 때는 모두 작업복을 입고 작업도구를 지참해야 한다. 5·6교시가 끝나면 다 같이 집단농장으로 이동해 농사일을 한다.

작업장에서 옥수수에 기생하는 대벌레를 손으로 죽이는 일을 할 때가 가장 싫었다. 다른 학생들보다 일이 늦어지면 동기들이 보는 앞에서 선생님들에게 학대 수준의 구타를 당했다. 그렇게 서너 시간의 작업을 마치고 집으로 돌아가면 저녁 7시. 밥 먹고 씻고 정전된 방에서 숙제를 하고 나면 밤 11시였다.

그런 상황에서도 내가 이른 새벽마다 산에 올라 버섯을 캤던 이유는 그 일이 해도 그만이고 안 해도 그만인 '부업'이 아니기 때문이었다. 나는 체력이 달려 허덕이면서도 집안을 위해 나름대로 최선을 다하고 있었다. 학교에서 요구하는 징수물은 우리 형편으론 감당하기 어려웠으니까, 그것은 내 하루치 식량 이상의 금액이었으니까. 운동화는 고된 노동을 견뎌낸 스스로에게 준 작은 선물이기도 했다.

부모님은 내게 새 옷 한 벌, 외제 신발 한 켤레 구해준 적이 없었다. 그런 어머니가, 아들이 새벽잠을 포기하고 산을 넘나들며 장만한 신발을, 나의 보물 1호를 동생들 먹일 옥수수와 바꾸겠다고 하니 기가 막혔다. 너무 화가 나고 속상해서 눈물이 났지만 가족들이 굶고 있는 상황에서 운동화를 신겠다고 떼를 쓸 수도 없었다. 다음 날 나의 운동화는 옥수수 3킬로그램으로 돌아왔다.

운동화를 시작으로 우리는 집안의 웬만한 살림살이를 모두 먹을거리로 맞바꾸었다. 열흘씩 보름씩 늦어지던 배급은 아예 끊어진 상태였다. 배급이 끊긴 것은 우리 집만이 아니었다. 의사도 교사도 식량을 받지 못한다고 했다. 여전히 배급을 받고 있는 사람은 보안원(경찰), 보위부원, 당 간부들뿐이었다.

배급이 나오지 않고 더 이상 팔 수 있는 것도 없어졌을 때, 어머니와 나는 열차를 얻어 타고 큰아버지 집에 식량을 꾸러 갔다. 하지만 막상 큰아버지의 집에 들어가자 입이 떨어지지 않았다. 은덕군 인민위원회 초급당비서로 막강한 권력을 가진 큰아버지가 가족들과 둘러앉아 옥수수밥을 먹고 있었기 때문이다.

'큰아버지 위치쯤 되면 쌀밥을 먹으면서 호화롭게 살아야 하는 게 아닌가?'

큰아버지는 지역의 행정 책임자이자 관내 석탄공업대학의 최종 입학권을 쥐고 있는 사람이었다. 큰아버지의 서명으로 지역의 모든 일이, 입학생의 당락이 좌지우지되는 것이다. 뇌물이 만연한 북한 사회에서 큰아버지는 엄청난 부자가 될 수도 있었다. 실제로 석탄공업대학의 입학 시기가 되면 큰아버지의 집 앞에는 쌀, 고기, 기름, 과일 등 온갖 먹을거리가 수북하게 쌓였다. 그런데도 큰아버지는 한사코 그것들을 돌려보낸 뒤 옥수수밥으로 끼니를 잇고 있었던 것이다.

"미안하다. 우리도 식량 배급으로만 살다 보니 보태줄 수 있는 게 없구나."

빈손으로 큰아버지의 집을 나서면서 나는 그동안 큰아버지에게 품었던 존경심을, 큰아버지처럼 강직하고 청렴한 어른이 되겠다는 결심을 버렸다. 자기 가족도 못 살리는 사람이 군민을 살릴 수 있을 리 없었다.

• • •

마을에는 흉흉한 소문이 퍼지고 있었다. 많은 사람들이 이미 굶어 죽었거나 굶어 죽어간다고 했다. '아사(餓死)'가 소문이 아니라는 것을 알게 된 것은 그 이야기에 내가 아는 이름들이 등장하면서였다.

무엇보다 충격적인 소식은 음악교사였던 최희억 선생님의 죽음이었다. 그는 학교 악단의 지휘자였고 그의 제자들 역시 대단한 음악가들이 많았다. 또한 최희억 선생님은 사상 교육의 최전선인 위문공연을 도맡는 사람이자 김 부자의 생일에도 온 동네를 돌며 공연을 지휘하던 인물이었다. 그는 죽기 직전 허공에 대고 이렇게 외쳤다고 했다.

"나는 굶어서 죽는다!"

죽음의 순간이더라도 '허락되지 않은 말'을 하는 데에는 엄청난 용기가 필요했다. 우리는 굶어 죽더라도 김 부자와, 이 나라와, 사회주의 체제에 감사하며 '순직'해야 했다. 그렇지 않으면 반역자로 몰리고 자녀들에게 후한이 돌아갔다. 최희억 선생님의 부고를 들은 뒤 내 귓가에는 그의 목소리가, 내가 듣지 못했던 그의 마지막 외침이 자꾸 맴돌았다.

"나는 굶어서 죽는다!"

당국은 사람들이 굶어 죽는 상황을 '고난의 행군'으로 규정했다. '고난의 행군'은 일제강점기에 김일성이 벌인 항일운동을 뜻하는 말로, 대기근이라는 위기를 수령님의 투쟁정신으로 이겨내라는 의미였다. 하지만 '고난의 행군'은 당국자들의 언어일 뿐, 우리는 이 상황을 그저 '미공급 사태'라고 불렀다.

어쩌면 최희억 선생님은 마지막 순간에 이르러서야 당의 거짓말을 깨달았는지 모른다. "나는 굶어서 죽는다!"라는 외침은 당에 대한 처음이자 마지막 저항이었을 것이다. 그러나 안타깝게도 나의 아버지는 여전히 당의 거짓말을 믿고 있었다.

"곧 배급을 준다고 한다. 조금만 기다려보자. 조금만…."

아버지의 희망과 달리 해가 바뀌고 1995년이 되자 학포탄광의 식량 배급은 완전히 중단되고 말았다. 이제 굶어 죽는 것은 불행한 몇몇 사람의 일이 아니었다. 눈을 뜨면 누가 굶어 죽었다는 소리만 들려왔다. 하루에 열 명이 죽어 나가는 날도, 스무 명이 죽어 나가는 날도 있었다. 길거리에는 굶어 죽은 시체가 즐비했다. 6·25를 겪었던 할머니, 할아버지들은 '전쟁 때보다 더 심각하다'고 말했다. 모두들 죽을 차례만 기다리는 심정이었다.

• • •

"오빠야, 저기 가면, 협동농장에서 배추를 캐고 난 빈 밭 있잖슴까. 거기에 배추뿌리가 남아 있는데 아직 땅속에 얼어붙어 있단 말임다. 그것을 캐서 먹으면 아주 맛있슴다."

사촌동생들에게 정보를 들은 뒤 나는 당장 동생들을 데리고 배추밭으로 달려갔다. 먹을 것이라곤 눈 씻고 찾아도 없는 2월 초였다. 겨울이 긴 북한에서 그나마 먹을 수 있는 산나물이 나오려면 4월 말까지 기다려야 했다. 배추뿌리를 캐어 흙을 털어낸 뒤 껍질을 벗겨 먹으니 사과처럼 달고 맛있었다. 한동안 우리는 배추뿌리로 연명했다. 하지만 그것은 곧 바닥이 났고 허기를 채우기에도 너무 부족했다.

당시 우리 집에는 식용으로 키우는 토끼 두 마리가 있었다. 배추뿌리마저 동이 나자 우리는 토끼를 먹이려고 비축해놓았던 콩깍지를 갈아 먹었다. 먹이가 없어진 토끼가 굶어 죽자 동생들은 뼈만 남은 토끼를 삶아 먹었다.

토끼도, 토끼 먹이도 없어지자 어머니는 땔감으로 쓰려고 남겨두었던 옥수숫대를 갈았다. 콩깍지 가루는 억지로라도 삼킬 수 있었지만 옥수숫대 가루는 아무리 애를 써도 넘어가질 않았다. 겨우 목구멍으로 넘겨도 대에 있던 가시가 위장에 콕콕 박히는 것 같았다. 마지막으로 나와 아버지는 산에 올라가 느릅나무 껍질을 벗겼다. 나무껍질을 말려 가루로 만든 뒤 죽을 쑤어 먹었다. 풀기는 조금 있었지만 느릅나무 껍질 역시 먹을 수 있는 것은 아니었다.

게다가 우리는 입이 많았다. 부모님과 우리 삼남매, 그리고 할머니까지 모시고 있었다. 1992년에 할아버지가 돌아가신 뒤 할머니는 잠깐 삼촌과 함께 살다가 우리 집으로 오셨다. 일반적으로는 큰아들의 집으로 가는 것이 자연스러운 일이었는데 말이다. 게다가 우리 집은 할머니의 자식들 가운데 가장 형편이 어려웠다. 그럼에도 할머니는 우리와 함께 살기를 고집했다. 오랫동안 살아온 학포탄광을 떠나고 싶지 않다는 게 이유였지만, 할머니가 그런 결정을 한 데에는 초급당비서인 큰아들에게 폐를 끼치고 싶지 않다는 생각이 가장 컸던 것 같다. 막강한 위치에 있는 큰아들의 집으로 가면 늘 처신을 조심해야 한다는 것도 부담이었을 것이다.

"고기가 먹고 싶어. 고기…."

어느 날부터인가 할머니는 주문처럼 그 말만 중얼거렸다. 어쩌다 빈 밭에서 말라죽은 이파리를 주워와 멀건 죽이라도 끓이는 날이면, 어린 손주들을 젖히고 밥상머리로 달려가 죽을 몽땅 퍼먹었다. 원래도 인자하거나 헌신적인 성정은 아니었지만 배고픔 때문에 완전히 이성을 잃은 듯했다.

늙고 쇠약한 할머니가 가장 먼저 드러누웠다. 다음으로 어린 동생들이 드러누웠다. 콩깍지, 옥수숫대, 느릅나무 껍질로 연명한 지 한 달이 지나자 아버지와 어머니까지 온 가족이 방바닥에 드러누웠다. 전기도 물도 끊긴 지 오래였다.

'먹을거리를 찾으러 나가야 하는데…. 산에 올라가서 나무를 해야 하는데…. 물을 길어야 하는데…. 불을 지펴야 하는데….'

하지만 그 모든 것은 머릿속을 맴도는 생각일 뿐이었다. 바깥에 나갈 힘은커녕 손가락 하나 까딱할 여력도 없었다. 다들 방구석에 널브러진 채 움직이지도, 말을 하지도 못한 채 며칠이 지났다. 나는 잠이 들었다가 깨기를 반복했다. 어쩌면 정신을 잃었다 깨기를 반복하는 것인지도 몰랐다.

정신을 차려보면 창밖에서 희뿌연 빛이 들어오기도 했고, 한 치 앞도 보이지 않을 만큼 캄캄하기도 했으며, 가끔은 꿈인지 환상인지 먹을 것이 날아다니기도 했다. 새하얀 쌀밥 한 그릇, 고깃기름이 둥둥 떠 있는 국물 한 사발.

나는 방바닥에 누운 채 눈동자만 굴려 가족들을 바라보았다. 다들 원래 얼굴을 알아볼 수 없을 만큼 통통 부은 모습이었다. 내 손 끝에 닿아 있는 아버지의 발을 손가락으로 찔러보았다. 아주 살짝 힘을 주었을 뿐인데 스펀지를 누른 것처럼 손가락이 쑥 들어갔다.

나는 침대 위에 누워 있는 할머니도 올려다보았다. 침대라고 해봐야 쇠틀 위에 널빤지를 얹은 것이었다. 머릿니가 들끓은 탓에 할머니는 머리를 빡빡 민 상태였고, 부기가 한 번 올랐다 빠진 것인지 해골 같은 몰골이었다. 여윌 대로 여윈 빡빡머리 노인의 모습은 너무나도 기괴했다. 얇은 옷 위로는 갈비뼈가 도드라져 있었고 두 갈비뼈 사이로 쑥 꺼진 배가 천천히 오르락내리락하고 있었다.

'굶어 죽는다는 건 저런 모습이구나….'

나는 할머니가 죽어가고 있다는 것을, 우리 모두 곧 죽을 거라는 사실을 예감했다. 슬프지도 서럽지도 않았다. 이상할 만큼 아무 감정도 없었다.

'기왕이면 자다가 죽으면 좋겠는데…. 그러면 숨이 끊기는 고통도 덜할 텐데….'

그 생각을 마지막으로 나는 다시 잠들었다.

나를 깨운 것은 부모님의 울음소리였다. 나는 마지막 힘을 짜내어 몸을 일으켰다. 약하게 오르내리던 할머니의 배는 더 이상 움직이지 않았다. 가냘픈 숨결마저 끊어진 것이다. 할머니의 옷 속에서, 살가죽 속에서 벌레 떼가 스멀스멀 기어 나오고 있었다. 이제 할머니는 기생

충이 빌붙을 수도 없는 육신, 차갑게 식어버린 몸이 된 것이다. 울어야 한다고 생각했지만 울 힘도 없었고, 울 만큼 슬프지도 않았다.

'어떻게 하면 할머니처럼 굶어 죽지 않을 수 있을까?'

할머니의 시신을 본 순간부터 내 머릿속에는 온통 죽기 싫다는 생각뿐이었다. 곧이어 떠오른 생각은 좀 더 섬뜩한 것이었다.

'이제 장례를 치러야 하니 먹을 것이 생기겠구나.'

도둑만이 살아남을 수 있는 시절

대문 밖에서 아버지가 뭔가를 들고 비실비실 걸어오고 있었다. 힘없이 휘청대는 아버지보다 손에 들린 옥수수가루가 제일 먼저 눈에 들어왔다. 배급소에서 장례를 치르라고 옥수수가루 2킬로그램을 준 것이다.

누가 시키지도 않았는데 먹을 것을 보자마자 저절로 몸이 움직였다. 나는 물을 긷기 위해 바깥으로 달려갔고 동생들은 불을 지피러 부엌으로 뛰어갔다. 어머니는 옥수수가루를 풀어 죽을 쑬 준비를 했다. 그 몸짓들이 얼마나 재바른지 조금 전까지 드러누워 있던 사람들이라곤 믿기 어려울 정도였다.

방 한쪽에는 할머니의 시신이 놓여 있었다. 배급소에 가기 전 아버지가 미리 염습을 해놓은 상태였다. 흰 천으로 꽁꽁 싼 뒤 칠성판에 묶어놓은 시신에 눈길을 주는 사람은 아무도 없었다. 나와 동생들뿐만 아니라 부모님도 그랬다. 우리의 관심은 오로지 옥수수죽에 가 있었다.

“장례를 치르더래도 먹어야 치르지 않겠니. 일단 먹자. 산 사람은 살아야 되니까.”

콩깍지나 옥수숫대나 느릅나무 껍질이 아닌, 사람이 먹을 수 있는 음식을 먹는 것이 얼마 만인지 몰랐다. 따끈한 옥수수죽 한 숟가락을 입안에 우겨 넣자 행복감이 온몸을 휘감았다. 조금 전에 할머니가 돌아가셨는데도 행복했다. 우리가 먹는 음식이 할머니의 죽음과 맞바꾼 것이라는 사실을 알면서도 행복했다. ‘곧 친척들이 오면 먹을거리가 더 많이 생기겠지?’ 하는 기대감까지 더해져서 우리는 너무나도 행복했다.

할머니의 부고를 들은 친척들이 집으로 모여들었다. 우리가 특히 기다렸던 사람은 큰아버지였다. 우리는 큰아버지 가족들이 흰색 도요타 승용차에서 내리는 모습을 설레는 마음으로 바라보았다.

‘먹을 것을 가지고 왔겠지? 얼마나 많이 가져왔을까?’

하지만 큰아버지가 가져온 것은 삶은 국수 30인분뿐이었다. 우리 가족들이 보관해두고 먹을 수 있는 마른 국수가 아닌, 당장 장례식장에서 손님들에게 대접할 음식만 조리해서 준비해온 것이다.

"은덕군 초급당비서씩이나 되어서 너무한 것 아닌가? 수백 톤의 식량을 관장하는 사람이 굶어 죽은 어머니의 장례식장에 오면서 가족들 먹일 옥수수 몇 킬로그램도 못 챙겨왔다고? 게다가 은덕군이 어떤 곳이야? 화학공장, 아오지탄광, 군수품 공장 등 굴지의 대기업이 있는 지역이잖은가? 가난은 임금도 구제 못한다지만 해도 해도 너무하네."

사람들의 수군거림을 들었는지 못 들었는지 큰아버지는 대꾸도 변명도 하지 않았다. 아버지와 어머니 역시 대놓고 말하지 못할 뿐 큰아버지에게 이만저만 섭섭한 표정이 아니었다. (나중에 큰아버지는 자신이 식량을 빼내기 시작하면 수많은 간부들이 식량을 빼돌릴 것이기 때문에 식량을 가져올 수 없었다고 말했다.)

남자 어른들은 관을 메고 산을 올랐다. 다들 서둘러 일을 마친 뒤 국수 한 그릇 먹고 싶은 생각뿐이었지만, 영양실조에 걸린 사람들은 생각처럼 빨리 움직이질 못했다. 여윌 대로 여윈 노파의 시체가 든 관도 그들에게는 천근만근이었다. 사람들은 몇 걸음 오르다 주저앉고, 또 몇 걸음 오르다 주저앉기를 반복하며 쉬엄쉬엄 산을 올랐다. 관을 메고 있는 사람들의 여윈 팔이 떨릴 때마다 관은 굴러 떨어질 듯 위태롭게 흔들렸다.

겨우 산에 올랐지만 그들에게는 삽질할 힘도 남아 있지 않았다. 원래는 150센티미터 이상을 파야 한다고 했지만 사람들은 1미터도 파지 못하고 관을 내렸다. 우리 가족이 할머니의 시신을 옆에 두고도 옥수수죽에만 관심 있었듯, 손님들 역시 국수 말고는 아무것에도 관심이 없었다.

공동묘지를 내려온 뒤 사람들은 비로소 국수를 한 그릇씩 받아먹었다. 손님들 가운데에서도 유독 게걸스럽게 국수를 먹어 치우는 남자가 있었다. 아버지와 같은 작업반에서 일하는 박 씨 아저씨였다. 아버지는 보다 못해 국수 한 그릇을 박 씨 아저씨에게 더 갖다주었다. 그는 눈물을 글썽거리며 아버지를 쳐다보았다.

"창은이, 난 이제 얼마 못 살 것 같네."

"그게 무슨 소리인가. 어서 먹고 힘내게."

"아냐, 나는 틀린 것 같아. 나도, 우리 애들도 굶은 지가 오래됐어."

그가 울먹거리면서 말했다.

장례가 끝난 뒤 나는 박 씨 아저씨를 몇 번 더 보았다. 여름이 되자 아버지는 우리에게 풀을 캐서 아저씨에게 갖다주라고 했다. 우리가 먹을 풀을 캐는 것도 힘겨운 상황에서 남을 위해 애쓰기는 싫었다. 그래도 우리는 아버지의 말에 따라 박 씨 아저씨에게 몇 번 풀을 캐어 가져다주었다.

아버지와 내가 무려 20일에 걸쳐 정치범 수용소의 경비대인 둘째 고모네를 찾아가 쌀 10킬로그램과 된장 30킬로그램, 콩기름과 돼지고기 등을 얻어 왔을 때, 아버지는 박 씨 아저씨에게도 먹을 것을 나눠주었다. 내 부모, 내 자식이 굶어 죽어가는 상황에서 아무리 동료고 친구라 해도 먹을 것을 나눠준다는 것은 결코 쉬운 일이 아니었다.

굶주림으로 사경을 헤매고 있던 그는 아버지가 된장 물을 풀어 먹이자 정신을 차리고 울음을 터뜨렸다.

"창은이, 난 너무 억울하네. 자네도 알다시피 나는 김일성을 호위하는 호위국에서 복무했고 아내는 교원 출신으로 아이들을 가르쳤어. 나는 사람들에게 사회주의를 선전했고 아내도 학생들에게 우리 체제가 최고라고 교육시켰단 말일세. 그런데 우리가 왜 이렇게 죽어야 하나? 나라에 충성한 우리가 왜 굶어 죽어야 하나? 우리 가족은 이제 며칠을 못 넘길 걸세."

죽음을 직감하고 있던 박 씨 아저씨는 아버지를 붙잡고 서럽게 울었다. 그의 말처럼 며칠 후 아저씨 내외는 굶어 죽었다. 고아가 된 아들들은 친척 집에 맡겨진 뒤 소식이 끊겼다.

박 씨 아저씨만이 아니었다. 당에 가장 충성했던 사람들이 가장 먼저 굶어 죽는 상황이었다. 곧 기근이 해결될 거라는 당국의 말을 믿는 사람들, 배급이 나오지 않아도 주린 배를 움켜쥐고 일터로 향하는 사람들, 아사로 죽은 시체들을 보면서도 당에 충성하는 것 말고는 다른 길을 알지 못했던 사람들이 세상을 떠나고 있었다.

반면 당국이 금지하는 일을 하는 사람들은 살아남았다. 몰래 밀주를 만들어 팔아먹고 몰래 돼지를 키워 팔아먹는 사람들, 그 무렵 막 형성되기 시작한 지하의 시장경제에 적극적으로 뛰어든 사람들은 무언가를 사고팔며 끝내 살아남았다. 훗날 아버지는 박 씨 아저씨가 왜 죽어야 하느냐고 울부짖던 그 순간, 자신이 무슨 생각을 했는지 내게 말해주었다.

"그래도 당을 위해 순직하는 것이 도리라고 여겼다."

하지만 우리가 박 씨 아저씨 내외와 달리 굶어 죽는 일을 면한 것은 당의 은혜를 입어서가 아니었다. 오로지 할머니가 우리보다 먼저 죽은 덕분이었다.

• • •

할머니의 죽음과 함께 잔인했던 봄이 가고 여름이 왔다. 산과 들에도 파릇파릇한 풀이 올라오기 시작했다. 처음에 우리는 풀을 뜯어 먹었지만 나중에는 집단농장에 숨어들어가 양배추 못단과 콩잎을 훑어서 훔쳐 먹었다. 그래도 사람이 키운 채소라고 산이나 들에서 뜯는 풀보다는 훨씬 맛있었다.

한밤중에 어머니와 동생들과 함께 채소를 훔치고 있으면 예전에 목격한 공개처형 장면이 떠오르곤 했다. 흩날리던 붉은 피, 바닥에 떨어진 뇌, 원을 그리며 돌던 까마귀 떼. 처형을 당했던 그들처럼 우리도 국가의 소유물을 훔치는 도둑이 된 것이다.

가족이 죽지 않으면 살아남을 수 없었던 것처럼 이제는 도둑이 되지 않으면 살아남을 수 없었다. 너도나도 도둑이었다. 우리는 우리가 도둑이라는 것을 알았다. 하지만 가장 큰 도둑이 정권이라는 사실은 여전히 모르고 있었다.

채소를 훔쳐 먹으며 여름과 가을을 보낸 그해 겨울, 친삼촌이 우리 집에 찾아왔다. 할머니의 장례 이후 오랜만에 만나는 삼촌이지만 나는 어쩐지 마땅치가 않았다. 삼촌은 가족들에게 미더운 사람이 아니었으니까.

할아버지가 돌아가신 뒤 삼촌은 우리보다 먼저 할머니를 모시고 살았다. 할머니가 "고기가 먹고 싶구나"라고 말하면 삼촌은 "네, 금방 가져올게요"라고 대답한 뒤 외상으로 돼지고기를 가져오는 사람이었다. 그러고는 갚을 돈이 없어 집을 팔아먹는 사람이었다. 삼촌이 집과 세간살이를 다 팔아 치운 뒤 오갈 데 없어진 할머니가 우리 집으로 왔으니, 권세 높은 직맹위원장의 부인으로 한평생 풍요롭게 살던 할머니가 그토록 비참하게 죽은 데에는 삼촌에게도 일말의 책임이 있는 셈이었다.

삼촌이 찾아오기 전에도 우리는 그의 안부를 대강은 알고 있었다. 들리는 이야기에 따르면 그의 가족은 이미 흩어진 지 오래였다. 숙모는 두 딸을 데리고 그나마 형편이 나은 친정으로 갔는데, 한참을 굶었던 삼촌의 작은딸이 외가에 도착해서 처음 본 것이 하필이면 메주덩어리였다. 굶주림으로 눈에 뵈는 것이 없었던 아이는 허겁지겁 메주를 먹어댔고, 빈속에서 마른 음식이 팽창하면서 아이는 배가 터져 죽었다고 했다.

하지만 우리 집에 온 삼촌은 헤어진 아내나 배가 터져 죽은 딸아이에 관해 이야기하지 않았다. 그가 아버지에게 꺼낸 이야기는 전혀 다른 것이었다.

"형님, 내가 요즘 어찌 지내는지 아시오? 깊숙한 산골에 땅굴을 파 놓고 살고 있소. 원래는 거기가 사람들이 농사를 짓던 곳인데 농사가 제대로 안 되는 것 같으니 이 사람들이 가을이 되기도 전에 다 철수해버렸단 말이지."

그는 주변을 살피며 목소리를 낮추었다.

"그런데 내가 훑어보니까 먹을 만한 것이 꽤 많지 않겠소? 그래서 토굴에 잔뜩 비축해놓았지. 그걸 가져다 가족들 먹여요. 형님에게만 알려주는 거요. 형수님이랑 조카들이 딱해서."

너무나도 반갑고 고마운 이야기에 가족들은 어쩔 줄 몰랐다. 삼촌은 그때를 놓치지 않고 아버지에게 넌지시 말했다.

"형님, 우리 술 먹기요. 일단 외상으로 먹고 내가 다 물어주면 되지 않겠소."

부모님은 외상으로 술과 음식을 잔뜩 사와서 삼촌을 대접했다. 배가 부르고 취기가 오르자 삼촌은 기분이 한껏 좋아졌다.

"당장 옥수수 가지러 가기오!"

11월의 밤은 추웠고 우리에겐 겨울 신발조차 없었지만, 먹을 것을 가지러 가는 일을 지체하고 싶지 않았다. 부모님과 나는 빈 자루를 하나씩 들고 삼촌을 따라 집을 나섰다.

눈으로 다져진 길바닥은 미끄러웠다. 그래도 구름 한 점 없는 하늘에 환히 뜬 보름달이 길을 밝혀주고 있었다. 우리는 힘든 줄도 모르고 가벼운 발걸음으로 마을을 나섰다. 얼마나 걸었을까. 산어귀에 막 다다랐을 때 삼촌은 난감한 표정으로 아버지에게 말했다.

"형님, 내 갑자기 화장실이 급해서…. 여기서 잠깐만 기다리쇼. 금방 올 테니…."

우리는 숨도 돌릴 겸 자루를 내려놓았다. 삼촌이 토굴에 숨겨놓았다는 곡식을 상상하며 한껏 기대에 부풀었다.

'잠시 후면 먹을거리로 가득 찬 자루를 메고 집으로 돌아가겠지. 며칠은, 어쩌면 몇 주는 굶주리지 않을 수 있을 거야.'

10분이 지나자 다 해진 신발 밑창에서 올라온 한기로 발이 얼어붙었다. 30분이 지나자 옷 속으로 파고드는 칼바람에 이가 저절로 딱딱 맞부딪쳤다. 한 시간이 지나자 온몸이 덜덜 떨려왔다. 그러나 추위보다 더 견디기 힘든 것은 정체를 알 수 없는 불안감이었다. 나와 부모님은 발을 동동 구르며 삼촌이 사라진 어둠 저편만 애타게 바라보았다. 한 시간 반이 지났을 때 아버지는 덜컥 겁먹은 목소리로 말했다.

"큰일 났다. 우리 사기당한 것 같다."

어머니도 떨리는 목소리로 입을 열었다.

"그럼 외상으로 먹은 술과 음식은 어떡합네까?"

우리는 정신없이 집으로 달려갔다. 우리가 집에 도착했을 때 삼촌은 이미 우리 집에 들러 외상으로 더 가져온 식재료까지 챙겨 도망간 뒤였다. 없어진 것은 음식만이 아니었다. 지난여름 14호 관리소에 갔을 때 고모부가 준 군복과 옷가지, 시장에 팔기 위해 나와 동생들이 산에서 캐왔던 약초 2킬로그램, 쓸 만한 것, 팔 만한 것은 몽땅 삼촌이 집어간 뒤였다.

'건달 기질이 있는 건 알았지만 가족들을 상대로 도둑질을 할 줄이야….'

분해서 눈물이 났지만 결국 삼촌을 믿은 우리를 탓할 수밖에 없었다. 모두가 도둑인 세상에서 아무리 친척이라 해도 남을 믿은 우리가 잘못이었다. 식량으로 가득 찬 자루를 들고 돌아올 줄 알았던 그 밤, 우리 가족은 빈 자루를 앞에 놓고 울면서 밤을 지새웠다.

• • •

설날이 다가오고 있었다. 북한에는 새해 첫날 잘 먹지 못하면 1년 내내 굶는다는 말이 있다. 하지만 삼촌한테 도둑까지 맞은 우리 집에서 명절 음식을 준비할 수 있을 리 없었다.

가족들은 산에 올라가서 하루 종일 약초를 캤다. 겨울 산에는 말라비틀어진 나뭇가지만 있을 뿐 약초를 찾기란 여간 어렵지 않았다. 그래도 조금씩 모은 약초로 밀가루 2킬로그램과 쌀 1킬로그램을 살 수 있었다. 밀가루와 쌀을 준비하자 이번에는 송편 안에 넣을 것을 구할 일이 걱정이었다. 12월 31일, 나는 여동생을 데리고 산 너머에 있는 궁심이라는 동네로 콩 이삭을 주우러 갔다. 한참을 줍고 보니 이삭이 꽤 되었다.

"야, 이 정도면 되겠다."

너무 멀리 온 탓에 집까지 가려면 두 시간은 족히 걸어야 했지만 잔뜩 신이 난 우리는 그런 것쯤은 개의치 않았다. 송편을 빚어 명절을 쇨 생각을 하니 콧노래가 절로 나왔다. 출발할 때부터 하늘이 흐리더니 잎갈나무 숲을 지날 무렵 함박눈이 펑펑 쏟아졌다. 좀 더 걷다 보니 무릎까지 눈이 쌓였다.

"오빠야, 나 더는 못 걷겠다. 발이 너무 시려워서."

동생은 여름 신발을 신고 있었다. 그나마도 밑창이 다 떨어져 천으로 신발과 발을 함께 동여매놓은 상태였다.

"그래? 그럼 오빠야한테 업혀라."

동생은 내 등에 업혀 해맑게 좋아했다. 우리는 새하얀 눈이 소복하게 덮힌 잎갈나무를 보며 나지막이 노래를 불렀다.

"오빠야, 너무 좋다."

집에 갈 때까지 동생은 몇 번이고 그렇게 속삭였다. 동생 말처럼 모든 것이 좋았다. 너무 좋았다. 1995년의 마지막 날이 저물어가고 있었다. 그해는 내가 두 다리로 걷고 두 팔로 동생을 업어줄 수 있는 마지막 해였다.

지상의 지옥, 정치범 수용소

우리 가족이 겪은 일들은 이 시기 북한의 수많은 사람들이 겪은 일들이기도 하다. 수십만, 어쩌면 수백만 명의 사람들을 아사로 몰아간 이 참극의 원인은 가뭄이나 홍수 같은 자연재해가 아니었다. 독재자 김정일이 스스로 생존할 길을 엉뚱한 곳에서 찾았기 때문이다.

김정일은 집권 후 자신의 정통성을 확고히 하기 위해 김일성 우상화 작업에 어마어마한 돈을 쏟아부었다. 김일성의 시신을 미라로 만들고, 그 시신을 모실 금수산태양궁전을 지었으며, 전국 각지에 영생탑이라는 추모탑을 세웠다.

이 광기 어린 우상화 작업이 진행되는 동안, 그렇지 않아도 가난한 나라였던 북한의 경제는 크게 휘청거렸다. 여기다 소련이 해체되고 공산주의 국가들이 하나둘 자본주의로 돌아서면서 김정일이 군비 지출을 크게 늘린 것도 경제가 파탄 난 이유였다. 우상화 예산과 국방 예산이 크게 늘어나면서 민간에 돌아갈 자원이 그만큼 줄어든 것은 당연한 수순이었다.

미공급 사태가 이어지자 사람들은 팔 수 있는 살림살이를 모조리 팔아 치웠다. 자기 집에 팔 수 있는 것이 없으면 남의 물건을 훔쳐서라도 팔았다. 나의 집도 남의 집도 텅 비어버리자 사람들은 땔감으로 쓰기 위해 집을 무너뜨리기 시작했다. 연료가 없으니 땔감을 쓰려면 산에 가서 나무를 베어야 했다. 하지만 굶주림으로 산에 올라갈 힘이 없으니 목조 집을 부숴서 땔감으로 쓰는 것이었다. 내일 길거리에 나앉더라도 오늘 불을 피우면 된다는 생각이었다. 인간은 결코 이성의 동물이 아니다. 배고픔이 극에 다다르면 사람은 놀라울 만큼 근시안이 된다는 사실을 나는 그때 깨달았다.

벽이 부서지고 기둥이 무너진 집들이 늘어갔다. 마을은 한바탕 폭격이 휩쓸고 지나간 듯했다. 여기도 저기도 폐허가 아닌 곳이 없었다. 사람들은 망가진 집을 버리고 어딘가로 떠났다. 남아 있는 사람들은 떠나버린 사람들을 "행방 나갔다(행방불명되었다)"라고 표현했다. 떠난 이들은 어디로 갔을까? 살 길을 찾아 다른 마을로 갔을까? 죽기를 각오하고 국경을 넘었을까? 과연 어느 쪽이 사는 길이고 어느 쪽이 죽는 길이었을까?

망가진 것은 집만이 아니었다. 배고픔으로 눈에 뵈는 것이 없어진 사람들은 내일 회사가 가동을 멈추더라도 오늘 회사 안의 전선과 부품을 훔쳐 먹을 것과 맞바꾸었다. 학포탄광의 사정도 마찬가지였다. 처음에 작업자들은 석탄 자루를 몰래 빼냈다. 그러면 그 가족들이 석탄 자루를 들고 회령 시내로 가서 연료가 필요한 사람들과 거래를 했다. 석탄과 옥수수가루를 맞바꾸는 것이다.

이런 식의 상거래는 공산주의 체제에서 엄격하게 금지하는 일이었지만, 굶어 죽는 시신이 길거리에 널린 상황에서 당국의 금지령 따위에 신경 쓰는 사람은 없었다. 옥수수가루를 얻기 위해서라면 도둑이 되는 것도 마다하지 않게 된 것이다. 북한 사회에 형성된 걸음마 단계의 시장경제. 우리를 구제한 것은 당국도 해외원조도 아닌, 바로 이 어설픈 시장경제였다.

학포탄광 작업자들은 한동안 석탄을 빼돌려 팔아먹으면서 삶을 연명했지만 이 편법도 오래가지 못했다. 전기가 끊어지면서 펌프로 지하수를 퍼낼 수 없게 되자 갱도가 물에 잠긴 것이다. 침수된 기계 부품은 설령 탄광이 재가동되더라도 사용할 수 없었다. 멀쩡한 탄광은 순식간에 폐광이 되었다. 이 시기, 전기나 철도 같은 제반시설도 비슷한 과정을 거쳐 회복 불가능한 상태가 되었다.

아주 이상한 것은 사회의 모든 기반이 모조리 망가진 상황에서도 정치범 수용소만큼은 제대로 굴러가고 있었다는 점이다.

• • •

우리 동네 세천에서 22호 정치범 수용소까지는 걸어서 30분밖에 안 걸릴 만큼 가까웠다. 아버지는 내가 어릴 때부터 이렇게 주의를 주었다.

"저기에 대해선 아무 말도 하지 말라."

아버지는 이런 이야기도 했다.

"전쟁이 일어나면 저 사람들은 우리부터 다 총으로 쏴 죽일 거다."

정치범 수용소는 면(面) 단위의 한 지역을 완벽하게 폐쇄하여 외부로부터 격리한 구역이다. 부모님의 말에 따르면 22호 정치범 수용소도 내가 태어나기 전에는 민간 지역이었다고 했다. 지금은 철저한 통제구역인 중봉리, 사흘리, 낙생리 같은 지역이 어린 시절 아버지의 놀이터였다는 것이다.

수용소 안에는 수감자들이 사는 집 외에도 군인, 장교, 보위대, 보안원과 같은 관리자와 경비대들이 지내는 사택이 있었다. 이들은 일반적인 직장인들과 달리 출퇴근을 하지 않았고 1년에 한 번만 외출을 허락받았다. 만약 이들이 그 안에서 일어나는 아주 사소한 일이라도 외부에 발설한다면? 그 순간 이들은 관리자에서 수감자 신세로 전락한다.

쥐새끼 한 마리도 드나들 수 없을 만큼 경비가 삼엄한 곳이지만, 나는 22호 정치범 수용소의 철책 안을 '내려다본' 적이 있다. 세천에서 동쪽으로 조금 더 가면 살바위라고 부르는 곳이 있는데, 살바위 꼭대기에 오르면 수용소 일부가 내려다보였다.

아무것도 모르고 보면 수용소는 아름답고 평화로운 시골 마을이었다. 말끔하게 경작된 밭, 깨끗한 길, 이따금 오가는 자동차…. 그 안에는 북한에서 보기 드문 빨간 벽돌집도 있었다. 견고하고 아름다운 벽돌집들은 관리자들이 사는 곳일 터였다. 또 다른 구역에는 탄광촌에서 가장 못사는 집보다도 더 허름하고 누추한 진흙집이 있었다. 수감자들이 생활하는 집이었다.

수감자가 된 사람들은 당국에서 엄청난 반동분자로 여기는 사람들, 국군포로이거나 탈북을 시도했거나 하나님을 믿는 사람들인 경우도 있지만, 지극히 사소한 이유로 수감된 이들도 많았다. 집에 걸려 있는 김일성 수령의 초상화에 먼지가 있었다거나, 김 부자의 사진이 실린 신문지로 물건을 쌌다거나. 그런 사람은 자신은 물론 가족들까지 모조리 수용소행이었다. 설령 그의 가족이 힘없는 노인이나 어린 아이뿐이라도 예외일 수 없었다. 김일성의 자식이라서 김정일이 최고 권력자가 되었듯, 정치범의 자식은 아무 짓을 하지 않아도 정치범이었다. 정치범의 자식은 대를 잇고 대를 이어 그 죄를 물려받으므로 그들의 자손은 영원히 수용소 바깥으로 나갈 수 없었다.

아버지의 말에 따르면 어마어마한 강도의 강제노역을 견뎌야 하는 수감자들은 석탄, 식량, 가전제품, 생필품, 그 밖에도 생산하지 못하는 물자가 없다고 했다. 마을 사람들 사이에서 떠도는 이야기로는, 탄광에서 노역하는 수감자들은 한 사람당 하루에 2톤의 석탄을 생산하지 못하면 굴에서 내보내지 않는다고 했고, 농사를 전업으로 하는 수감자들은 밭에 난 마지막 풀 한 포기를 다 뽑을 때까지 집에 돌려보내지 않는다고 했다. 물론 강제노역이 이들이 당하는 일의 전부는 아니었다. 폭행, 강간, 총살 역시 수용소의 일상이었다. 관리자들은 아무 이유나 갖다 붙여서 수감자들을 죽일 수 있었다. 일을 열심히 안 해서, 말대꾸를 해서, 임신을 해서, 그냥 마음에 안 들어서….

당시엔 잘 몰랐지만 훗날 돌이켜보니 의아하게 여겨진 일도 있었다. 이를테면 22호 정치범 수용소에는 황 박사라고 불리는 아주 권위 있는 과학자가 있었다. 정치범 수용소에 과학자가 왜 필요했을까? 정치범들을 대상으로 생체실험을 자행해온 건 아닐까? 아니면 생화학 무기와 핵 개발을 위해?

하지만 그 안에서 무슨 일이 일어나는지 정확하게 아는 사람은 하나도 없었다. 외부인은 수용소 안에 들어갈 수 없고 수감자는 그곳을 벗어날 수 없으니까. 북한에 정치범 수용소가 등장한 지 반세기가 훨씬 넘었지만 지금까지 탈출에 성공한 수감자는 하나도 없는 것으로 안다. 그곳은 완전무결한 통제구역이다.

수용소는 관리자들의 보안 유지도 철저하지만 물리적인 감시와 경비도 완벽하다. 우선 내부와 외부를 분리하는 철책은 세 겹의 전기선으로 휘감겨 있다. 이 전기선에는 3,300볼트의 고압전류가 흐른다. 전기선 너머는 몇 십 년 묵었을 법한 빼곡한 밀림이다. 이곳에는 죽창이 빼곡히 꽂혀 있어서 지나가려면 몸이 먼저 찢긴다. 게다가 정치범 수용소를 지키는 군인은 10개 대대 이상의 규모다. 엄청난 숫자의 군인들이 완전무장을 한 채 100미터 간격마다 촘촘히 경비를 서고 있는 것이다.

나는 몇 번인가 이송 중인 정치범들을 목격한 적이 있다. 매년 5월이 되면 22호 수감자들은 화성의 16호 정치범 수용소나 개천의 14호 정치범 수용소로 이동되었다. 물론 14호나 16호에서 지내던 사람들은 22호로 이동된다. 한 수용소에서 오래 지내면 주변 지형을 알게 되어 탈출을 시도할지 모르니 일종의 예방책인 셈이다.

이 시기가 되면 평소엔 볼 수 없었던 여객열차들이 세천역으로 들어왔다. 정치범들을 이동시키기 위한 열차다. 열차는 세천역과 신학포역 사이에서 잠깐씩 멈춰 서곤 했다. 경사가 급한 구간이라 탈선사고가 빈번한 탓도 있고 엔진의 열기도 식혀야 하기 때문이다.

여객 열차의 창문에는 흰 천이 드리워져 있었다. 안에서는 바깥을 볼 수 없고 바깥에서는 안을 볼 수 없다. 하지만 아주 가끔 가리개가 살짝 올라갈 때가 있었다. 커튼을 올리는 손, 조심스레 창밖을 내다보는 얼굴. 정치범들이었다. 이름도 얼굴도 없이 정치범이라는 단어로 뭉뚱그려져 있던 사람들이 내 눈앞에 나타나는 순간이었다.

흰 천 뒤에서 나타난 정치범은 눈물을 글썽거리는 백발의 할머니일 때도 있었고, 겁에 질린 어린아이일 때도 있었으며, 핏기 없는 얼굴을 가진 내 또래의 소녀일 때도 있었다. 가리개 뒤에서 얼굴을 내민 사람이 노인이든 아이든 소녀든 그들의 표정은 똑같았다. 공포심, 그리고 절박함.

'우릴 좀 구해주시오.'

'이 세상에 우리의 존재를 알고 있는 누군가가 있다면 제발 좀 도와주시오.'

어른들의 말처럼 저들이 정말 우리를 위협하는 사람들일까? 우리의 체제를 무너뜨리고 우리를 해할 사람들일까? 모르겠다. 나는 아무것도 모르겠다. 다만 그들의 얼굴을 본 순간 들리지 않는 애원을, 구해달라는 외침을 들은 것 같았다. 나는 그 목소리에 대답하듯 주변을 둘러보았다. 배낭이나 석탄 자루를 멘 사람들은 제 살길이 급한 듯 어딘가로 바삐 걸음을 재촉할 뿐이었다.

• • •

미공급 사태가 이어지면서 학포탄광은 폐광이 되었지만 22호 정치범 수용소에서는 예전과 다름없이 석탄이 생산되고 있었다. 바깥에서는 사회 전체가 무너지는 마당에 어떻게 그럴 수 있을까? 자급자족에 가까운 폐쇄적인 경제를 이루고 있기 때문일까? 아니면 외부에서는 상상도 못할 끔찍한 조치가 있었던 것일까? 강제로 인구를 감소시킨다거나 하는?

우리로서는 내부 사정을 알 길도 없지만 알 필요도 없었다. 중요한 사실은 여전히 22호 정치범 수용소에서 석탄이 나온다는 것, 화물열차가 꾸준히 운행되고 있다는 것이었다. 60톤짜리 화물열차가 10량씩 편성된 열차를 하루에 두 번 운행하니 22호 정치범 수용소의 하루 생산량은 1,200톤이다. 이 얼마나 엄청난 양인가. 너무나도 자연스럽게 나는, 그리고 동네 사람들은 이 석탄을 훔쳐야겠다고 마음먹었다. 그렇게 우리는 달리는 석탄 화물열차에 올라타기 시작했다.

달리는 석탄열차에 올라타는 사람들

처음에는 용감한 몇몇 어른들이 달리는 화물열차에 올라타 석탄을 훔쳐냈다. 나중에는 온 마을 사람들이, 심지어 여자, 장애인, 나 같은 아이들까지 달리는 열차 위에 매달렸다.

석탄을 훔치는 사람들이 많아지면서 절도 방법도 나날이 정교해졌다. 달리는 열차 위에 오르는 방법부터 호송 군인들로부터 몸을 숨기는 방법, 화물열차 위를 뛰어다니는 방법, 마지막으로 달리는 화물열차에서 내리는 방법까지 여러 사람들의 경험이 담긴 절도 기술이 입에서 입으로 전해졌다.

화물열차는 22호 정치범 수용소에서 석탄을 싣고 나와 우리 동네인 세천역에서 모든 것을 정비하고 편성했다. 그다음 회령역을 거쳐 최종 목적지인 함경북도 청진의 화력발전소로 가는 것이었다. 맨 앞에는 화물열차를 끄는 기관차가 있었다. 여기에는 지도기관사, 기관사, 조수 세 사람이 탔다. 기관차 뒤에는 10량으로 편성된 60톤짜리 화물열차들이 연결되어 있었고 맨 끝에는 호송 차량이 따라갔다.

우리가 가장 조심해야 할 대상은 호송 차량에 타고 있는 군인들이었다. 이들은 눈에 핏발을 세우고 석탄을 지켰다. 그러지 않으면 화력발전소에 도착했을 때 석탄이 남아 있지 않기 때문이다. 땔감으로 쓰려고 훔치는 사람, 팔아먹기 위해 훔치는 사람, 때로는 감시하는 사람들까지 석탄을 빼돌리는 판국이었다.

내가 처음 석탄을 훔치러 나가기 전, 이미 여러 번 화물열차에 올라탄 경험이 있던 마을 아저씨는 이렇게 말했다.

"호송차엔 여섯 사람이 타는데 그중 세 명이 군인이다. 군관 한 명, 병사 이 명. 이 세 사람을 조심해야 된다. 특히 사병들은 호송차에 가만히 앉아 있는 게 아니라 총을 들고 막 돌아다닌단 말이야. 이놈들이 아주 날쌔. 차량과 차량 사이를 껑충껑충 뛰어다녀. 위에 전기선이 번쩍번쩍하고 불꽃이 파바박 튀는데도 샤샤 피해가면서 막 달려온다고, 도둑놈들 잡으러. 그래, 그 도둑놈이 바로 우리다."

아저씨의 설명만으로도 나는 살짝 움츠러드는 기분이었다.

"군인들한테 잡히면 어떻게 됩니까?"

"이놈들이 총을 갖고 있다고 했잖니. 총 안엔 공포탄 세 발, 실탄 네 발이 장전되어 있어. 석탄 도둑한테는 총을 막 갈겨도 돼. 그런데 웬만해선 바로 총을 쏘지 않아. 두들겨 패서 내쫓아버리지. 이놈들이 아주 지독해서 적당히 패고 마는 게 아냐. 우리가 석탄 훔칠 때 쓰는 삽 있잖아? 삽을 빼앗아서 피투성이가 되도록 두들겨 패고 총개머리로 반병신이 되도록 두들겨 팬다고. 그러고도 모자라서 내려가라고 달리는 열차에서 발로 막 걷어차. 그래도 안 내려가고 버틴다? 그럼 석탄 속에 있던 돌을 눈에 막 뿌려버려. 열차 위는 완전히 전쟁터야, 전쟁터. 이런데도 너 할 수 있겠니?"

해야 했다. 배급도 끊겼고 팔아먹을 살림살이도 없었다. 아버지와 나는 낮에 출발하는 화물열차에 여러 번 올랐고 그때마다 군인들에게 들켰다. 아버지는 내가 보는 앞에서 스무 살 남짓한 군인들한테 두들겨 맞았다. 군인 둘이 달려들어 한 사람은 삽날로 때리고 다른 사람은 총개머리로 때렸다. 아버지의 얼굴에서 붉은 피와 검은 석탄 가루가 뒤섞여 흘렀다.

"낮에는 도저히 안 되겠다. 이건 맞아 죽든가 굶어 죽든가 둘 중 하나다."

맞아 죽어서도, 굶어 죽어서도 안 되었기에 다른 방법을 강구했다. 이때쯤에는 열차의 운행 시각이 예측할 수 없을 만큼 들쑥날쑥했다. 그러다 보니 화물열차가 밤 늦게 세천역을 출발할 때도 있었다. 우리는 이때를 노리기로 했다.

저녁보다는 새벽이, 기왕이면 새벽 두 시부터 다섯 시 사이가 유리했다. 호송 군인들이 있는 것은 마찬가지지만 그들도 이때쯤엔 졸리고 피곤하니까 경비가 덜 삼엄할 터였다. 이 시간대에 군인들은 열차가 출발하기 직전까지만 화물열차를 감시했고 열차가 출발하면 호송 차량에 들어가서 잤다. 우리의 작전이 시작되는 시간이었다.

• • •

3월 6일 밤, 우리는 석탄을 훔치기 위한 '준비 작업'을 하고 있었다. 준비 작업이란 석탄 자루를 기우는 일이었다. 자루는 일회용일 수밖에 없었다. 10킬로그램이 넘는 자루를 메고 열차가 정차한 뒤 정상적으로 내리는 일은 상상할 수도 없었다. 그랬다간 역 안의 철도 보안원한테 붙잡혀 매를 맞은 뒤 훔친 석탄을 몽땅 빼앗길 테니까.

그래서 우리는 회령 시내로 들어가기 전에 열차에서 뛰어내렸다. 뛰어내리기 전에 석탄 자루를 먼저 던져야 했다. 열차에서 내던져진 자루는 경사를 타고 굴러 내려가면서 찢기고 터졌다. 자루 하나의 가격은 옥수수 500그램 정도였다. 찢어졌다고 매번 다시 살 수 없으므로 기워서 재활용을 해야 했다.

그날도 우리는 저녁 내내 매캐한 석탄가루를 마시며 자루를 기우고 있었다. 좁은 방 안에 시커먼 석탄가루가 풀풀 날렸다. 집에는 자루에 덧댈 천 쪼가리조차 남아 있지 않았다. 완전히 터져버린 곳은 입고 있던 옷이라도 벗어서, 아니면 덮고 자는 이불이라도 뜯어서 꿰매야 했다. 옷보다 이불보다 더 중요한 것은 석탄, 아니, 석탄과 맞바꿀 옥수수가루였다.

몇 시간째 계속된 작업으로 목이 뻐근했지만 나는 꼼꼼하게 바느질을 하려고 애썼다. 석탄을 다 담을 때까지 자루가 터져선 안 되기 때문이었다. 아버지 회사의 작업반장이 들이닥친 것은 우리가 막 바느질을 마쳤을 때였다. 성큼성큼 방 안으로 들어온 그는 엉거주춤하게 일어서는 아버지를 쳐다보며 이죽거렸다.

"밤에도 일해야지 어딜 나가시려고?"

그는 신발도 벗지 않고 방 안으로 뚜벅뚜벅 들어왔다. 그러더니 욕설과 협박이 뒤섞인 말을 쏟아내며 아버지를 밖으로 질질 끌어냈다.

"외상으로 두부라도 사 먹고 나가라. 알았니?"

작업반장에게 끌려가는 와중에도 아버지는 우리를 돌아보며 말했다. 온 가족이 쫄쫄 굶은 지 사흘째였다. 외상으로 두부를 사 먹으면 석탄 판 돈을 몽땅 갖다줘야 한다는 것을 알면서, 아니 우리에게 외상으로 두부를 팔 사람조차 없다는 것을 알면서 아버지는 미안한 마음에 그렇게 말할 수밖에 없었던 것이다.

'복수할 거야. 저 새끼들한테 꼭 복수할 거야.'

끌려가는 아버지를 보면서 나는 그 생각뿐이었다. 아버지를 때렸던 군인들, 아버지를 끌고 가는 작업반장, 우리 가족을 괴롭히는 모든 놈들에게 복수하고 싶었다. 나는 작업반장의 이름을, '장현수'라는 세 글자를 머릿속에 새겨두었다.

당장 그날 밤 작업할 일이 문제였다. 석탄을 훔치려면 최소한 두세 명은 필요했다. 밤에 열차가 출발하는 날이 흔치 않았기 때문에 한 번 나갔을 때 150~200킬로그램은 훔쳐야 했다. 석탄 한 자루를 팔아봐야 옥수수가루 1킬로그램 남짓이다. 그것으로는 며칠도 버티기 힘들다. 최소한 100킬로그램은 넘게 팔아야 다음 장사 때까지 버틸 수 있는 것이다.

우리 집에선 아버지, 어머니, 내가 3인조였다. 열차 위에서 석탄을 담은 후에도 각자의 역할을 잘 수행해야 일이 무사히 끝났다. 보통은 석탄 자루를 내던지고 나면 아버지가 가장 먼저 열차에서 뛰어내렸다. 내린 다음에는 재빨리 자루가 굴러간 데까지 달려가 석탄을 지켰다. 조금이라도 늦게 가면 다른 사람들이 우리 석탄까지 몽땅 챙겨가버렸다. 모두가 도둑이지만 그 안에 또 도둑이 있는 것이다. 석탄을 지키는 이 임무는 시속이 높을 때 뛰어내려야 하므로 가장 위험한 역할이다.

아버지가 석탄을 지키러 달려가고 열차가 속도를 늦추면 다음으로 나와 어머니가 뛰어내렸다. 우리는 미리 약속된 집으로 달려가 석탄을 옮길 손수레를 빌려 와야 했다. 그 집은 손수레를 빌려주는 대신 우리가 가져온 석탄 한 양동이를 받아갔다. 어머니와 내가 손수레를 끌고 아버지가 있는 곳으로 달려가면, 다 같이 석탄을 싣고 회령 시내로 가서 일종의 '방문판매'를 했다. 많을 때에는 10킬로그램이 넘는 석탄 자루를 끌고 다녀야 했고, 자루를 멘 채 엘리베이터가 없는 5~6층 아파트를 걸어서 올라가야 할 때도 있었다.

"우리 둘만으론 힘들어. 옥란이를 데려가자."

어머니의 말에 나는 여동생을 깨웠다. 역할을 다시 나눠야 했다. 열차에서 가장 먼저 뛰어내리는 역할을 내가 하기로 했다. 어머니는 손수레를 빌린 뒤 나와 합류하기로 했고, 여동생은 회령시에 도착해 열차가 정차하면 내리기로 했다. 어린아이인 데다 처음 나가는 것이니 석탄 도둑으로 보이지 않을 거라는 생각이었다.

"열차에서 내리면 기찻길을 따라 계속 내려가라. 그럼 오빠가 있을

게다. 오빠를 도와서 석탄을 다 챙기는 것이 네 역할이다. 알겠니?"

어머니의 말에 여동생은 비장한 표정으로 고개를 끄덕였다. 나는 마음이 놓이지 않았다. 영양실조로 비실거리는 조그만 여자아이가 열차에서 떨어지지나 않을까 염려스러웠다. 자정 무렵, 우리는 막냇동생만 남겨둔 채 세천역으로 향했다. 내가 평생 잊지 못할 날, 나의 운명이 뒤바뀐 날, 1996년 3월 7일 새벽이었다.

2장

팔다리를 잃은
소년

운명의 밤, 1996년 3월 7일

우리는 선로 주변의 풀숲에 몸을 숨겼다. 추위와 긴장으로 몸이 덜덜 떨렸다. 어림잡아 영하 10도는 되는 듯했다. 납작 엎드려 있는 내 몸 위로 군인들이 비추는 손전등 불빛이 어지럽게 지나갔다.

보이진 않지만 풀숲에 몸을 숨긴 사람들은 우리만이 아니었다. 오늘은 몇 집이나 나왔을까? 서른? 쉰? 많을 때에는 100여 가구가 올라탈 때도 있었다. 보통 2~3인이 한 조를 이루니 200명 이상의 사람들이 석탄을 훔칠 때도 있다는 뜻이다.

나를 비롯해 이 일에 생계를 걸고 있는 사람들은 열차의 경적 소리나 기관사들의 희미한 움직임만으로도 일이 어떻게 진행되는지 훤히 알았다. 차량을 편성하고 있구나, 제동장치를 검사하는구나, 고무

호스를 연결하는구나…. 평소와 달리 열차는 10량이 아니라 5량이었다. 기관차 상태가 좋지 않은 것일까? 곧이어 경적이 세 번 울렸다. 출발 15분 전, 모든 준비가 끝난 것이다.

우리는 풀숲을 빠져나가 살금살금 열차 옆으로 기어갔다. 말라죽은 들풀 사이에 몸을 숨기는 순간, 머리 위로 손전등 불빛이 휙 지나갔다. 바닥에 배를 붙이고 주변을 살폈다. 몇몇 대담한 사람들은 이미 바퀴 옆에 바짝 붙어 출발 신호를 기다리고 있었다.

빠앙~

길게 경적 소리가 울린 것과 동시에 나와 어머니는 여동생을 열차 위로 밀어 올렸다. 동생이 석탄 더미 속에 몸을 숨기자 곧이어 열차가 달리기 시작했다. 곳곳에 숨어 있던 사람들이 일제히 달려 나왔다. 나는 죽을힘을 다해 달렸다. 어머니도 내 옆에서 헐떡거리며 달리고 있었다. 다들 열차의 속도를 따라잡기 위해 필사적이었다. 속도를 맞추지 못하면 바퀴 속으로 빨려 들어갈 수도 있었다. 문득 우리가 군사작전을 수행하는 특수부대 대원들 같다는 생각이 들었다. 비장함으로 따지면 그보다 덜할 것도 없었다. 다리 하나가 없는 장애인이 내 옆에서 함께 뛰고 있었다. 그가 절뚝거리면서 달릴 때마다 쇠로 만든 의족이 덜거덕덜거덕 쇳소리를 냈다.

지금이다! 나는 열차 위로 몸을 날렸다. 남보다 빨리 올라타야 했다. 열차가 5량밖에 안 되니 모든 사람들이 다 탈 수는 없을 것이다. 내가 열차 위로 오르자마자 어머니도 열차에 기어올랐다. 곧이어 장애인도 무거운 의족을 끌고 용케 올라탔다.

화물열차는 우리 모두에게 유일한 생명줄이었다. 잡으면 살고 놓치면 죽었다. 여자, 아이, 장애인까지 필사적으로 이 열차에 매달리는 이유였다. 생명줄을 잡는 데 실패한 사람들을 선로에 버려둔 채 열차는 유유히 속도를 높이고 있었다.

• • •

열차에 올라탄 사람들은 숨 돌릴 틈도 없이 곧장 다음 단계에 들어갔다. 자기 몫의 석탄을 챙기는 일이었다. 핏발 선 눈과 누런 이를 제외하면 온통 시커멓기만 한 사람들. 석탄가루를 뒤집어쓴 채 미친 듯이 석탄을 푸고 있는 사람들은 악귀 같아 보였다.

석탄을 자루에 담기 전에 그러모아 놓는 게 먼저였다. 목적지에 도착하기 전이라도 엔진의 열기를 식히기 위해 정차하거나 회령역 전에 위치한 신학포역에서 쉬어갈 때가 있었다. 그러면 또 군인들이 올라왔다. 최악의 경우는 우리 몫을 잔뜩 챙겨놓고도 군인들이 일찍 올라와 빈 자루만 들고 도망쳐야 할 때였다.

열차가 휘어진 선로를 따라 모퉁이를 돌자 귀청을 찢을 듯한 쇳소리가 났다. 열차 위를 지나는 고압선에서 시퍼런 불빛이 번쩍번쩍 튀었다. 얼떨결에 몸을 일으켰다간 군인들한테 들키기 전에 감전되어 죽을 판이다. 다들 전기선에 닿지 않기 위해 최대한 몸을 낮추고 정신없이 석탄을 푸고 있었다.

두만강 주변을 지날 무렵, 바람은 한층 거세졌다. 열차의 속력에 강바람이 더해지자 살이 에이는 것 같았다. 피부가 얼어붙을 듯이 추운데도 석탄을 푸는 사이 온몸에 땀이 흥건했다. 가뜩이나 다 해진 옷에 석탄가루와 땀까지 뒤섞여 완전히 거지꼴이었다.

석탄을 충분히 모은 뒤 네 개의 자루에 차례대로 퍼 담기 시작했다. 우리는 모두 맨손이었다. 장갑도 없지만 석탄과 잡석을 구분하려면 맨손이 더 나았다. 나는 손끝에 닿는 감촉과 무게만으로도 석탄과 돌멩이를 구분할 수 있었다.

오늘은 석탄 질이 좋았다. 잡석은 얼마 안 되고 갈탄의 비율이 훨씬 높았다. 내 머리통만 한 탄도 세 개나 발견했다. 큰 탄은 자루에 담지 않고 기차 밑으로 떨어뜨려도 되었다. 나중에 찾기만 하면 우리 것이니까.

웬일인지 회령역이 가까워지도록 군인들도 올라오지 않았다. 여러모로 운이 좋은 날이었다. 네 개의 자루를 꽉꽉 눌러 채우고 나자 너무나도 기쁘고 뿌듯했다. 이제 한 끼는 옥수수국수를 배불리 먹을 수 있을 것이다. 그러고도 며칠은 죽을 쒀서 먹을 수 있을 것이다.

이윽고 각 조에서 장(長) 역할을 하는 사람들이 열차 가장자리로 움직였다. 자루를 던질 장소를 찾는 것이다. 아버지가 없으니 우리 집에선 장남인 내가 그 역할을 해야 했다. 부담감과 책임감에 몸이 떨렸다. 나는 아저씨들 틈에 끼어 어두운 비탈길 아래를 두리번거렸다.

누군가가 자루를 던지자 그것이 신호인 듯 다른 사람들도 하나둘 자루를 던지기 시작했다. 나도 있는 힘껏 자루를 내던졌다. 자루가 땅에 부딪치는 둔탁한 소리에 이어 비탈길을 굴러 내려가는 소리, 자루가 터지며 석탄덩어리가 쏟아지는 소리가 들렸다.

이제 각 조의 장들이 뛰어내릴 차례였다. 아저씨들은 화물차 옆에 매달려 한쪽 다리를 바닥으로 뻗었다. 올라탈 때와 마찬가지로 뛰어내릴 때도 적당한 순간을 포착해야 했다. 땅바닥과 발바닥의 마찰음을 가늠해 이때다 싶은 순간 최대한 멀리 도약해야 했다. 선로 가까운 곳에 떨어지면 순식간에 열차 밑으로 빨려 들어갈 수 있었다. 머리부터 떨어지면 죽거나 크게 다칠 수 있었고, 우물쭈물하다 한쪽에만 체중을 싣고 떨어지면 뼈가 부러질 수 있었다. 무게를 분산해서 뛰어내린 뒤 둑 밑으로 데굴데굴 굴러가는 것이 가장 좋은 방법이었다.

여기저기에서 사람들이 몸을 날리고 있었다. 기껏 채워놓은 자루를 남들에게 빼앗기지 않으려면 나도 빨리 뛰어내려야 했다. 하지만 화물차가 10량일 때와 5량일 때의 속도는 현저히 달랐다. 너무 빨랐다. 너무 무서웠다. 내가 우물쭈물하는 사이 이미 여러 사람이 뛰어내려 비탈길 아래로 굴러가고 있었다. 내 옆에 매달려 있던 장애인 아저씨도 열차 밖으로 몸을 날렸다. 나름대로 터득한 요령이 있는지 그는 바닥에 그대로 푹 주저앉더니 경사를 따라 엉덩이로 미끄럼을 타며 얼어붙은 자갈길을 내려갔다.

'이번엔, 이번엔 나도 꼭….'

마음이 다급했다. 더 이상 주저할 시간이 없었다. 나는 열차에 매달린 채 아래를 내려다보았다. 바닥이 엄청난 속도로 지나가고 있었다. 고개를 들자 눈앞으로 전봇대가 휙휙 지나갔다. 귀에서는 매서운 바람소리가 났다. 공포심에 압도된 나는 또다시 기회를 놓치고 말았다.

키 120센티미터에 몸무게가 20킬로그램도 나가지 않는 나는 빈혈과 영양실조에 시달리고 있었다. 자꾸 의식이 몽롱해졌다. 머리가 핑 돌면서 눈앞이 흐릿해졌다. 사흘을 내리 굶은 데다 밤새 고된 일을 했으니 어지러운 것도 무리는 아니었다.

'정신 차려. 떨어지면 안 돼.'

나는 열차 난간을 움켜쥔 손에 힘을 꽉 주었다.

그때였다. 쾅! 뭔가가 나를 강하게 들이박는 것이 느껴졌다. 정신을 잃기 직전이었을까, 잃는 순간이었을까. 내가 살아온 14년의 시간이 눈앞을 빠르게 스쳐갔다. 아주 어릴 때부터 최근 일까지, 평소에 전혀 기억나지 않던 일까지. 다음 순간 나는 정신을 잃었다.

• • •

얼마나 시간이 지났을까? 몇 분? 몇 초? 눈을 뜨자 숨이 턱 막혔다. 머리 위에는 내가 부딪친 구조물이 서 있었다. 그것은 바닥에서부터 150센티미터 정도 올라와 있는 콘크리트 턱이었다. 그곳에 몸을 부딪치면서 열차에서 떨어졌고, 철길과 턱 사이에 있는 좁은 틈으로 굴러 들어간 것이었다. 그 틈으로 들어가지 않았다면 기차에 치여 몸뚱어리가 두세 동강으로 잘렸을 터였다.

그러나 어딘가에 부딪친 것뿐이라고 하기엔 고통이 너무 심했다. 내 주변에는 눈과 흙이 섞인 얼음물, 기차에서 흘러내린 검은 기름이 묻어 있었다. 물, 기름, 흙, 석탄가루, 온갖 시커멓고 더러운 것들이 얼음 위로 새빨간 피와 뒤엉켜 흐르고 있었다. 엄청난 양의 피를 뿜어내고 있는 것은 다름 아닌 내 다리였다. 그제야 알았다. 60톤의 화물열차가 내 다리를 밟고 지나갔다는 것을.

"으아아아악!"

잘려 나간 다리가 선로 위에 널브러져 있는 모습이 눈에 들어왔다. 선로에 놓인 다리에는 내가 입고 있던 솜바지와 해진 신발까지 그대로 남아 있었다. 다리는 깔끔하게 절단되었다기보다 뜯겨 나간 모양새였다. 완전히 잘려 나간 게 아니라 여전히 내 무릎 아래에 덜렁덜렁 매달려 있다는 것이 더 끔찍했다. 뼈와 힘줄이 잘린 상태에서도 미약하게 남은 살가죽이 장딴지를 겨우 붙잡고 있었다. 장딴지 아래 부위는 발등이 뒤로 돌아간 채였다.

잘린 부위 위쪽으로 살가죽이 말려 올라가는 느낌도 들었다. 피는 줄줄 흐르는 것이 아니라 숨을 쉴 때마다 푹푹 뿜어져 나왔다. 영하의 날씨는 소름 끼칠 만큼 다리를 시리게 했다. 이미 떨어져 나간 다리는 모르겠는데 내 몸에 남아 있는 단면이 너무너무 시렸다. 잘린 단면에서 얼음 알갱이들이 만들어지고 있었다.

엄청난 고통에 오열하며 우는 와중에도 번뜩 머리를 스치는 생각이 있었다. '지혈을 해야 한다. 피가 다 쏟아지면 죽을 것이다.' 나는 본능적으로 다리를 향해 손을 뻗었다. 그때 알았다. 내겐 이미 손가락도 없다는 것을. 두 손가락은 완전히 잘려 나가 흔적조차 없었고 손가락 하나는 뜯겨지면서 살가죽이 벗겨져 뼈만 남은 상태였다. 노르스름한 흰빛이 도는 손가락뼈는 딱 성냥개비만 한 두께였다. 다리에서 쏟아지는 피를 막을 방법이 없다는 것을 깨닫자 우는 것 말고는 아무것도 할 수 없었다. 나는 엉엉 울면서 고함을 질렀다.

"사람 살려! 사람 살려!"

내 목소리를 들은 것일까? 어둠 속에서 사람들이 달려오는 모습이 보였다. 우리 마을 사람들, 함께 열차에서 석탄을 훔치던 사람들이었다. 나는 더 크게 고함을 질렀다.

"내를 좀 살려주쇼! 제발 좀 살려주쇼!"

첫 번째 사람이 다가왔을 때 나는 부축을 받기 위해 손을 내밀고 몸을 일으킬 준비를 했다. 하지만 그 사람은 내 몸을 뛰어넘더니 가던 방향으로 계속 달렸다. 다음 사람도, 그다음 사람도 마찬가지였다. 그들은 나를 구하러 온 것이 아니었다. 자신들의 석탄 자루를 챙기러 온 것이었다.

빼빼 마른 사내들, 피 흘리는 어린 소년을 못 본 체하는 그들은 누군가의 아버지들일 것이다. 그들의 집에는 나만 한 자식들이 있을 테고, 그 자식들도 피골이 상접해 있을 것이다. 남의 아이를 도와주느라 석탄 자루를 챙기지 못하면 다음번 열차가 오기 전에 그들의 자식은 굶어 죽을 것이다. 새벽열차는 일주일, 때로는 열흘씩 오지 않았다. 우리가 할머니를 먼저 보냈던 것처럼 그들 역시 가족 중 한두 명을 이미 아사로 떠나보낸 상황일 것이다. 이웃을, 그 이웃의 아이를 돌아볼 여유 따위는 없어진 지 오래였다.

하지만 이런 생각은 아주 나중에야 들었다. 손과 다리를 잃고 눈밭에 내팽개쳐진 나는 그들의 뒷모습을 망연자실 바라보면서 절망감과 증오심에 휩싸였다. 마을 사람들이 떠나버린 뒤 나는 가족들을 애타게 불렀다.

"아버지, 살려주시오! 어머니, 살려주시오! 옥란아, 나 좀 살려달라!"

아무도 나타나지 않는 어둠을 바라보는 것이 너무나도 절망스러웠다. 북한의 전력 사정이 늘 그렇듯 회령 시내는 정전이었고, 나는 한 치 앞도 분간할 수 없는 어둠 속에 홀로 쓰러져 있었다. 나의 목소리는 새벽 세 시의 어둡고 조용한 회령시로 울려 퍼졌다가 그 앞의 오산덕에서 메아리로 돌아 나왔다. 또 두만강을 넘어 중국 접경지역인 삼합진까지 울려 퍼졌다. 내가 소리를 지를 때마다 삼합진에서는 컹컹 개 짖는 소리가 들려왔다. 살려달라는 외침에 응답하는 것은 그 개들뿐이었다. 더 이상 소리도 지를 수 없을 만큼 힘이 빠졌을 때 누군가가 다가왔다.

"오빠야? 오빠 맞나?"

열두 살짜리 여동생은 다리가 잘린 오빠를 보고 충격과 공포에 휩싸여 울부짖었다.

"오빠야, 많이 아파? 왜 이렇게 됐어? 내가 어떻게 해야 하나? 나 무서워!"

"물…. 물 좀 줘, 옥란아…. 목말라…. 추워…."

너무 목이 말랐다. 출혈보다 갈증으로 먼저 죽을 것 같았다. 수분이 피로 다 빠져나갔는지 목이 타들어가는 것 같았다. 갈증만큼 견디기 힘든 건 냉기였다. 팔다리가 잘린 단면으로 파고든 냉기가 온몸의 뼈를 얼어붙게 만들고 있는 듯했다. 동생은 자기가 걸치고 있던 목도리와 누더기 같은 솜옷을 벗어서 내게 덮어주었다. 그리고 조금 전 내가 그랬듯 울음 섞인 목소리로 어둠을 향해 고함을 질렀다.

"살려주소! 누가 우리 오빠 좀 살려주소! 여기 사람이 죽어가고 있습다!"

동생이 헤집고 다닌 끝에 데려온 사람들은 두 명의 철도 관계자였다. 동생의 애원에 마지못해 나타나긴 했으나 그들의 얼굴에는 귀찮은 기색이 역력했다. 길거리에 굶어 죽은 시체가 즐비한 마당에 거지 행색의 아이 하나가 죽어가는 일쯤은 그들에게 예사로운 일이었다.

"이밤에 무슨 일이니. 뭐, 일단 병원에 데려가보자."

누군가 손수레를 가져오더니 한 사람은 내 몸을 안아 들고, 또 다른 사람은 덜렁거리는 다리를 붙잡아 수레에 실었다. 수레에 타자 시체 썩는 냄새가 코를 찔렀다. 실제로 시체를 옮길 때 쓰는 수레였다. 길거리에 굶어 죽은 시체가 늘어나면서 정무원(공무원)들은 손수레에 시체를 담아 변두리로 가져간 뒤 한꺼번에 묻어버렸다. 비포장도로 위에서 수레가 흔들리고 튀어오를 때마다 비명이 저절로 나왔다.

"너 성호 아니니?"

어둠 속에서 어머니 목소리가 들렸다. 어머니는 석탄 자루를 실을 손수레를 가지고 우리를 찾아오던 길이었다. 새벽 세 시 무렵이라 여전히 주변은 새까맸다. 지나가는 우리도 시커먼 그림자처럼 보였겠지만 어머니는 울음소리만 듣고도 아들의 목소리를 알아챘던 것이다. 울고 있던 여동생은 어머니를 보자마자 더 크고 서럽게 울었다.

"어머니, 오빠 다리가 기차에 잘렸습네다."

"뭐? 너 지금 뭐래니? 무슨 정신 나간 소리네?"

어머니는 손수레에 실린 내 몸을 더듬더듬 만져보았다. 그리고 실신했다.

마취 없이 수술대에 오르다

어머니와 여동생은 병원에 들어서자마자 의사에게 애원했다. 아들을 살려달라고, 오빠를 살려달라고. 남루한 옷차림의 어머니와 여동생은 온몸에 석탄가루를 뒤집어쓴 모습이었다. 내게 솜옷과 목도리를 벗어준 여동생은 얇은 옷 하나만 걸친 채 오들오들 떨고 있었다.

내 꼴은 더 가관이었다. 초라한 옷차림에 석탄가루를 뒤집어쓴 것은 다른 가족들과 같았지만 하체는 피투성이였다. 내 다리에서 흐르는 피는 붉지 않았다. 탄가루와 뒤섞인 핏물은 시커멓고 걸쭉했다. 당직 의사는 누추하고 더러운 우리 셋을 바라보며 한숨을 쉬었다. 망설이는 기색이 뚜렷했다. '어차피 죽을 것 같은데 수술해, 말아?' 의사의 망설임을 눈치 챈 어머니는 필사적으로 매달렸다.

"제발 수술해주시오. 우리 아들 꼭 살아야 함다."

나도 애원했다.

"살려주시오. 나는 꼭 살아야 함다. 내가 살아야 우리 가족들을 먹여 살릴 수 있슴다."

의사는 마땅찮은 표정으로 우리를 쳐다보더니 입을 열었다.

"의약품은 있나?"

당 간부가 아닌 이상 수술받을 때 필요한 약품은 스스로 준비해야 한다고 했다. 항생제, 수액, 마취제 등등. 사회주의 체제에선 모든 사고와 질병에 대해 무상치료를 받을 수 있다고 선전해왔는데 그게 아닌 모양이었다.

"그, 그런 것 없슴다."

어머니의 말에 의사는 부분마취제라도 있는지 찾아보겠다고 했지만 회령 병원에 단 두 개 남아 있는 마취제는 전시용(戰時用)이었다. 전쟁이 났을 때 써야 하므로 지금은 사용할 수 없다고 했다.

"그럼 마취 없이 해주시오. 죽더라도 수술받다가 죽겠습다."

어머니와 의사가 주고받는 말을 듣고 있었지만 나는 두 사람의 대화가 어떤 뜻인지 정확히 몰랐다. 큰 사고를 당한 적도, 수술을 받은 적도 없었기 때문에 마취에 대한 개념조차 없었다. 나는 그저 물을 마시고 싶다는 생각뿐이었다. 목이 타들어가는 것 같았다. 목구멍 깊숙한 곳에서부터 비릿한 피 냄새가 올라오는 것도 역겨웠다.

갈증만큼 참기 어려운 것은 냉기였다. 실내에 들어오긴 했지만 난방이 되지 않는 실내는 찬바람만 불지 않을 뿐 바깥 온도와 별반 다르지 않았다. 난방기라곤 의사들이 수술 전에 손을 녹이는 전기난로 한 대가 고작이었다. 숨을 쉴 때마다 하얀 입김이 나왔다. 잘린 다리의 단면이 시렸고 온몸이 덜덜 떨렸다. 갈증, 냉기, 통증만 해소된다면 마취든 뭐든 그 밖의 일은 상관없었다.

"인마, 죽고 싶니? 피 흘릴 때 물 마시면 죽어, 인마."

내가 물을 달라고 애원하자 의사는 차갑게 쏘아붙였다.

• • •

수술실에 들어가자 그제야 공포가 밀려왔다. 나는 수술대 위에 누운 채 주변을 둘러보았다. 출입구를 제외한 삼면에 유리 진열장이 놓여 있었다. 진열장 안에는 온갖 수술도구가 종류대로 가득 차 있었다. 칼은 칼대로, 가위는 가위대로. 톱, 도끼, 줄칼, 망치를 닮은, 바라보는 것만으로도 무시무시한 도구들이 반짝반짝 빛을 내고 있었다.

'저런 것을 내 몸에 댄다고?'

쓸 수 있는 마취제 하나 없었지만 회령시 제1인민병원은 국제사회의 지원을 받는 현대식 병원이었다. 회령은 김정일의 생모인 김정숙의 고향으로 산, 들, 강 같은 모든 자연이 유적지였다. 나중에 알았지만 수술실 안에 있는 번쩍거리는 수술도구들 역시 국제사회에서 통째로 기증받은 것이었다.

내 팔에 꽂힌 링거에는 마취제 대신 식염수가 들어 있었다. 나는 말짱한 정신으로 의사와 간호사들이 내 몸을 수술대 위에 꽁꽁 묶는 것을, 의사가 가위로 나의 단벌 겨울옷을 싹둑싹둑 잘라내는 것을, 그들이 나의 알몸을 내려다보는 상황을 바라볼 수밖에 없었다. 공포심에 압도된 와중에도 수치심이 밀려왔다. 나를 내려다보고 있는 세 명의 간호사는 열여덟, 열아홉 살 남짓한 누나뻘의 여자들이었다.

하지만 수치심은 잠깐이었다. 수술이 시작되자 모든 감정이 사라져버렸다. 의사는 커다란 칼로 내 다리를 썰어내기 시작했다. 한 번에 싹싹 베어낼 수 있는 날선 칼이 아니라 무디기 그지없는 칼이었다. 의사가 무딘 칼로 질긴 살을 서걱서걱 칼질하는 동안 나는 짐승처럼 울부짖었다. 칼로 살가죽을 자르고 톱으로 뼈를 써는 그 모든 과정을 나는 또렷한 의식으로 고스란히 느끼고 있었다. 톱도 무디기는 마찬가지였다. 톱질을 할 때마다 드르륵드르륵 하는 소리 대신 삐거덕 삐거덕거리는 소리가 났다. 척추가 다른 뼈들과 연결되어 있다는 것을 나는 온몸으로 체감했다. 톱질을 할 때마다 머리뼈부터 발가락뼈까지 온몸이 떨리고 울리며 진동했다.

"으아악, 살려주시오! 살려주시오!"

"이 새끼야, 가만있지 못하니!"

내가 아무리 몸부림을 치고 울부짖어도 의사는 눈 하나 깜빡하지 않았다. 내가 비명을 지를 때마다 문밖에서는 어머니의 통곡소리가 들려왔다. 어느 순간 벽 너머에서 들리던 통곡소리가 뚝 끊겼다. 어머니가 정신을 잃은 것이었다.

"죽여주시오. 차라리 죽여주시오."

고통이 극한에 이르자 살려달라는 말 대신 죽여달라는 말이 저절로 나왔다. 다음 순간 나도 정신을 잃었다.

정신을 차렸을 때 나는 다리뿐 아니라 손도 없는 상태였다. 기차에 잃어버린 것은 손가락 세 개였지만 의사는 손가락 두 개를 살리는 대신 더 간편한 방법, 즉 손을 통째로 자르는 편을 선택했다. 의사는 손목 관절을 잘라낸 뒤 위쪽의 살가죽을 쭉 당겨 절단 부위를 싸버렸다. 엄청난 고통 속에서도 손이 없어진 것을 보니 눈물이 흘렀다. 세 시간 넘게 수술이 진행되는 동안 나는 정신을 잃었다 찾기를 반복했다. 수술은 동이 틀 무렵 끝났다.

알몸에 붕대를 감고 의사에게 안겨 수술실을 나오는 나를 보자 어머니는 다시 정신을 잃었다. 두 배쯤 부어버린 퉁퉁한 몸, 뭉툭해진 손, 그리고 외다리. 내 모습은 나에게도 충격이었다. 침상으로 옮겨진 나는 멍하니 누워 있기만 했다. 더 이상 비명을 지를 힘도, 울음을 터뜨릴 힘도 남아 있지 않았다.

"성호야, 뭐가 먹고 싶니?"

어머니는 많이 아프냐고 묻는 대신 무엇이 먹고 싶은지 물었다. 그것은 내가 먹고 싶은 것을 구해오겠다는 의미였다. 수많은 사람들이 옥수수가루 몇 그램을 구하지 못해 굶어 죽는 판국에 이보다 더 강한 사랑의 표현은 없었다.

"사과하고 사탕…"

여전히 입안은 바짝 말라 있었고 목구멍에서는 쓰고 역한 피비린내가 났다. 어머니가 무엇이 먹고 싶냐고 물었을 때 왜 그런지 아홉 살 때 먹었던 사과가 떠올랐다. 할아버지의 집에서 먹었던 시원하고 새콤달콤하고 향기로운 과일.

사탕은 미공급 사태 이전까지는 1년에 딱 두 번 먹을 수 있는 간식이었다. 바로 김 씨 부자의 생일 때 말이다. 김일성, 김정일의 생일이 되면 우리는 수령의 은혜에 충성으로 보답하라는 선생님의 연설을 들은 뒤 한 사람씩 교단 앞으로 나갔다. 그리고 교실 정면에 걸린 김 부자의 초상화에 90도로 절을 한 뒤 사탕이 들어 있는 선물 봉투를 받았다. 그것은 당국이 어린아이들을 세뇌하는 방법이기도 했다. 사탕 때문이든 무엇 때문이든 우리는 1년 전부터 김 부자의 생일을 손꼽아 기다렸으니까. 우리에게 그날은 가장 기쁜 날이었으니까.

어머니는 내 대답을 듣자마자 바깥으로 달려 나갔다. 사과 두 개,

또는 사탕 스무 개는 옥수수가루 1킬로그램과 맞먹는 가격이었다. 온 가족이 몇 끼를 포기해야 내가 먹고 싶은 사과와 사탕을 살 수 있었다. 돈이 없는 어머니는 어디에서, 어떻게 사과와 사탕을 구해야 할지 알 수 없었다.

"어머니, 석탄! 우리 아까 석탄 부려놓은 데로 가봐요."

동생의 말에 어머니는 손수레를 끌고 석탄 자루를 던진 곳으로 허둥지둥 달려갔다. 하지만 우리가 밤새 담아놓은 석탄은 이미 다른 사람들이 모조리 가져간 뒤였다. 잡석뿐인 버럭 덩어리와, 사람들이 어둠 속에서 미처 쓸어 담지 못한 석탄가루만 그 자리에 남아 있었다. 어머니와 동생은 버럭 덩어리와 석탄가루를 싣고 시내로 나갔다.

"석탄 사시오. 제발 석탄 좀 사주시오!"

어머니는 사거리에 서서 석탄을 사달라고 외치며 엉엉 울었다. 그러나 석탄가루를 뒤집어쓴 채 피가 튄 옷을 입고, 아무짝에도 쓸모없는 돌멩이와 가루를 사달라고 울부짖는 모녀를 사람들은 미친 사람으로 취급할 뿐이었다. 사거리에서 석탄을 팔지 못한 어머니는 손수레를 끌고 이 집 저 집을 돌아다녔다. 그리고 문이 열릴 때마다 우리의 사정을 이야기하며 하소연했다.

"제 아들이 간밤에 회령에서 열차사고를 당했습다. 지금 팔다리가 잘린 채 병원에 누워 있는데 사탕이랑 사과가 먹고 싶다고 함다. 제발 이 석탄 좀 사주시오. 우리를 좀 도와주시오."

하지만 그때는 우리 모두에게 고난의 행군, 죽어가는 소년을 뛰어

넘어 자신의 석탄 자루를 찾으러 가는 잔인한 시절이었다. 야멸찬 사람들은 어머니의 이야기가 끝나기도 전에 문을 닫았고, 좀 더 인정 있는 사람들은 고개를 가로저으며 미안한 표정을 지었다.

"아주머니, 그 석탄 내가 사기요."

누군가의 집 현관문을 돌아 나오는데 지나가던 할머니가 어머니에게 말을 걸었다.

"날 따라오기요. 우리 집에 잠깐 가기요."

할머니는 어머니와 여동생을 집에 데려간 뒤 15원을 주고 석탄을 샀다. 아들한테 먹이라며 옥수수국수 1킬로그램과 김치도 나눠주었다. 어머니와 여동생은 그 길로 시장으로 뛰어가 사탕 열 개와 사과 한 알을 샀다. 병원에 누워 있던 나는 어머니가 어떻게 사과와 사탕을 구해왔는지도 모른 채 어머니가 입안에 넣어주는 달콤한 사과를 받아먹었다. 맛있었다. 너무 맛있었다.

너는 왜
살아야 하느냐?

밤새 일하던 아버지는 회령 병원에서 걸려온 전화를 받고 나의 사고 소식을 알았다. 아버지는 화물열차 뒤에 매달려 회령으로 내려왔다. 하룻밤 사이에 팔다리가 없어진 아들을 보는 것도 기가 막힌데 의사는 아버지의 심정은 아랑곳없이 검은 비닐봉지를 내밀었다.

"수술 폐기물은 부모가 처리하시오."

봉지 안에는 잘라낸 나의 다리와 손, 그리고 피투성이가 된 옷이 들어 있었다. 아버지는 비닐봉지를 안고 그 자리에 풀썩 주저앉았다. 병원을 나온 뒤 하릴없이 길거리를 서성이던 아버지는 생각다 못해 뒷산인 오산덕으로 올라갔다. 곡괭이로 땅을 파려고 했지만 며칠을 굶은 아버지는 힘이 없었고, 꽁꽁 얼어붙은 땅은 꿈쩍도 하지 않았다.

아버지는 아들의 팔다리가 든 봉지를 안고 여기저기 헤매다가 손수레를 빌린 집으로 갔다. 그 집 사람들은 우리 가족을 좋아했고 특히 나를 예뻐했다. 자초지종을 들은 부부는 아버지에게 술을 대접하며 위로해주었다. 그리고 자신들의 일처럼 슬퍼했다.

"땅이 좀 녹으면 묻으러 오겠소. 그때까지만 보관해주시오."

아버지는 내 다리를 그 집 문 옆에 내려놓으며 말했다. 웬만한 사람 같으면 기절할 노릇이지만 선량한 그 집 가족들은 아버지의 부탁을 받아주었다. 그들은 내 다리를 자기 집 마당 한구석에 세워두었다. 나와 동갑이었던 그 집의 작은딸은 나중에 내게 이렇게 말했다.

"네 다리가 검은 비닐봉지에 싸인 채 꽁꽁 얼어 있는데 그게 꼭 장화를 세워놓은 모습 같았어."

주인아저씨는 내게 주라며 자신의 옷도 챙겨주었다. 수술하면서 단벌옷을 잘라버렸기 때문에 나는 벌거벗은 몸에 붕대만 감고 병실에 누워 있었다. 내 몸에 맞지도 않는 커다란 옷을 들고 더덜터덜 병원으로 돌아온 아버지는 내 옆에 앉아 넋 나간 표정으로 중얼거렸다. 귀를 기울여보니 아버지는 같은 말을 반복해서 되뇌고 있었다.

"노동당이 내 아들을 살려주지 않았다…. 노동당이 내 아들을 살려주지 않았다…."

아버지의 중얼거림에 점점 울음이 섞였다.

"노동당이… 내 아들을… 흐흑… 살려주지 않아…"

할머니가 굶어 죽었을 때도 당이 우리를 구제할 거라 믿었던 아버지였다. 박 씨 아저씨가 굶어 죽었을 때도 순직하는 것이 인민의 도리라고 여겼던 아버지였다. 아버지는 아들이 팔다리를 잃고 나서야 허상과 거짓뿐인 당의 실체를 깨달았던 것 같다.

오후가 되자 학포탄광에서 병원으로 전화를 걸어왔다. 아버지가 해야 할 작업이 많으니 당장 직장으로 복귀하라는 것이었다. 아버지는 울먹거리며 항변했다.

"내 아들이 죽어가고 있습니다. 팔다리가 잘려서 언제 죽을지 모르는 상황이란 말입니다."

"그딴 소리 말고 당의 정책을 위반하면 감옥에 간다는 것을 명심하라."

결국 아버지는 병원에 온 지 몇 시간도 되지 않아 일터로 돌아가야 했다. 아버지가 떠나자 어머니는 쉴 새 없이 울면서 이렇게 말했다.

"차라리 내가 사고를 당하지. 내가 사고를 당해야 했는데 창창한 아들의 팔다리를 잘랐어."

어머니가 한탄할 때 나는 큰아버지와 고모부가 나의 장래 문제를 놓고 설전을 벌이던 일을 떠올리고 있었다. 함경북도 당책임비서가 되라던 큰아버지의 말도, 최고의 군사 정치 간부가 되라는 고모부의 말도 이제 내게는 가당치 않은 일이었다.

'큰아들인 내가 출세해야 우리 가족 모두 잘살 수 있다.'

철이 들면서부터 나는 그 사실을 한시도 잊은 적이 없었다. 그러므로 내 팔다리가 잘려나간 순간 사라진 것은 나의 미래가 아니었다. 가족 모두의 꿈, 가족 모두의 희망, 가족 모두의 미래가 송두리째 사라진 것이었다.

• • •

아버지가 학포탄광으로 올라간 지 몇 시간 되지 않아 나는 열이 40도 넘게 올랐다. 오한이 들면서 온몸이 부들부들 떨렸다. 절단된 다리를 받쳐놓은 흰 베개는 피로 새빨갛게 물들었다. 어머니는 황급히 의사를 불러왔다. 다리를 꿰맸던 실을 풀고 봉합자리를 열자 피고름이 한 냄비 넘게 나왔다.

"에이 씨, 큰일 났다. 야, 너 수술 다시 해야겠다."

의사의 말에 수술실에서의 악몽이 떠올랐다. 불과 하루 전의 일이었다. 재수술을 하느니 차라리 죽는 편이 나을 것 같았다. 의사는 출혈과 염증도 문제지만 수술 자체가 잘못되었다고 했다. 무릎뼈를 다 뽑아낸 뒤 무릎 위를 절단해야 하는데 아래쪽을 절단했다는 것이다.

이번에도 마취는 없었다. 게다가 수술은 청진의 의과대학에서 온 열댓 명의 남녀 전공의가 참관하는 가운데 이루어졌다. 그들은 눈을 커다랗게 뜨고 내가 수술대에 꽁꽁 묶이는 상황을, 알몸으로 누워 있는 모습을 내려다보았다.

의사가 톱으로 내 무릎을 썰어낸 뒤 줄칼로 다리뼈 각난 부분을 갈기 시작하자, 차라리 무릎 아래를 잘라낸 첫 수술이 나았다는 것을 깨달았다. 뼈를 가는 고통에 비하면 뼈를 깎는 고통은 아무것도 아닐 정도였다. 의사는 무릎 뒤를 지나는 두 개의 힘줄을 무딘 칼로 한참 동안 썰어댔다. 무딘 칼로 굵은 힘줄이 쉽게 잘릴 리 없었다. 고통이 극에 달하자 초인적인 힘이 나왔다. 내 팔다리 세 곳을 묶어놓은 튼튼한 고무줄이 격렬한 몸부림에 모두 끊어지며 튕겨나간 것이다. 내가 고통스러워하면 할수록 전공의들은 나를 더 유심히 관찰했다.

"가만있지 못하겠니? 살려달라고 했잖니? 수술을 빨리 끝내야 살 거 아니냐!"

의사는 나를 야단쳤다 어르기를 반복했다. 그는 내가 정신을 잃지 못하게 하려고 자꾸 말을 걸었다.

"네 이름이 뭐냐?"

지성호입니다.

"너희 아버지 이름은 뭐냐?"

지창은입니다.

"형제는 몇이냐?"

여동생과 남동생이 있습니다.

"네가 왜 이 수술을 받아야 한다고 생각하느냐?"

제가 살아야 가족들을 먹여 살릴 수 있습니다.

내가 정말 대답을 했는지 안 했는지는 모르겠다. 어떤 질문에는 대답했던 것 같고 어떤 질문에는 대답하기 전에 정신을 잃었던 것 같다. 다만 나는 여전히 그렇게 믿고 있었다. 내가 살아야 가족들을 살릴 수 있다고.

나는 앞으로 일어날 일을 몰랐다. 석탄을 팔아 동생들을 먹일 옥수수 대신 내 약을 사야 한다는 것을, 방에 누워 있는 나를 대신해 어린 남동생이 물을 긷고 먹을 것을 구하러 다녀야 한다는 것을 그때는 정말 몰랐다. 불구가 된 몸으로 살아봐야 가족들에게 짐이 될 뿐이라는 것을, 그토록 목숨을 부지하려고 애쓸 필요가 없다는 것을.

내가 기절하면 의사는 뺨을 때리며 나를 깨웠다. 정신을 차리면 감당할 수 없는 고통과 함께 질문이 쏟아졌다.

네 이름이 뭐냐?

네 가족들은 몇이냐?

너는 왜 살아야 하느냐?

너는 왜 살아야 하느냐?

· · ·

마취도 수혈도 없이 재수술을 한 뒤 나는 사경을 헤매고 있었지만 아버지는 여전히 돌아오지 않았다. 석탄을 가지고 와야 하는데 화물열차에 올라타지 못했던 것이다. 우리는 천사 같은 할머니가 나눠준 1킬로그램의 옥수수국수를 뜯어 먹으며 하루하루를 버티고 있었다.

열흘이 지났을 때 아버지는 가까스로 석탄 자루를 들고 회령으로 내려왔다. 회령에 와서야 아버지는 지인의 집에 맡겨둔 내 팔다리를 기억해냈다. 아버지는 오산덕에 내 팔다리를 묻은 뒤 병원으로 왔다.

아버지가 학포탄광에 있고 나와 어머니가 병원에 있는 동안, 두 동생은 자기들이 알아서 끼니를 해결해야 했다. 집에는 먹을 것이 떨어진 지 오래였고 겨울이 떠나지 않은 산과 들에는 풀 한 포기조차 없었다. 두 아이들에겐 물을 길러 갈 힘도, 뒷산의 삭정이를 주워올 힘도 남아 있지 않았다.

대체식량을 배급한다는 이야기가 떠돌기 시작한 것은 그 무렵이었다. 그러나 당국이 먹으라는 대체식량이란 가을에 베고 남은 벼 뿌리와 '팽윤토'라 불리는 흙이었다. 짐승들도 먹지 않는 벼 뿌리를 먹으라는 것도 어처구니가 없었지만 흙을 캐서 먹으라는 지침은 도저히 이해하기 어려웠다.

"식량 배급이 곧 재개되니 동요하지 말고 당에 양심을 바치시오. 벼 뿌리와 흙을 먹으면서 자력갱생하고, 때가 되면 순직하시오. 바로 이것이 후대를 위한 투자요, 당에 대한 충성이오."

순한 양 같은 사람들은 당의 선전에 따라 고분고분 벼 뿌리와 흙을 주으러 다녔다. 그리고 마지막 순간이 왔을 때 일하다가 죽을 것을 다짐했다. 여전히 당의 거짓말을 믿는 그들은 주로 당원들이었다. 흙을 먹으면서 죽어간 이들도 그들이었다.

부모님도 없이 몇 날 며칠을 쫄쫄 굶었던 동생들도 앞집 누나의 권유로 흙을 먹었다. 흙을 물에 이겨 반죽한 뒤 가마에 구워낸 것이었다. 하지만 흙을 먹고 나자 도저히 대변을 볼 수가 없었다. 그 뒤 동생들은 굶어 죽더라도 흙은 절대 먹지 않기로 결심했다.

병원에서는 보름이 지나자 퇴원을 강요했다. 어차피 이름만 병원일 뿐 항생제도 진통제도 없었다. 병원에서 환자들에게 주는 것은 급식으로 나오는 멀건 죽 한 그릇이 전부였다. 그것조차 부담이 되자 퇴원 조치를 내린 것이다. 우리는 퇴원을 받아들이기로 했다. 하지만 우리에겐 호송차도, 휠체어도, 목발도 없었다. 아버지는 어딘가에서 담요 한 장을 빌린 뒤 텃밭에 있던 콩대 두 개를 뽑아왔다. 그리고 콩대를 다듬고 담요를 고정시켜 손수 들것을 만들었다. 아버지는 앞에서, 어머니는 뒤에서 각각 들것을 잡았다.

기차역으로 가는 동안 나는 담요 위에 누워 아버지의 흔들리는 등을 바라보았다. 두 사람 다 심하게 숨을 헐떡거렸다. 1킬로미터도 채 되지 않는 기차역까지 걸어가면서 부모님은 몇 번이나 쉬다가 걷다가 했다. 나중에 부모님은 그때를 이렇게 회상했다.

"작고 마른 아이인네 그렇게 무거울 수가 없더라. 들것에 실린 게 아이가 아니라 돌덩이 같았어."

기차역으로 가는 동안 행인들은 우리를 끊임없이 힐끗거렸다. 팔다리가 없는 몸으로 허술한 들것에 실려 가는 내 모습이 비참하고 부끄러웠다. 나는 사람들과 시선을 마주치지 않으려고 눈을 감아버렸다. 다리에서 염증이 번지기 시작하면서 온몸에 열이 오르고 있었으므로 눈을 뜨고 있는 것이 힘겹기도 했다. 내가 스스로를 창피스러워하는 그 순간에도 부모님은 그저 숨을 몰아쉬며 열심히 걷고 또 걸을 뿐이었다.

"너 성호 아니니?"

누군가 내 이름을 부르는 소리에 눈을 떴다. 기차역에는 수많은 사람들이 학포탄광으로 올라가는 열차를 기다리고 있었다. 석탄을 팔러 오는 사람, 식량을 구하러 친척집에 다녀오는 사람, 시내에 장을 보러 왔던 사람…. 내 이름을 부른 사람은 소꿉친구 김영란이었다. 회령시 인근의 농촌에 살았던 영란은 세천의 이모 집에 가는 길이었다. 영란은 엉엉 울면서 나와 어머니를 번갈아보았다.

"성호야, 너 어쩌다 이렇게 됐니? 다리가 왜 없니? 성호 어머니, 성호가 왜 이렇게 되었습니까?"

영란이는 열차에 타고 나서도 울음을 그치지 않더니 무언가를 사들고 왔다. 옥수수로 만든 뺑튀기였다.

"성호야, 이거 먹어. 먹어야 산다."

아마 그 돈은 영란의 어머니가 친척집 오가는 길에 굶지 말라고 챙겨준 것이었으리라. 열이 너무 심한 데다 목구멍까지 바짝 말라서 음식을 삼키기가 힘들었지만, 나는 영란이가 입속에 넣어준 뻥튀기를 차마 뱉지 못했다. 학포탄광에 도착할 때까지 영란은 내 머리맡을 떠나지 않고 내내 울면서 말했다.

"성호야, 살아야 한다, 어떻게든 살아야 한다."

나는 예전 일을 생각하고 있었다. 감옥에서 돌아가신 영란의 아버지가 나를 "성호야"라고 부르는 대신 "사위야"라고 불렀던 일이나, 그때마다 불그스레한 얼굴로 "영란한테 장가들기 싫어요"라고 툴툴거렸던 일들.

팔다리를 잃기 전에 있었던 그 모든 일들이 꿈처럼 아득하게 느껴졌다. 나는 결코 예전으로 돌아갈 수 없을 것이다. 아버지가 오산덕 어딘가에 묻었다는 내 팔다리처럼 나의 꿈도, 나의 미래도 검고 어두운 땅속에 묻힌 것이다. 곧이어 의사가 내 뺨을 때리며 집요하게 물었던 질문이 떠올랐다.

너는 왜 살아야 하느냐?

너는 왜 살아야 하느냐?

너는 왜 살아야 하느냐?

자식을 버리면 그게 부모입니까?

집에 돌아오고 며칠이 지난 뒤 나는 탄광 병원에 입원했다. 중증환자가 아니면 입원할 수 없다고 했지만, 할아버지 대부터 학포탄광에서 살아왔던 덕분에 탄광 병원에는 아버지와 알고 지내는 의사들이 남아 있었다.

병원은 곧 문을 닫아도 이상하지 않을 만큼 아무도, 아무것도 없었다. 근무를 해봤자 배급이 없으니 의사든 간호사든 출근하지 않는 사람들이 태반이었다. 최소한의 인원이 교대로 근무하고 있었지만 제대로 된 치료를 기대하기는 어려웠다.

회령 병원과 마찬가지로 탄광 병원에서도 환자들에게 지급되는 것은 희멀건 밀가루죽 한 그릇이 전부였다. 환자들은 의약품도, 기본적인 처치도 없이 진통제 대신 독한 담배로 통증을 견디고 있었다. 병실에서는 담배를 피울 수 없었지만 폐병원이 되다시피 한 그곳에서 규정을 지키는 사람은 없었다.

나는 매일 고열과 오한에 시달렸다. 절단한 손목 부위에서는 새 살이 돋아났지만 피고름이 가득 찬 다리는 썩어갔다. 부모님이 항생제를 구해오지 못하면 꼼짝없이 죽을 판이었다. 나중에 친구들에게 들은 이야기에 따르면 부모님은 항생제를 구하기 위해 백방으로 뛰어

다녔다고 한다. 열흘에 한 번 꼴로 석탄 장사를 해봐야 옥수수가루나 겨우 사는 정도였기 때문에 부모님은 피를 팔기로 했다.

"둘 다 피를 뽑으면 온 가족이 죽을 수도 있으니까 일단 한 사람만 뽑읍시다."

아버지가 먼저 피를 뽑기로 했다. 아버지는 피를 살 사람을 찾아 회령시 곳곳을 돌아다녔지만 실패했고, 나중에는 중국 화교들을 찾아 다녔지만 역시 피를 팔지 못했다. 그 시간에 어머니는 "성호에게 찹쌀을 먹여야 하는데"라고 중얼거리면서 시장을 배회하고 있었다. 실성한 사람처럼 혼잣말을 중얼거리며 흐느껴 울고 있는 어머니를 본 친구들이 물었다.

"성호는 좀 어떻습까?"

"찹쌀을 먹어야 새 살이 돋을 텐데 돈이 없구나."

어머니는 친구들을 붙잡고 한참을 울다가, 장마당에 나와 있는 쌀 장수들에게 외상으로 찹쌀 1킬로그램만 달라고 애원했다. 하지만 돈 갚을 길이 요원해 보이는 남루한 여인에게 쌀을 내주는 사람은 하나도 없었다.

아버지가 피를 팔러 다니고 어머니가 찹쌀을 꾸러 다니던 그때, 나는 사고 직후 죽지 못한 것을 후회할 만큼 고통에 시달리고 있었다. 어쩐 일인지 밤이 되면 통증이 더 심해졌다. 나는 매일 밤을 울면서 뜬눈으로 지새웠다.

"많이 아프니? 이거 피워볼래? 아픈 게 훨씬 덜할 게야."

옆 침상에 누워 있던 방 씨 아저씨가 건넨 것은 약간의 담뱃잎에 온갖 잡풀을 섞은 뒤 양잿물을 타서 만든 독하고 질 나쁜 담배였다. 그는 담뱃불을 붙이더니 내 손에 쥐어주었다.

"빨아서 들이마신 다음에 내뱉으면 된다."

나는 아저씨가 말한 대로 담배를 힘껏 빨았다. 연기를 들이마시자 사레들린 것처럼 기침이 났다. 머리가 어질어질하고 속이 메슥거렸다. 그래도 통증만 없어진다면 기침이나 메슥거림쯤은 아무것도 아니었다. 나는 토악질을 참으며 몇 번이고 담배를 빨아들였다. 환각 상태에 빠진 것처럼 주변이 빙글빙글 돌았다. 어느 순간 혓바닥에 닿는 담배 맛이 달달하게 느껴지더니 통증이 잠깐 가시는 것 같았다.

그날부터 나는 아저씨들이 말아주는 담배를 열심히 피워댔다. 병원에 온 부모님은 열네 살짜리 아들이 담배 피우는 모습을 보면서도 말리지 않았다.

"담배를 피우면 덜 아픈 것 같습다."

항생제도 진통제도 구할 수 없었던 부모님은 내 말에 아무 대답도 하지 않았다.

• • •

열차 사고가 난 지 한 달이 지났다. 4월 3일은 내 생일이었다. 생일 아침이 밝았지만 내게는 사고 이후 고통스러운 날 가운데 하루일

뿐이었다. 통증으로 밤새 잠을 이루지 못했던 나는 퀭한 얼굴로 침대에 누워 있었다. 아침 식사로 밀가루죽이 나왔지만 열이 나고 입안이 써서 도저히 넘어가질 않았다. 남동생이 찾아온 것은 아침 10시쯤이었다. 어쩐 일인지 동생은 한껏 의기양양한 미소를 짓고 있었다.

"형아, 내가 뭐 가져왔는지 봐라."

동생이 자랑스럽게 내민 것은 집에서 보낸 생일상이었다. 새하얀 쌀밥 한 공기와 두부가 들어간 국, 그리고 냄비에 담긴 계란찜. 그중에서도 계란찜은 난생 처음 보는 음식이었다. 명절이면 학포탄광에도 1인당 계란 한 알이 공급되던 시절이 있었다. 내가 아주 어릴 때 일이다. 그나마도 할아버지께 드렸기 때문에 우리가 계란을 맛본 적은 거의 없었다. 계란으로 이런 요리를 할 수 있다는 것 자체가 내게는 놀라운 일이었다.

"이게 어디서 났니?"

"텔레비전 팔았어."

우리 집에 텔레비전이 생긴 것은 1988년의 일이었다. 큰아버지가 당국으로부터 컬러텔레비전을 하사받은 뒤 원래 가지고 있던 러시아제 '템프' 흑백텔레비전을 우리에게 준 것이었다. 텔레비전을 가지러 가기 위해 아버지가 휴가를 신청하고 청진에 있는 큰아버지의 집에 갔던 일이며, 증기기관차가 역에 들어오는 소리가 들릴 때마다 아버지가 왔을까 역전으로 달음박질치던 일이 스쳐지나갔다. 40킬로그램이 넘는 텔레비전을 수레에 싣고 아버지가 개선장군처럼 동네 어귀에 나타났던 순간과 온 동네 사람들이 우리 집으로 몰려들어 드라마를 보던 날도 떠올랐다. 어떤 날에는 그 조그만 집에 아흔여덟 명이 들어와 다 같이 텔레비전을 보기도 했다.

삼촌이 텔레비전의 주요 부품을 훔쳐간 탓에 껍데기뿐이었던 텔레비전은 헐값에 거래되었다고 했다. 이미 장마당에는 중국과 일본에서 들어온 중고 텔레비전들이 나와 있었기 때문에 우리가 가진 흑백 텔레비전은 값이 떨어질 대로 떨어진 상황이기도 했다. 부모님은 마지막 재산이던 텔레비전을 팔아서 쌀 1킬로그램, 계란 두 알, 두부 한 모를 샀다. 나의 생일상에 올릴 음식이었다.

부모님은 말해주지 않았지만, 그때쯤 주변 사람들은 아버지에게 나를 포기하라고 권하고 있었다. 이미 장애인이 된 아이다, 살아봐야 본인도 괴롭고 가족들에게 짐만 된다…. 그들도 악의는 없었을 것이다. 우리 가족이 살기를 바라는 마음이었을 것이다.

"자식을 버리면 그게 부모입니까?"

그런 말을 들을 때마다 아버지는 늘 그렇게 잘라 말하곤 했다.

하지만 다리가 썩어 들어가면서부터 나와 가족들은 막연하게나마 나의 죽음을 예감하고 있었다. 내 머릿속에는 이런 고통에 시달리고 가족에게 폐가 되느니 차라리 죽는 게 낫다는 생각과, 그래도 살고 싶다는 마음이 뒤엉켰다. 부모님은 생일상을 차리면서 이것이 아들의 마지막 생일인지 모른다고 생각했을 것이다. 죽기 전에 밥과 국이 나란히 놓인 밥상을, 한 번도 먹어보지 못한 계란 반찬을, 그 상황에서 할 수 있는 최고의 음식을 먹이고 싶었을 것이다.

나는 밥상을 한참 내려다보다가 동생을 쳐다보았다. 동생의 차림새를 보니 눈물이 왈칵 쏟아졌다. 머릿니 때문에 동생은 머리를 빡빡 민 상태였다. 빡빡머리 위로 가위자국이 어지럽게 나 있었다. 상의는 일곱 살 때 유치원 교복으로 샀던 솜옷이었다. 다 해진 옷은 손목과 발목이 껑충하게 드러날 만큼 짧았고, 연녹색이었던 옷감은 찌든 때로 새까맣게 변해 있었다.

교복 앞섶은 고장 난 지퍼 대신 커다란 단추 두 개로 여민 채였다. 어린 동생이 손수 단추를 달고 단추 구멍을 낸 것이다. 하의로 입고 있던 홑바지 역시 여기저기 해지고 떨어진 것을 동생이 서툰 바느질 솜씨로 직접 기워 입었다. 아무리 어려운 살림이라도 그런 꼴로 다니는 게 부끄럽지 않을 리 없었다. 그러나 내 생일상을 들고 뿌듯하게 웃고 있는 동생은 이미 창피도, 수치도 모르는 듯했다.

껑충해진 솜옷과 얇은 홑바지로 혹독한 겨울을 났을 동생. 앞섶으로 바람이 들어오는 줄도 모르고, 다 떨어진 여름 신발 속으로 눈이 들어오는 것도 모르고 물을 긷고 나무를 해왔을 어린 동생. 내가 할 때도 힘에 부쳤던 그 일을 이 어린아이가 어떻게 했을까. 열 살이 되었지만 동생의 키는 여전히 1미터가 채 되지 않았다. 핏기 없는 얼굴은 퉁퉁 부어 밀가루 반죽 같았고, 칼바람에 피부는 온통 터지고 갈라져 있었다.

"철호야, 아침은 먹었니?"

나는 눈물을 삼키며 동생에게 물었다.

"응, 난 잘 먹고 왔다. 그럼 이제 간다."

동생은 도망치듯 병실을 나갔다.

"철호야, 잠깐만! 가지 마."

나는 동생을 불렀다. 일어설 수가 없었기 때문에 큰 소리로 불러야 했다. 울음을 참느라 목소리가 자꾸 갈라졌다.

"이거 같이 먹자. 그리고 이것도 네가 먹어."

나는 아침 식사로 받은 죽을 동생에게 내밀었다. 동생은 부모님으로부터 단단히 교육을 받고 온 듯 같은 말만 되풀이했다.

"난 먹고 왔다. 이건 형이 다 먹어야 돼. 형 생일이잖아."

그래도 나는 끈질기게 숟가락을 쥐어주었다. 동생은 한참 눈치를 보더니 그제야 죽을 먹기 시작했다. 얼굴 한 번 들지 않고 정신없이 수저질을 하는 모습이 사나흘은 굶은 아이 같았다.

• • •

또다시 보름이 지나자 나는 탄광 병원에서도 퇴원해야 했다. 여러 환자들의 피고름 냄새가 진동하고 담배연기가 자욱한 병실을 나오는 것도 좋았지만, 원래 살던 목장골 집이 아닌 새 집으로 간다니 무엇보다 기뻤다. 이제는 골 안에서 방목하는 염소와 양들의 배설물로 오염된 개울물을 마시지 않아도 되는 것이다.

우리가 목장골로 이사한 것은 할머니가 돌아가신 해 가을이었다. 염소와 양을 치는 지역이라 그런 이름이 붙었다고 했다. 아버지가 목장골 집을 구한 이유는 우물과 산이 가깝기 때문이었다. 물과 땔감을 구하기가 용이하다는 것은 큰 장점이었다.

회령 병원을 나온 뒤 탄광 병원에 입원한 이유는 멀건 죽이나마 얻어먹을 수 있다는 현실적인 이유도 있었지만 목장골 집에 가기 싫은 탓도 있었다. 그 집에는 수상쩍은 점이 한두 가지가 아니었다.

자정이 되면 방 한구석에 있는 벽장문이 저절로 열리는 것부터 그랬다. 낡은 경첩이 삐걱 소리를 내며 문이 스르륵 열릴 때마다 우리는 겁에 질려 아무도 없는 문 너머를 쳐다보곤 했다. 그 집에서 살기 시작한 뒤부터 가족들이 악몽을 꾸고 자주 가위에 눌리는 것도 이상한 일이었다. 내 꿈에는 백발머리에 흰옷을 입은 할머니가 종종 나왔다. 할머니는 묘지 앞에 앉아 바닥을 가리키며 "여기에 뭐가 있어"라고 속닥거리곤 했다.

나중에 알게 되었지만 그곳은 굶어 죽은 사람들의 집이었다. 노부부와 두 아들이 살았는데, 자식들이 집을 나가 행방을 알 수 없게 된 뒤에도 노부부는 끝까지 집에 남았다고 한다. 처음에 그들은 흙과 잡초를 캐먹었고, 나중에는 자신들의 몸에 기생하던 벌레를 잡아먹었다. 그리고 마지막에는 자신들의 대변을 끓여 먹은 뒤 온몸에 똥독이 퍼져 죽었다고 했다. 내 꿈에 나왔던 할머니가 변을 먹고 죽었다는 그 노인일까?

새로 구한 집은 전 주인들이 외상 빚을 삲시 못해 야반도주한 뒤 빈 집으로 오래 방치되어 있던 곳이었다. 내 약값을 대느라 집은 가재도구 하나 없이 텅 비어 있었다. 그래도 집에 돌아왔다는 것만으로 뛸 듯이 기뻤다.

부모님과 여동생이 석탄을 팔러 나가면 집에는 나와 남동생만 남았다. 예전에는 나나 여동생이 했던 일을 막냇동생 혼자 떠맡고 있었다. 동생은 아침 일찍 일어나 물을 긷고 불을 지피고 방청소를 하고 먹을 것을 구하러 다녔다. 작고 여윈 동생이 쓰러질 듯 휘청대고 비틀거리면서 그 모든 일을 해내는 모습을 보고 있으면, 혼자 힘으로 일어날 수도 없는 나의 존재가 죄스럽게 느껴졌다. 내가 하는 일이라곤 마루에 앉아 햇볕을 쬐거나, 외발로 뛰어 마당 건너편에 있는 화장실에 다녀오는 것이 고작이었다.

동생의 일과는 물을 길러 가는 것으로 시작되었다. 어른들이 쓰는 물지게는 바닥에 끌릴 만큼 크기 때문에 동생은 자신의 키와 체구에 맞춰서 개조한 물지게를 지고 집을 나섰다. 자그마한 몸은 지게에 가려 보이지도 않아서 마치 지게 혼자 타박타박 걸어가는 것처럼 보였다. 우물까지는 어른 걸음으로 15분 남짓한 거리였지만 동생은 30분 가까이 걸렸다.

물을 길어다 놓으면 동생은 곧장 자루와 호미를 들고 저탄장으로 향했다. 석탄을 주워 땔감이나 먹을 것으로 바꾸기 위해서였다. 어쩌다 두 자루를 채우면 동생은 몹시 기뻐하며 돌아왔다. 그런 날이면 동생의 손에는 작은 빵 하나가 들려 있었다. 어찌나 빨리 뛰어왔는지 빵에서는 여전히 김이 모락모락 났다. 동생은 그 빵을 1센티미터의 오차도 없이 정확하게 반으로 나눠 내게 건네곤 했다.

하지만 동생이 시장에서 먹을 것을 늘 사올 수 있는 건 아니었다. 오히려 동생이 식량을 구해오는 곳은 주로 기차역이었다. 기차역에 머물러 있는 호송 차량의 배수구를 지키는 것은 동생의 주요 일과 중 하나였다. 열차 안의 호송원들이 먹고 남은 국물을 배수구에 버리면, 국숫발이나 밥알이 섞여 나오곤 했다. 가끔은 생선뼈와 감자껍질이 떨어지기도 했다. 동생은 발이 저리도록 쪼그리고 앉아 다른 사람들이 먹고 버리는 국숫발, 밥알, 생선뼈, 감자껍질을 하염없이 기다렸다.

하지만 그것도 늘 집으로 가져올 수는 없었다. 동생과 같은 처지의 꽃제비 아이들이 많았기 때문이다. 동생은 꽃제비들 가운데에서도 가장 어리고 약한 아이였다. 하루 종일 기다려서 국숫발 몇 가닥을 손에 쥐고도 다른 꽃제비들에게 매를 맞고 빼앗기는 날이 더 많았다.

"형, 이거 먹어봐."

아무리 고되고 허기진 상황에서도 동생은 뒤에서 혼자 먹는 법이 없었다. 먹을 것이 생기면 비닐봉지에 담아 곧장 집으로 달려왔고, 고열에 시달리고 있는 내 입에 넣어주었다. 자기 딴에는 어떻게든 아픈 형을 살리고 싶은 마음이었으리라.

동생이 해준 음식 가운데 지금도 또렷이 떠오르는 것은 사골국이다. 어느 날 동생이 옷 속에 뭔가를 숨기고 부리나케 집으로 들어와 들뜬 목소리로 나를 불렀다.

"형, 이것 봐. 나 오늘 뭐 주워왔는지 알아?"

동생이 자랑스럽게 꺼내놓은 것은 살점 하나 붙어 있지 않은 돼지 머리뼈였다. 나는 동생이 다른 꽃제비들에게 밀려 좋은 것을 구하기 힘들다는 사실을 잘 알고 있었다.

"이걸 어떻게 가져왔니? 다른 애들이 가만 있었니?"

"오늘은 다들 기차역에 안 나왔더라. 그래서 내가 열차를 지키고 있다가 주워왔지. 형, 기다려봐. 내가 진짜 맛있는 거 해줄게. 우리 오늘 고기 국물 먹을 수 있다."

나는 몸을 벌떡 일으켰다. 완전히 일어설 수는 없었지만 고기 국물이라는 말에 저절로 몸이 움직였다. 동생은 도끼로 뼈를 작게 쪼갠 뒤 가마솥에 물을 붓고 오래 끓였다. 국물이 우러나자 함께 주워온 옥수수면을 몇 가닥 넣었다. 동생이 차린 밥상에는 뽀얗게 우려낸 사골 국물과 한 줌의 옥수수면이 들어 있었다. 국물에 떠 있는 기름을 본 우리는 감격한 나머지 말이 나오지 않을 지경이었다. 그날은 우리 형제에게 사고 이후 가장 기쁜 날이었다.

• • •

석탄을 팔러 가지 못한 날이면 가족들은 텃밭에서 키운 옥수수로 죽을 쑤어 먹었다. 옥수수 두세 개를 갈아서 나온 단물에 호박잎과

시래기를 넣어 만든 죽이었다. 다섯 명의 가족이 옥수수 두세 개로 한 끼를 먹자니 양은 늘 모자랐다. 어머니는 어른이나 아이 할 것 없이 똑같이 반 그릇씩 나눠주었다.

"난 동생들보다 더 큰데 왜 똑같은 양을 먹어야 함까? 큰 놈은 더 주고 작은 놈은 덜 줘야지."

지금 생각하면 너무나도 부끄럽지만, 내가 이렇게 신경질을 내면 동생들은 내 눈치를 보며 안절부절했다. 하지만 어머니는 들은 척도 하지 않았다. 아버지든 막냇동생이든 한 사람 앞에 죽 반 그릇씩이었다. 모두가 굶주린 상황에서 그것은 부모님에게 일종의 양심이었을 것이다. 아이들보다 더 먹지 않아야 한다는, 모두가 똑같이 먹어야 한다는.

죽이 차려지면 가장 먼저 그릇을 비우는 사람은 아버지였다. 같은 양을 먹고도 우리보다 훨씬 더 배가 고팠을 아버지는 얼마 되지 않는 죽을 순식간에 비워내곤 했다.

여름밤은 길고 길었다. 다섯 시 반쯤 죽 반 그릇을 먹고 나면 다들 배가 고파서 밤새 잠을 이룰 수가 없었다. 한밤중이 되면 남동생은 아껴 먹느라 남겨두었던 죽을 꺼내 다시 홀짝홀짝 먹곤 했다. 그때마다 아버지는 남동생을 물끄러미 바라보곤 했다. 차마 달라고 말할 순 없어도 어린 아들이 떠먹고 있는 죽에 시선이 가는 것까지는 어쩔 수 없었던 것이다. 그도 누군가의 아버지이기 전에 배고픈 한 인간이었으므로.

하지만 모든 사람들이 우리 아버지 같지는 않았다. 어느 날 석탄을 팔러 다녀온 아버지가 화가 잔뜩 나서는 누군가를 한참 욕했다.

"그놈은 애비도 아니다. 애비라면 그러면 안 된다."

"왜 그러십니까? 무슨 일 있었습까?"

우리가 묻자 아버지는 석탄을 팔러 가는 길에 만난 어느 아버지와 아들에 관해 이야기했다. 회령 시장으로 향하던 아버지는 앞서가는 다른 아버지와 아들을 보았다. 뒷모습만 봐도 그 부자의 행색이 초라하다는 것쯤은 금방 알 수 있었다. 아버지는 그들이 우리와 같은 처지라는 생각이 들어 그 뒷모습을 한참 쳐다보며 걸었다. 아버지가 경악한 것은 그들 옆을 지날 때였다. 아비는 빵을 먹으면서 걷고 있었고, 네댓 살 남짓한 아들은 그 모습을 쳐다보면서 손가락을 빨고 있었다. 아버지는 그들이 완전히 사라질 때까지 노려보았지만 그 남자는 끝내 아들에게 빵을 떼어주지 않았다고 한다.

아버지는 몇 번이나 "애비란 놈이 어떻게 그럴 수 있느냐"고 말했지만 그때는 그럴 수 있는 시기였다. 양심, 도덕, 윤리, 배려, 그리고 부성이나 모성까지, 굶주림은 그 모든 것을 너무나도 쉽게 앗아가버렸다. 먹을 것 앞에서 기꺼이 인간다움을 포기할 수 있는 시절이었고, 1킬로그램의 쌀과 한 줌의 양심을 맞바꾸는 것이 너무나도 간단했던 시절이었다.

고난의 행군이라는 시기, 북한이라는 사회. 그 극단적인 시공간을 살아낸 사람 가운데 나의 아버지 같은 사람, 끝까지 인간이기를 포기하지 않는 사람이 오히려 드물었다. 나는 지금도 확신한다. 주변 사람들이 큰아들을 포기하라고 말했을 때, 장애인인 아들을 버리는 일쯤은 도덕적인 흠결이 되지 않았던 그 나라에서, 그럼에도 불구하고 아버지는 단 한 번도 나를 포기할 마음을 먹지 않았다고.

처절하게 살아남으라

여름이 되자 집 안에는 썩은 내가 진동했다. 다리는 두세 배나 부어올랐고 온몸에 열이 나면서 으슬으슬 추웠다. 다리를 봉합한 자리를 열어보니 커다란 구멍으로 대퇴골 안의 뼈까지 들여다보였다. 뻥 뚫린 안쪽에는 누런 고름이 가득 차 있었다. 고름을 박박 긁어냈지만 새로 만들어진 고름이 끊임없이 밖으로 흘러나왔다. 수술할 때 줄칼로 갈아낸 뼈들이 고름에 녹아서 꿰메었던 실밥과 함께 밀려 나왔다. 괴사하면서 볍씨만 한 뼛조각이 살가죽을 뚫고 나오기도 했다.

뼛조각과 고름을 빼낸 뒤 구멍을 막기 위해 무려 한 냄비나 되는 솜을 집어넣었다. 탈지면을 살 수 없었으므로 이불솜을 끄집어내서 씻고 소독한 뒤 사용해야 했다. 솜을 넣은 자리에 동여맬 붕대도 매일 소금물에 삶았다. 솜과 붕대로 싸매지 않으면 파리가 그 안에 알을 낳을 것이 뻔했다. 몸 안에 구더기가 들끓기 시작하면 죽는 건 시간문제였다.

부모님이 석탄을 팔러 나가면 남동생이 항생제 주사를 놓아주었다. 동생마저 저탄장이나 기차역에 나가면 내가 직접 주사를 놓아야 했다. 나는 힘겹게 몸을 움직여 오염된 수돗물을 끓인 뒤 페니실린을 풀어서 주사를 놓곤 했다. 원래는 생리적식염수에 풀어 사용해야 하지만 그것까지 사기는 힘들었다. 주사 맞은 자리는 돌덩이처럼 딱딱하게 굳어갔다. 그런 엉덩이를 볼 때마다 또 다시 수술대에 올라야 할까봐 겁이 덜컥 났다.

다리 염증으로 사투를 벌이던 그 무렵의 어느 날, 왼쪽 갈비뼈가 불거져 나온 채 혼자 움직이고 있는 것을 보고 깜짝 놀라기도 했다. 열차에서 떨어질 때 갈비뼈가 부러졌던 것이다. 갈비뼈가 부러질 때에는 다리가 잘려나가는 고통 때문에, 갈비뼈가 아물 때에는 다리에 퍼지는 염증 때문에 그것이 부러진 줄도 아무는 줄도 모른 채 지나가 버린 것이다.

고름이 한 냄비씩 나오고 뼛조각이 튀어나왔지만 부모님은 나를 리어카에 싣고 병원에 갈 힘이 없었다. 부모님은 병원에 찾아가 나의 상태를 설명했다. 집에 돌아온 부모님은 내가 사고를 당했을 때처럼 통곡했다. 의사가 전한 말 때문이었다.

"골수염이오. 더 이상 살 수 없으니 그만 포기하시오."

북한의 병원과 약국은 이미 의약품이 없어진 지 오래였다. 배급을 받지 못한 의사와 약사들은 도둑으로 돌변했고, 그들은 의약품을 장사꾼에게 넘겨 삶을 연명하고 있었다. 유엔과 해외에서 원조하는 의약품도 이런 관행에 따라 시장으로 흘러갔다. 끝까지 양심을 지킨 일부 의사와 약사들은 굶어 죽었다.

그래도 아버지와 가족들은 나를 포기하지 않았다. 아버지는 열차가 오는 날이면 중국산 페니실린과 '정통편'이라는 중국산 의약품을 사와서 내게 먹였다. 남동생은 송진과 느릅나무 껍질이 염증에 효과가 있다는 민간요법을 듣고는 매일 산을 돌아다니며 송진과 나무껍질을 구해왔다. 내가 영양실조에 걸리지 않도록 매일 수화물 차량 주변을 서성이며 먹을 것을 주워오는 것도 남동생이었다. 가족들의 노력에도 불구하고 내 체온은 매일 40도까지 올랐다. 해가 질 무렵부터 날이 밝을 때까지가 가장 고통스러웠다.

"제발 날 죽여줘. 이제 그만 죽여달라고."

나는 밤마다 울고 신음하고 소리 지르고 몸부림쳤다. 죽여달라고 수백 번쯤 외치고 나면 창밖으로 뿌옇게 먼동이 텄다. 초저녁부터 시작되는 나의 울부짖음에 가족들은 모두 잠을 설쳤다. 늦은 밤에는 화물열차에 매달리고 새벽녘에는 시장에 나가 석탄을 팔아야 하는 가족들에게 잠을 잘 수 없다는 건 고문 같은 일이었다.

"제발 잠 좀 자자! 하루 이틀도 아니고 네가 매일 울어대니까 다들 잠을 못 자지 않니!"

도저히 견딜 수 없는 날이면 아버지가 버럭 호통을 치기도 했다.

그러면 나는 서러움과 분노가 치받쳐 더 크게 악을 쓰고 울어댔다. '나는 이렇게 아픈데 다른 사람들은 잠이 오나?' 아프면 아플수록 화가 났다. 화가 나면 날수록 가족들이 미웠다.

어느 날 나는 밥상머리에서 하소연을 했다. 내가 혼자 견뎌야 하는 통증, 아무리 애써도 배불리 먹을 수 없는 날들, 항생제와 진통제조차 변변치 않은 상황…. 하소연은 점점 짜증 섞인 불만으로 변해갔고 끝내 나는 아버지에 대한 원망을 쏟아내고 말았다.

"아버지가 가장으로서 하는 게 뭐요? 결국 내가 이렇게 된 것도 아버지 때문 아니오. 난 차라리 죽는 게 나아요. 이렇게 살면 뭐해요?"

아버지는 입을 꾹 다물고 한동안 수저질만 하더니 지긋지긋하다는 표정으로 나를 노려보았다.

"그렇게 불만이면 속 썩이지 말고 차라리 죽으라."

"뭐? 죽으라고? 내가 이 집안을 위해서 열차에 올라탔다가 이 꼴이 됐는데 그게 할 소리요?"

나는 발로 밥상을 걷어차서 엎어버렸다. 어머니와 동생들이 미처 다 먹지 못한 옥수수죽이 그릇째 쏟아지며 방바닥은 엉망이 되었다.

"이놈이 진짜!"

아버지에게 매를 맞으면서도 나는 끝까지 바락바락 대들었다. 나한테 해준 게 뭐냐고, 아버지는 가장으로서의 책임을 다했느냐고, 책임을 다했다면 나는 왜 이 지경이 되었느냐고. 나는 아버지가 미웠다. 아버지를 증오했다. 하지만 미움보다 증오보다 더 큰 것은, 어쩔 수 없이 미안함과 죄책감이었다.

내가 병원에 있을 때 우리는 서로를 가여워하고 서로에게 미안해했다. 부모님은 가족들의 생계를 돕다 다친 내게 미안해했고, 나는 나를 살리기 위해 애쓰는 부모님에게 미안해했다. 아버지가 피를 팔기 위해 사방으로 뛰어다닌다는 이야기를 들었을 때, 어머니가 끝내 찹쌀을 구하지 못하고 시장 한가운데 서서 엉엉 울었다는 이야기를 들었을 때 부모님이 너무 가여워서, 부모님에게 너무 미안해서 나는 살려고 발버둥 쳤던 것을 후회했다. 그러나 한집에 살면서 서로의 고통을 지켜보는 것은 다른 문제였다. 아무리 가족이라도, 아무리 사랑해도 힘든 것은 힘든 것이었다.

나의 운명이 뒤바뀐 그날, 3월 7일 새벽. 나는 그저 달리는 화물열차에 올라탔을 뿐이었다. 그날 나를 짓눌렀던 것은 내가 아버지의 역할을 대신해야 한다는 부담감, 석탄을 훔치고 그것을 팔아 동생들을 먹여 살려야 한다는 책임감뿐이었다. 두려웠고 무서웠고 부담스러웠지만 나는 맏이였다. 나는 열다섯 살이었다. 열다섯 살도 어린 나이라는 것을 그때는 몰랐다. 다른 세상에서는 내 또래의 아이들이 부모와 사회의 보살핌을 받는다는 것을 몰랐다. 아무것도 몰랐다는 것, 눈을 가리고 귀를 막는 나라에 살고 있다는 것. 나의 잘못이라면 오직 그것뿐이었다.

그러나 죽고 싶은 마음뿐이던 고통의 시간에도 살고 싶은 순간은 있었다. 썩은 내가 진동하는 방 안에만 누워 있다가 바깥으로 통하는 문을 열었던 어느 봄날이었다. 문 밖에는 새싹이 돋아나고 나비가 날아다니고 있었다. 방 안으로 들꽃 냄새와 풀 냄새가 들어왔고 청명한 하늘에선 새가 지저귀었다. 나는 여전히 살아 있었다. 살아 숨 쉬는 모든 것이 내게 살라고, 살라고, 말하고 있었다.

· · ·

9월이 되고 선선한 바람이 불면서 상태가 호전되기 시작했다. 다리를 절단한 뒤 속이 훤히 들여다보일 만큼 크게 뚫려 있던 구멍은 새살이 돋아나면서 차츰 작아져갔고, 염증으로 녹아버린 실밥은 매일매일 바깥으로 밀려 나오고 있었다.

어느 가을날, 아버지는 석탄을 팔아 생긴 돈으로 쌀 1킬로그램과 이면수 두 마리, 두부 두 모를 사왔다.

"오늘은 성호의 완쾌를 축하하는 날이다."

우리는 생선과 두부가 놓인 밥상을 앞에 놓고 감격에 겨워 서로를 바라보았다.

1996년 겨울이 되자 모든 상처가 아물었다. 더 이상 우리는 페니실린과 정통편을 사지 않아도 되었다. 나는 '죽여달라'고 울부짖지 않고도 밤을 보낼 수 있었다. 약값으로 쓰던 돈을 살림에 보태면서 먹는 것도 조금 나아졌다. 한때 아버지에게 나를 포기하라고 권유하던 사람들은 부모님이 끝내 나를 살린 것을 두고 '인간 승리'라고 칭찬했다. 가정형편으로 보나, 당시 북한의 의료와 보건 상황으로 보나 내가 살아난 것은 기적 같은 일이었다.

그러나 아프지 않기만을 바랐던 시간이 지나자 비로소 나의 앞날이 막막하게 다가왔다. 10대 초반인 여동생은 여전히 부모님과 함께 달리는 석탄열차에 올라탔고, 아직 어린 남동생은 나를 먹이고 보살피기 위해 온갖 허드렛일을 도맡고 있었다.

겨울이 되자 동생들은 밑창이 없는 신발을 신고 눈길을 걸어 먹을 것을 구하러 다녔다. 나무를 가져오기 위해 산에 올랐고 물을 긷기 위해 우물로 갔다. 어떨 때에는 들판에 나가 들쥐들이 겨울나기를 위해 창고에 모아둔 콩을 훔치기도 했다. 먹이를 지키려는 쥐들이 물려고 달려들면 동생들은 오히려 그 쥐를 잡아 털을 태운 뒤 구워 먹었다. 쥐고기는 비린내도 강했지만 고소한 맛도 일품이었다. 일가족이 일사불란하게 움직이지 않으면 먹고살기 힘든 상황에서 내가 하는 일이라곤 방 안에 우두커니 앉아 있는 것, 외발로 뛰어 화장실에 가는 것이 전부였다. 한마디로 밥만 축내고 있었다.

1997년이 되면서 친구들이 군대에 가기 시작하자 자괴감은 더 커졌다. 북한의 군복무는 10년, 길게는 13년이다. 옆집에 살던 혁만도 입대했고 소꿉친구인 영란도 여군이 되기 위해 집을 떠났다. 친구들은 하나둘 세상 밖으로 나가는데 나는 서너 평 남짓한 방을 벗어날 수 없었다.

“아버지, 난 이제 어떻게 살아야 함까? 나는 고모부 같은 군인도,

큰아버지 같은 당 간부도 될 수 없습니다. 출세는커녕 사람 구실도 못 하고 살 겁니다. 결국 아버지 때문에 이렇게 된 게 아닙니까? 내 장래를 어떻게 하실 겁니까?"

아버지는 나의 외팔과 외다리를 바라보며 한동안 말이 없었다.

"국가가 거짓을 선전했다. 먹을 것을 준다고, 조금만 기다리라고 했다. 나는 거짓이 거짓인 줄 모르고 마냥 기다리고 따랐어. 그게 내 삶이었다."

아버지는 잠깐 말을 잇지 못하더니 울먹이며 말했다.

"아비가 잘못했다. 너에겐 정말 미안하다."

어떻게 살아야 할 것인가. 답이 없는 질문을 되뇌고 있으면 어릴 때 봤던 장애인들이 떠올랐다. 변변한 오락거리가 없던 어린아이들에게는 그들을 때리고 놀리는 것이 가장 재미있는 놀이였다. 장애인들에게는 이름이 없었다. 아니, 이름은 있지만 그들은 언제나 별명으로 불렸다.

국군포로를 아버지로 둔 신남호의 별명은 '신토미찐'이었다. 소아마비 환자인 그 아이는 허약하고 걸음걸이가 부자연스러웠다. 남호보다 한참 어린아이들도 단지 그가 약하고 이상하다는 이유만으로 때리고 조롱했다. 이름은 잊었지만 한쪽 엄지손가락이 두 개로 갈라진 아이도 있었다. 별명은 '육손이'였다. 우리보다 한 학년 위였지만 육손이를 형으로 대접하는 아이는 아무도 없었다. 그는 학교에서 언제나 심한 괴롭힘을 당했다.

그 밖에도 우리는 장애의 형태에 따라 누군가를 '조막손'이라고, '앵고발이'라고, '코쩨지개'라고 부르곤 했다. 어떤 어른도 그런 행동이 나쁘다고 가르쳐주지 않았다. 장애인을 이름보다 더 잘 어울리는 별명으로 부르는 것은 통념이었다. 어린아이들뿐 아니라 북한 사회 전체가 그랬다. 사람들은 장애인을 배려받아야 할 약자라고 여기지 않았다. 모자란 놈, 이상한 놈, 함부로 대해도 괜찮은 놈이라고 여겼다. 이제 내가 바깥에 나간다면 동생뻘되는 아이들조차 나를 '성호 형'이라고 부르는 대신 '외다리'라거나 '외팔이'라고 부를 것이었다.

이름 대신 별명으로 불리던 그들은 이 세상 사람이 아니었다. 사지가 멀쩡한 사람도 삶을 영위하기 힘들었던 고난의 행군을 지나면서 대부분의 장애인들이 굶어 죽었기 때문이다. 당국에서 운영하던 49호 병원이나 맹인학교는 문을 닫았고, 시설에 입소해 있던 장애인들은 강제 퇴원당했다. 이들을 보호해주는 곳은 어디에도 없었다.

1997년까지 내가 알고 있는 장애인 가운데 굶어 죽지 않은 사람은 '띡이'라고 불리던 최 씨와 의족을 하고 있던 신 씨가 거의 유일했다. 최 씨는 탄광에서 석탄 싣는 일을 하던 30대 후반의 가장이었다. 한쪽 다리가 짧은 그는 다리를 심하게 절었지만 보안원이 나타나는 등 도망칠 일이 있으면 누구보다 재빠르게 사라졌다. 날렵하게 뛴다는 의미에서 별명도 '띡이'였다.

최 씨의 아내는 고난의 행군 초창기에 굶어 죽었지만, 최 씨는 탄광에서 조금씩 캐내는 석탄으로 연명하며 어린 아들과 함께 끝까지 잔혹한 시기를 버텨냈다. 아들의 이름은 원영이었다. 제대로 먹지 못해 몸은 작고 말랐는데 머리만 가분수처럼 큰 아이였다. 학교를 다니지 못해 한글도 몰랐고 늘 동네 아이들에게 괴롭힘을 당했다. 너무나도 허약한 탓에 원영이는 걷지도 뛰지도 못했다. 그래도 하루 종일 문밖에 나와 지나가는 사람들을 우두커니 쳐다보곤 했다. 그런 아이가 1997년의 어느 봄날 미친 듯이 동네를 뛰어다니며 소리를 질렀다.

"울 아버지가 그네를 탄다!"

아이는 겁에 질린 표정이었고 눈동자는 기묘하게 희번덕거리고 있었다. 사람들이 붙잡아 무슨 일이냐고 물어도 원영이는 같은 말만 반복했다.

"울 아버지가 그네를 탄다! 울 아버지가 그네를 탄다!"

나는 원영이가 너무 굶은 나머지 정신이 나간 거라고 생각했다. 기겁한 얼굴로 같은 말만 되풀이하는 모습이 정말 돌아버린 것 같기도 했다. 인민반장과 보안원이 최 씨의 집으로 갔을 때 그는 문지방에 목을 매단 채 죽어 있었다. 방 안은 가재도구 하나 없이 텅 비어 있었다. 아사하지 않은 그가 왜 자살할 수밖에 없었는지 나는 오래 생각했다. 그에게는 아무 힘도 남아 있지 않았을 것이다. 석탄을 캘 힘도, 아들을 먹여 살릴 힘도…. 무엇보다 장애인이었던 그는 더 나은 삶이 올 거라는 희망을 가질 수 없었을 것이다.

우리 지역에서만 장애인의 80퍼센트가 굶어 죽었다. 살아남은 20퍼센트는 끝까지 '움직인' 자들이었다. 장애인들이 할 수 있는 일은 극히 제한적이었지만, 고난의 행군이 막바지에 이르고 지하의 시장경제가 형성되었을 때, 이들 또한 살기 위해 경제활동에 뛰어들었다.

몸을 움직이긴 힘들지만 손기술이 있는 자들은 신발을 수리하고 옷을 수선했다. 조금이라도 몸을 움직일 수 있는 자들은 달리는 석탄열차에 올라탔다. 다리를 절면서도 누구보다 빨리 달렸던 최 씨나, 의족을 끌면서 악착같이 석탄열차에 매달렸던 신 씨처럼, 그들의 몸부림은 멀쩡한 사람들보다 몇 배나 더 처절했다. 그들은 처절해야 했다. 처절할 수밖에 없었다.

1997년 봄, 나는 집 밖으로 나가기로 결심했다. 움직여야 했다. 움직여야 살 수 있었다. 나는 결코 80퍼센트의 장애인 사망자에 속하지 않을 것이다. 처절하게 살아남을 것이다.

이미 걸을 수 없게 된 내게는 신발이 없었지만 예전에 어머니가 신던 신발 한 짝이 남아 있었다. 그것을 신었다. 오래전 어머니의 것이었다가 내가 물려 입은 솜바지는 엉덩이로 몸을 끌고 다니느라 다 해져 천을 수십 차례 덧댄 것이었지만, 그대로 입고 나가기로 했다. 아버지가 만들어준 목발은 한 팔이 없는 나로선 짚기가 힘들었다. 그냥 외발로 뛰어나가기로 했다.

나는 문을 활짝 열어젖혔다. 그날도 바깥에는 햇살이 쏟아지고 있었다. 새싹이 돋아나고 나비가 날아다니고 있었다. 나는 여전히 살아 있었다. 살아 숨 쉬는 모든 것이 내게 살라고, 처절하게 살아남으라고 말하고 있었다.

3장

세천역의 꽃제비들

나의 새로운 전쟁터, 세천역

사고 이후 첫 외출. 나의 목적지는 집에서 10분 거리에 있는 세천역이었다. 물론 그것은 두 발로 걸었을 때의 시간이고 외다리로 폴짝폴짝 뛰어야 하는 나로서는 얼마나 걸릴지 알 수 없었다. 가는 길에는 오르막과 내리막이 있었고 탄차가 지나가는 찻길이 있었다. 내게는 그 모든 것이 험난한 장애물이었다. 몇 걸음 뛰고 나면 숨이 찼고, 힘 빠진 다리가 파르르 떨렸다. 쉬다 뛰기를 반복하면서 나는 세천역으로 향했다.

내가 목적지를 세천역으로 잡은 이유는 그곳에서 옥수수를 구할 수 있기 때문이었다. 예전에는 화물열차에서 석탄을 훔치는 게 생존 방법의 전부였다면, 이때쯤에는 옥수수 차량에서 옥수수를 훔치는 일이 주류가 되어 있었다.

고난의 행군 초창기만 해도 옥수수를 훔친다는 것은 두려운 일이었다. 똑같이 국가의 소유물이라도 석탄은 돌덩어리고 옥수수는 식량이다. 은연중에도 사람들의 마음속에는 '아무리 먹고살기 어려워도 식량을 훔치는 건 안 된다'는 생각이 있었다. 먹을 것을 훔치다 총살당한 사람을 많이 봤던 탓도 있을 것이다.

하지만 생각해보면 식량과 맞바꿀 석탄을 훔치는 것보다 곧바로 식량을 훔치는 편이 훨씬 효율적이었다. 석탄을 훔쳐오고, 시장에 내다 팔고, 식량을 사는 중간 과정이 모두 생략되는 것이다. 게다가 옥수수는 모든 것이 될 수 있었다. 술로 바꿀 수도, 쌀로 바꿀 수도, 두부로 바꿀 수도, 돼지고기로 바꿀 수도 있었다. 옥수수는 마법의 화폐, 유통의 꽃이었다.

옥수수 도둑으로 나선 이들은 대부분 내 또래의 꽃제비들이었다. 설마 아이들까지 총살시키겠느냐는 배짱에다, 이미 청진과 회령 등의 도시에선 호송원들까지 식량을 훔쳐가고 있다는 정보가 더해지자 꽃제비들은 담대해졌다. 꽃제비들은 출입구 틈새 등으로 칼이나 날카로운 물체를 집어넣어 옥수수 자루를 찢은 뒤 쏟아지는 옥수수 알갱이를 받아내는 방식을 썼다.

집에서 출발한 지 30여 분이 지났을 때 비로소 나는 세천역 앞에 도착할 수 있었다. 나 혼자 여기까지 왔다는 것만으로도 이미 뭔가를 이뤄낸 듯 기쁘고 뿌듯했다. 나는 역전을 찬찬히 둘러보았다. 옥수수를 실은 커다란 냉동열차가 줄지어 서 있었다. 어림잡아도 10량은 될 듯했다.

나의 목표는 옥수수 알갱이를 두어 줌이라도 가져가는 것이었다. 자루를 찢어서 받아내는 건 어려워도 땅바닥에 떨어진 것을 줍는 정도는 가능할 것 같았다. 나는 할 수 있다는 자신감으로 충만했다. 그동안 가족들에게 미안했던 마음을 조금이나마 갚을 수 있다는 기대감이 들었다.

역 앞은 꽃제비 무리로 인산인해였다. 열 살이 채 안 되는 어린아이들까지 합치면 100명은 족히 넘는 것 같았다. 바글바글 모여 있는 아이들 사이에서 '새마을'이라고 불리는 꽃제비 무리를 발견한 나는 갑자기 화가 치밀었다. 그들은 여러 마을의 꽃제비들 가운데서도 사납고 성질 더럽기로 유명한 녀석들이었다. 내 동생들을 끈질기게 괴롭히는 녀석들도 그들이었다.

동생들이 우물에서 물을 길어 오려면 반드시 지나야 하는 곳이 철다리였다. 새마을 꽃제비들은 그 철다리 위를 지키고 있다가 동생들이 물지게를 지고 지나가면 물이 담긴 플라스틱 통 안으로 톱밥을 뿌려댔다. 그러면 동생들은 다시 우물가로 가 물을 길어야 했다. 심한 날은 물을 받아 오다 버리고 다시 우물가로 가기를 몇 번이나 반복해야 할 때도 있었다. 같은 꽃제비지만 소속이 없고 힘이 약했던 동생들은 매번 그들의 못된 짓에 당할 수밖에 없었다.

'나쁜 놈들…. 내 동생들을 괴롭히는 놈들….'

나는 꽃제비 무리를 노려보았다. 그들도 나를 쳐다보았다. 처음 나온 데다 팔다리까지 없는 나를 쳐다보는 그들의 표정에는 비웃음과 경멸이 섞여 있었다. 하지만 시비를 걸거나 대놓고 조롱하는 아이는 없었다. 아마 내 눈에 독기가 가득 서려 있었기 때문일 것이다. 동생들을 괴롭히는 놈들이라는 증오심에다, 장애인이라는 이유로 무시당할지 모른다는 생각까지 더해져 나는 악에 받쳐 있었으니까.

꽃제비 왕초는 내게 별다른 신경을 쓰지 않는 듯했다. 오히려 그가 신경을 곤두세우고 있는 것은 화물열차 안에 있는 호송원들이었다. 호송원들은 보통 대여섯 명, 많게는 십여 명이 되기도 했다. 무장 군인이나 보안원일 때도 있었고 때로는 국가보위부일 때도 있었다. 석탄열차와 마찬가지로 여기도 지키려는 호송원들과 훔치려는 꽃제비들의 전쟁터였다.

"지금이다!"

왕초가 신호를 하자 꽃제비들은 일제히 열차에 달려들었다. 나도 뒤질세라 외발로 뛰어가 열차에 달라붙었다. 아이들이 노리는 것은 주로 냉동열차의 출입문이었다. 누군가가 출입문 사이의 틈새로 도구를 집어넣어 자루를 찢었다. 옥수수 알갱이들이 와르르 쏟아져 나왔다. 꽃제비들은 2인 1조를 이루어 자루를 찢고 받아내는 역할과, 바닥에 떨어진 것을 줍는 역할로 나누어 옥수수를 훔치고 있었다.

나는 내 앞으로 떨어진 옥수수 알갱이를 움켜쥐었다. 내 손바닥에 들어온 한 줌의 옥수수 알갱이를 보자 너무나도 기뻤다. 드디어 해낸 것이다. 주운 옥수수 알갱이를 주머니에 막 집어넣는 순간, 누군가가 머리를 후려치며 소리를 질렀다.

"뭐하는 새끼야! 안 비켜?"

자루에서 옥수수 알갱이를 받아내는 역할을 하던 아이였다. 나는 그 아이의 얼굴을 보고 기가 막혀서 할 말을 잃었다. 내 막냇동생의 예전 학급 친구였기 때문이다. 내가 얼이 빠져 있는 사이, 그 아이와 한 조를 이루고 있던 또 다른 녀석이 나를 확 밀쳐내며 고함을 질렀다.

"에이 씨, 이런 병신 새끼까지 먹고살겠다고!"

그 아이는 남동생 친구의 동생이었다. 한참 어린 아이들에게 욕을 먹으며 밀려나는 상황에 모욕감이 들었지만 어찌해볼 도리가 없었다. 무리로 움직이는 그들에게는 조직과 세력이 있지만 내게는 아무것도 없었기 때문이다. 그 순간 내 머릿속에서 하나의 깨달음이 스쳐갔다.

'약하면 죽는다.'

이것은 사고 이후의 삶에 대한 나의 첫 도전이었다. 죽을 때 죽더라도 세상과 맞장이나 떠보고 죽어야 했다. 나는 밀쳐지고 나동그라지면서도 내 손에 들어온 알갱이를 지키기 위해 온몸으로 버텼다. 옥수수 한 줌을 주머니에 챙겨 넣고 나서는 내 앞으로 떨어지는 또 다른 알갱이를 재빨리 주웠다. 그날 나의 전리품은 옥수수 알갱이 두 줌이었다. 무사히 역을 빠져나온 나는 감격에 겨워 주머니에 든 옥수수 알갱이를 만지작거렸다. 목표한 것을 이루었다는 생각에 더없이 뿌듯했다.

• • •

'어떻게 하면 걸을 수 있을까?'

세천역에 다녀온 뒤 내 머릿속은 그 생각으로 꽉 찼다. 한 번 나갔다 오자 몸이 근질근질했다. 일단은 걸어야 했다. 외발로 뛰어다니는 것은 한계가 있을 뿐더러 그때처럼 누군가가 밀치면 균형을 잃고 넘어지기 십상이었다.

아버지가 만들어준 목발을 여러 방법으로 짚어보았다. 목발에 지탱해 서 있는 것까지는 할 수 있었지만 왼손이 없으니 앞으로 나가기가 힘들었다. 양쪽 목발을 똑같은 간격과 속도로 내딛어야 하는데 한 손이 없으니 자꾸 엇박자가 났다.

'손이 없는 왼쪽을 목발에 묶어서 고정해버리면 되지 않을까? 그런 다음 왼쪽 목발의 손잡이를 위로 더 올리면?'

손재주가 좋은 아버지는 내 말대로 목발을 수리해주었다. 그래도 몸이 자꾸 기울어 박자를 맞춰 걷는 것이 쉽지 않았다. 나는 몇 날 며칠 동안 목발을 짚고 연습을 했다. 겨드랑이가 벗겨지고 손바닥에 물집이 잡혔다. 그래도 이를 악문 채 걷고 또 걸었다.

어느 정도 안정적으로 걸음을 옮길 수 있게 되었을 때 나는 다시 세천역으로 나갔다. 이번에는 목발을 짚은 채였다. 22호 관리소에서 내려온 옥수수 열차, 무리를 지어 달려드는 꽃제비 아이들. 지난번과 같은 상황이었다. 다른 아이들처럼 뛰어갈 수는 없지만 나는 목발에 의지한 채 열차를 향해 한 발 한 발 내딛었다. 그때처럼 바닥에 떨어지는 옥수수 알갱이를 두어 줌이나마 주워갈 생각이었다.

"에이 씨, 이 새끼 또 나왔네, 신경질 나게."

잔뜩 얼굴을 찡그린 채 시비를 걸어온 아이는 내 막냇동생 또래의 어린아이였다. 내게 그렇듯 그 아이들에게도 옥수수는 생계 수단이었다. 자신들의 패거리가 아닌 사람이 집어가도록 호락호락 내버려둘 수 없는 일이었다.

"너 이름 뭐냐? 몇 살인데?"

불량한 태도로 건들거리며 내게 이름과 나이를 묻는 녀석들은 꽃제비 가운데에서도 가장 어리고 약한 아이들이었다. 녀석들이 기선제압에 나서는 이유는 뻔했다. 서열이 가장 낮은 자신들보다 내가 더 아래에 있다는 사실을 각인시키려는 수작이었다. 분하고 어이가 없었지만 맞설 수도 없었다. 그들이 믿는 것은 자신들의 무리, 조직화된 세력이었다. 동생뻘의 꼬맹이 한두 녀석을 상대해서 이길 수는 있어도 꽃제비 무리 전체와 싸울 수는 없었다. 세천역에 나온 지 얼마 되지 않은 나로서는 몸을 사릴 필요가 있었다.

꽃제비들의 왕초는 박철민이었다. 나보다 두 살 위인 그는 학교를 그만둔 뒤 탄광에서 일하고 있었다. 박철민이 이끄는 꽃제비 무리는 낮에는 물론 밤에도 옥수수를 훔쳐냈다. 새벽에 22호 관리소에서 출발하는 화물열차의 연결기에 올라탄 뒤, 옥수수 자루에 구멍을 내고 갈고리로 긁어내는 방식이었다. 감시가 덜한 시간인 만큼 많을 때에는 10~20킬로그램까지 훔쳐낸다고 했다.

꽃제비들은 박철민에게 잘 보이기 위해 비굴하리만큼 애를 썼다. 어떤 조직이든 내부의 따돌림이나 괴롭힘을 피하는 것은 중요한 문제다. 그리고 그 모든 것에서 안전하려면 가장 강한 자의 눈에 들어야 했다. 아이들의 세계라고 해서 예외는 아니었다. 아니, 아이들이기 때문에 더 직감적이고 본능적으로 그 생존 법칙을 알고 있었다.

"왕초가 죽었대."

봄비가 장맛비처럼 쏟아지던 날, 꽃제비들 사이에서는 박철민의 죽음이 화제가 되었다. 전날도 박철민은 새벽에 운행하는 옥수수 차량에 올라탔다고 했다. 열차는 산 중턱을 돌고 돌아 내려갔다. 가로등 하나 없는 산길은 구름에 달빛이 가리거나 안개라도 낀 날이면 한 치 앞도 보이지 않을 만큼 새까만 어둠에 잠기곤 했다. 비온 뒤 짙은 안개가 낀 그날, 박철민은 그 칠흑 같은 어둠 속에서 어김없이 옥수수를 훔쳤을 것이다.

신학포역까지 내려가는 길에는 철다리가 여러 개 있다. 그중에서도 오대역 직전에 나오는 다리의 높이는 무려 100미터가 넘었다. 다리 아래에는 강이 흘렀고 크고 작은 바위가 여기저기에 박혀 있었다. 박철민이 변을 당한 것은 이 다리에서였다. 캄캄한 어둠 속에서, 그는 자신이 지나고 있는 곳이 다리 위라는 것을 몰랐다. 신학포역에 정차하면 호송원들이 올라오기 때문에 그의 머릿속에는 그전에 열차에서 벗어나야 한다는 생각뿐이었을 것이다. 열차에서 뛰어내린 그는 다리 아래로 추락했고, 바위 위로 떨어져 즉사했다.

그가 얼마나 인심을 잃었는지는 몰라도 탄광 사람들은 박철민의 죽음을 전해 듣고 인정머리 없이 '독립 만세'를 외쳤다고 한다. 반면 나를 비롯한 대부분의 꽃제비들은 조문을 갔다. 그의 집에는 홀어머니와 나보다 두 살 아래인 동생이 있었다. 동생의 이름은 박철우였다. 왜 그런지 몰라도 형이 죽고 난 뒤 철우는 나를 곧잘 따랐다.

• • •

사건은 박철민이 죽은 지 며칠 뒤 신학포역에서 일어났다. 개중에 나이가 좀 더 많은 아이들이 주축이 되어 무리를 이끌고 있었지만 왕초를 잃은 무리는 평소와 달리 힘이 빠져 보였다.

"야, 병신 새끼 너! 이리 와보라."

희생양이 필요했을까? 큰 아이들 몇 명이 손가락을 까딱거리며 나를 불렀다. 작정이라도 하고 나온 듯 그들은 트집을 잡고 시비를 걸어왔다.

"왜? 어쩔래?"

나도 지지 않고 대들었다. 더 이상 이렇게 살 수는 없었다. 우리가 살아온 세계에서는 도덕이나 윤리보다 언제나 생존이 먼저였다. 순하고 고분고분한 사람들은 가장 먼저 죽고, 살기 위해 어떤 짓도 서슴지 않는 사람들은 살아남는 사회였다.

이 잔인한 사회에서 가장 먼저, 가장 빨리 그 잔인함을 습득하는 건 아이들이었다. 가장 약한 꽃제비인 내 동생들을 괴롭히는 것, 장애인이라는 이유로 쉽게 희생양으로 삼아버리는 것, 그러면서 강한 자에게는 비굴할 만큼 머리를 조아리는 것. 그 모든 것이 아이들이 터득한 잔인한 생존 방식이었다. 여기에 짓밟히고 생존의 울타리 바깥으로 밀려나면 내게 남는 것은 죽음뿐이었다.

'약하면 죽는다.'

나는 세천역에 나온 첫날 배웠던 교훈을 되새겼다. 나는 살기 위해서 여기에 나왔다. 80퍼센트의 장애인들처럼 죽지 않기 위해, 사지 멀쩡한 자들보다 더 처절하게 살아남기 위해 나는 여기에 있었다.

싸움이 일어났지만 그들은 나보다 훨씬 쪽수가 많았다. 패거리로 덤벼드는 아이들 앞에서 나는 겨우 몸을 지탱할 목발, 그리고 겁에 질린 두 동생밖에 가진 것이 없었다.

"형님아, 싸우지 마오."

"오빠, 우리 그냥 집에 가기오."

동생들은 싸움을 거드는 건 고사하고 나를 말리느라 정신이 없었다. 그래도 나는 밀리지 않고 싸웠다. 몇 대 맞긴 했지만 한두 대쯤 때리기도 했다. 무리 안에서도 나를 좋아하는 몇몇 아이들은 눈치를 보며 슬금슬금 뒤로 빠졌다. 패거리에서 빠져나와 국경 경비대를 데려온 아이는 죽은 박철민의 동생인 철우였다.

경비대 장교가 으름장을 놓아 꽃제비들을 내쫓은 뒤에야 나는 겨우 몸을 추스를 수 있었다. 철우의 이야기를 듣고 장교를 데려온 사람은 경비대에 근무하는 나의 친구들이었다. 친구라고 해봐야 몇 개월 전 신학포역에서 처음 만난 뒤, 내가 가진 담배를 나눠주며 이야기를 나눈 게 전부였다. 군인들이 담배를 지급받지 못한 지 오래되긴 했지만, 그 작은 인연이 자신의 상관까지 데려와 나를 도와줄 일인지는 의문이었다.

철우와 군인 친구들 덕분에 무사히 집으로 돌아왔지만 나는 분해서 잠을 이룰 수가 없었다. '약하면 죽는다.' 내게는 경구처럼 느껴지는 그 문장을 되뇌어보면 내가 처한 상황이 명확하게 보였다. 한반도의 유배지인 이 탄광촌에 사는 사람들은 북한 사회에서도 하층민이었다. 그 동네에서도 꽃제비라고 불리는 길거리 아이들은 최하층민이었다. 그렇다면 꽃제비 안에서도 따돌림당하는 장애인은 그야말로 가장 밑바닥 인간일 것이었다.

밑바닥 인간. 그게 나였다. 더 이상 내려갈 곳도, 잃을 것도 없는 사람. 그래서 두려울 것도, 몸 사릴 것도 없는 사람. 죽기 아니면 살기였다. 그 중간은 없었다.

다음 날 나는 기왓장을 훔쳐왔다. 성한 오른손으로 기왓장을 깨고 또 깼다. 한밤중이 되고 가족들이 잠들면 목발을 짚은 채 빈 공장에 숨어 들어갔다. 그곳에서 기왓장을 깨고 벽을 때리고 허공을 향해 목발을 휘둘렀다. 잠자리에 들어서는 어떻게 때리고 어떻게 피해야 하는지 상상하고 또 상상했다.

학교에 다닐 때에도 나는 싸움이나 누군가를 괴롭히는 일과는 거리가 먼 아이였다. 나는 어른들이 착하다고 칭찬하는 아이, 부모와 국가가 주입한 것을 고분고분하게 받아들이는 아이였다. 그러나 이제 누가 나를 지켜줄 것인가. 부모도 국가도 나를 지켜주지 않는다. 오히려 형으로서, 오빠로서 내가 동생들을 지켜야 한다. 그러므로 내가 싸워야 하는 대상은 타인이 아니었다. 내가 싸워야 할 대상은 과거의 나, 착하고 고분고분한 나였다. 약하면 죽는 것처럼 착하면 죽었다. 죽지 않으려면 나와 동생들을 괴롭히는 놈들, 우리의 생존을 방해하는 녀석들을 굴복시켜야 했다.

결전의 날을 앞두고 나는 동생들에게 말했다.

"약하면 죽는다. 착해도 죽어. 약하고 착하면 계속 맞고 쫓기고 괴롭힘당하는 거다. 지난번 신학포역에서 나한테 시비 걸었던 놈들, 내일 개네랑 결판을 낼 거야. 아무 잘못도 없는 사람을 단지 장애인이라는 이유로 때렸으니 꼭 사과를 받아낼 생각이다."

매일 두들겨 맞기만 했지 생전 누군가를 때려본 적 없는 동생들은 겁을 먹었다. 다음 날 나는 동생들의 만류를 뿌리치고 역으로 향했다. 출석 부르는 사람은 없어도 꽃제비들은 매일 그곳에 모였다.

"야, 너 나 좀 보자."

내가 점찍어둔 아이는 신학포역에서 나를 때린 패거리 가운데 키와 덩치가 가장 큰 녀석이었다. 혼자 패싸움을 할 순 없으니 가장 센 놈과 일대일로 붙을 생각이었다. 상대는 가소롭다는 표정으로 나를 쳐다보더니 자신만만하게 나를 따라왔다. 큰 아이 작은 아이 할 것 없이 재미있는 구경거리라도 난 듯 그 뒤를 졸졸 따랐다. 그중에는 동생의 물지게에 톱밥을 뿌리던 녀석들도 있었다.

누가 봐도 뻔한 승부지만 이 싸움에 모든 것을 건 이상 맞아 죽더라도 물러서지 않을 작정이었다. 이 승부에 나와 동생들의 안위가 달려 있었다. 힘은 상대가 더 셀지 몰라도 깡다구는 내가 더 셀 것이다. 나는 비장한 목소리로 말했다.

"지난번에 나한테 시비 건 거 사과하라."

아이는 사과 대신 욕지거리를 내뱉었다. 먼저 움직인 것은 그 아이였다. 나는 그 아이가 펄쩍 뛰어오른 뒤 나를 향해 발길질을 하는 모습을 보고 몸을 틀어 피했다. 그리고 아이가 휘청거리는 순간을 놓치지 않고 목발로 힘껏 후려쳤다. 아이가 나자빠진 뒤에는 주먹으로 얼굴을 때렸다. 기왓장을 깨며 훈련한 효과가 있는지 아이의 얼굴이 홱홱 돌아갔다. 나는 내 밑에 맥없이 깔려 있는 아이의 목을 조르며 악에 받쳐 고함을 질렀다.

"왜 날 못살게 구니! 왜 내 동생들을 못살게 굴어! 잘못했다고 빌어!"

결국 아이는 무릎을 꿇었다. 큰 아이가 무릎을 꿇으니 작은 아이들도 슬금슬금 눈치를 보며 무릎을 꿇었다. 나는 꽃제비 아이들을 바라보며 말했다.

"우리는 먹을 것이 없어서 학교에 가는 대신 길거리로 나왔다. 그리고 나도 너희도 꽃제비가 됐어. 국가는 우리에게 식량을 배급하기로 약속했지만 지키지 않았다. 그러니까 우리가 원래 국가에서 받았어야 할 것들을 받아내는 건 당연한 일이야. 화물열차에서 석탄과 옥수수 알갱이를 가져오는 건 잘못이 아니다. 국영농장에서 생산하는 군량미도 원래대로라면 우리가 받았어야 할 배급이니 그것을 훔치는 것도 죄가 아니다. 하지만 개인의 재산에 손을 대는 것은, 그것이 옥수수 한 알갱이라고 하더라도 잘못이다. 남의 것에 손대는 새끼는 국가에서 처벌하기 전에 내 손에 먼저 죽는다."

꽃제비들은 연신 "왕초 왕초"를 외쳐댔다. 신학포역 싸움판에 있었던 아이들도, 동생들을 괴롭히던 새마을 아이들도, 박철민이 죽은 후 왕초 자리를 노리던 갑배네 아이들도 모두 나를 바라보며 왕초를 연호했다. 장애를 가진 내가 꽃제비들의 왕초가 되는 순간이었다. 또한 꽃제비 가운데에서도 가장 작고 약한 동생들의 어깨가 처음으로 펴지는 역사적인 순간이었다.

꽃제비,
반란을 일으키다

꽃제비.

이 말을 어떻게 설명해야 할까. 북한에서 꽃제비라는 단어가 유행하기 시작한 것은 고난의 행군 즈음이었다. 집 없이 떠도는 아이들, 도둑질을 해서 먹고사는 아이들, 길거리에서 쓰레기를 주워 먹는 아이들, 시장에서 노래를 부르며 동냥하는 아이들…. 사람들은 이런 아이들을 뭉뚱그려 꽃제비라고 불렀다.

겨울이 되면 기차역 대합실이나 길거리에서는 종종 얼어 죽은 꽃제비들이 발견되었다. 이들에게는 집도 없었지만 신발과 외투도 없었다. 설령 나처럼 집이 있는 아이들도 옥수수 열차가 세천역에 들어와 있는 기간에는 밖에서 무리 지어 자는 날이 더 많았다.

22호 관리소에서 옥수수 알갱이가 매일 나오는 건 아니었다. 생산량이 많을 때에는 한 달에 일고여덟 번씩 열차가 왔지만 적을 때에는 두세 달에 한 번일 때도 있었다. 세천역에서 옥수수 열차만 기다리고 있다간 굶어 죽기 십상이었다.

옥수수 열차가 오지 않을 때면 꽃제비들은 다른 전선에서 생존을 위해 싸웠다. 달리는 석탄열차에 올라타기도 했고, 산나물이나 버섯을 채취하기도 했다. 때로는 산에 불을 놓고 화전을 일구는 아이들도 있었다. 일부 꽃제비들은 군대로 끌려가기도 했다. 원칙대로라면 학교를 졸업해야 입대할 수 있지만, 출산율이 낮아지고 사망자가 속출하면서 학교를 다니지 못한 꽃제비들까지 끌고 가는 일이 비일비재했다. 개중에는 어릴 때 중국으로 탈북한 전적이 있는 아이들도 있었지만, 군인들이 영양실조로 죽어나가는 상황에서 군대의 머릿수를 채워야 했던 당국은 탈북 전적조차 문제 삼지 않았다. 이 당시 많은 아이들이 군대에서 영양실조로 사망했지만 꽃제비들은 달랐다. 이들은 어떤 상황에서도 생존하는 방법을 터득한 아이들이었다.

다른 마을에서는 개인의 재산을 훔치는 꽃제비들도 있었지만, 내가 왕초가 된 뒤 우리 마을 꽃제비들은 국가의 소유물만 훔쳤다. 그러다 보니 다른 지역과 달리 세천에서는 꽃제비에 대한 경계심보다, 먹고살기 위해 노력하는 아이들이라는 인식이 강했다.

꽃제비들이 북한 사회의 가장 밑바닥에 있는 계층이라면 보위부는 제일 중요한 권력기관이었다. 노동당 간부들이 최상위 계층인 것 같지만 그들의 동향을 감시하는 사람들은 보위부였다. 날아가는 새를 떨어뜨릴 만한 권력을 가지고 있더라도 보위부에 정치범으로 지목되는 순간, 그의 삶은 밑바닥으로 곤두박질치는 것이다.

보위부는 일반 주민들에게도 공포의 대상이었다. 보안원에게 잡히면 일반 교도소로 가지만 보위부에 잡히면 정치범 수용소로 가거나 그에 상응하는 처벌을 받기 때문이다. 보위부에서 찾는다고 하면 사람들이 식은땀을 흘리면서 무서워하는 이유였다.

그런데 2002년 여름 세천에서 북한 사회의 최하위 계층인 꽃제비들과 최고의 권력기관인 보위부가 정면으로 한판 붙는 사건이 생겼다. 그 발단은 바로 나의 남동생이었다.

• • •

그날 세천역에는 평양시 국가보위부 산하기관이 목적지인 옥수수 열차가 서 있었다. 열차의 호송원들 또한 평양시 보위부 지도원들이었다. 우리는 옥수수를 훔칠 기회를 엿보면서 역전의 후미진 곳에 모여 있었다. 열차와 떨어져 있던 우리는 남동생을 비롯한 몇몇 아이들이 호송원들의 동향을 살피러 갔다는 것도 모르고 있었다. 아버지가 하얗게 질린 얼굴로 우리를 찾아왔을 때 비로소 무슨 일이 일어났다는 걸 알았다.

"큰일 났다. 빨리 집에 가서 네 동생이 어찌되었는지 좀 보라. 철호가 완전히 반송장이 돼서 돌아왔다. 애가 걷지도 못해서 친구들이 들쳐 업고 왔더라."

나와 아이들은 정신없이 집으로 달려갔다. 방문을 열자 피 냄새가 코를 찔렀다. 동생은 머리부터 발끝까지 피를 뒤집어쓴 것 같은 모습이었다. 때 묻은 옷은 피로 한 겹을 덧씌운 듯했다. 얼굴은 알아볼 수도 없을 만큼 피멍이 들고 퉁퉁 부은 상태였다.

"누가 널 이렇게 만들었어? 누구야!"

동생은 눈도 뜨지 못하고 입도 열지 못했다. 동생을 데려왔던 다른 아이가 내게 상황을 설명해주었다.

"철호가 열차 옆을 지나고 있는데 호송원들이 뛰어왔어요. 평양에서 온 그 보위지도원들이요. 그 사람들, 철호가 꽃제비인 걸 알고는 멱살을 잡아 끌어냈습다. 철호가 아무것도 훔치지 않았다고 말했지만 자기들이 있던 곳으로 끌고 가서 허리띠를 채찍 삼아서 때리기 시작했어요. 보위부원 세 명과 회령역 관계자까지 총 네 명이서 발로 차고 짓밟으면서요. 그걸로도 모자라서 나중엔 철호의 목을 허리띠로 묶어서 차량에 매달아놓고 때렸습다. 철호는 축 늘어져서 비명 한 번 못 질렀어요. 애가 죽기 직전이 되니까 끌어내려서 역 밖에 던져버리더라고요. 저희는 그제야 철호를 업고 집으로 왔어요. 죄송해요, 형님. 저희도 어떻게 할 수가 없었습다."

아이의 이야기를 듣는 동안 피가 거꾸로 솟는 것 같았다. 우리가 약자라는 것은 진작 알고 있었다. 보위부나 보안원이 때리고 죽여도 할 말 없는 약자. 때로는 왜 맞는지 모르고 맞을 때도 있었다. 재수 없이 생겼다고 맞기도 했고, 그냥 기분이 나쁘다고 맞기도 했다.

꽃제비 대부분이 학교를 다니지 않았다. 그러다 보니 법이 무엇인지 알려주는 사람도 없었다. 꽃제비들뿐만 아니라 북한에서 법은 일종의 기밀, 일반 주민들이 접근할 수 없는 성역이었다. 법을 모르니 사람들은 보위부가 잘못했다고 하면 빌었다. 붙잡아 가면 잡혀갔고 때리면 맞았다. 법도, 절차도, 인권도 없었다. 오직 권력과 그 권력이 휘두르는 폭력만 있을 뿐이었다. 가장 약자인 꽃제비는 가장 쉬운 먹잇감이었다. 특히 옥수수 차량의 호송원들에게 꽃제비는 벌레만도 못한 존재였다.

"오늘밤에 그 새끼들 친다. 받은 만큼 갚아줄 거다. 오늘 우리는 보위부한테 저항하다가 죽을 수도 있다. 하지만 오늘이 아니라도 언젠가는 그들에게 맞아 죽을 수 있다. 이래도 저래도 마찬가지 아니냐."

나는 그 자리에 있던 아이들에게 말했다. 몇몇 아이들은 몽둥이를 비롯해 무기가 될 만한 것을 찾으러 갔고 또 다른 아이들은 역전으로 가서 다른 꽃제비들에게 상황을 알렸다. 언제나 삶보다 죽음이 더 가까웠기 때문일까, 아니면 동생의 모습이 그들의 마음속에 도사리고 있던 뭔가를 건드렸기 때문일까. 죽음을 두려워하는 아이는 아무도 없었다. 저항하다 죽든, 그들의 화풀이 대상이 되어 죽든 이렇게 살 수는 없다는 생각뿐이었다.

• • •

저녁 여덟 시 무렵, 우리는 각자 챙겨온 몽둥이를 손에 꼭 쥐고 세천역으로 향했다. 세 명의 보위부원과 한 명의 철도 관계자, 동생을 폭행한 네 명의 가해자는 실외에서 희희낙락하고 있었다. 불과 몇 시간 전 사람을 죽기 직전까지 두들겨 팬 놈들이 가마니를 깔고 앉아 웃고 떠들고 있는 것이었다. 나는 근처에서 그들을 지켜보다가 목발을 짚은 채 다가갔다.

"아까 어린 애 때린 새끼가 누구냐?"

난데없이 나타난 사람을 보고 그들은 잠깐 멈칫했다. 하지만 그들은 상대가 목발을 짚은 장애인, 그리고 못 먹어서 삐쩍 마른 꽃제비

일고여덟 명뿐이라는 것을 알고 큰 소리로 웃음을 터뜨렸다.

"우리다, 이 새끼야."

그들은 자리에서 일어날 생각도 하지 않았다. 가소롭다는 표정으로 낄낄거릴 뿐이었다. 나는 내가 낼 수 있는 최대한의 속도로 그들에게 달려갔다. 그리고 달려간 속도를 실어 목발을 들어 내리쳤다. 목발은 정확히 보위부 요원의 머리를 명중했다. 나는 재빨리 몸을 돌리며 한 번 더 목발을 휘둘렀다. 두 번째로 내리친 목발은 또 다른 요원의 어깨를 강타했다. 몽둥이를 든 꽃제비들이 우르르 달려들자 나머지 놈들은 그제야 몸을 일으키며 공격 태세를 취했다.

"이 꽃제비 새끼들, 다 죽고 싶니?"

호송원 하나가 권총을 겨누며 고함을 질렀다. 내 옆에 있던 아이들이 주춤거리는 것이 느껴졌다. 나는 그를 똑바로 쳐다보며 성큼성큼 다가갔다.

"그래, 죽여라. 넌 우리가 어떻게 먹고사는지 아니? 죽는 것쯤은 겁나지도 않다는 건 알아? 노동당이 조그만 애를 열차에 매달아놓고 때리라고 시키더냐? 넌 자식도 없냐, 새끼야?"

내가 다가가자 그는 총을 든 채 천천히 뒷걸음질 쳤다. 옆에 있던 놈도 총을 쏘는 대신 철길에 있던 자갈을 주워 우리에게 뿌릴 뿐이었다. 이때다! 내 뒤에 서 있던 꽃제비 아이들이 몽둥이를 들고 그들에게 달려들었다. 동시에 반대편에서 기다리던 50여 명의 다른 꽃제비들이 자갈과 돌멩이를 던지기 시작했다. 머리가 터진 보위원과 어깨를 다친 보위원이 역전 아래에 있는 개울가로 도망치기 시작했다. 어린 꽃제비 하나가 외쳤다.

"저 새끼들 총알이 없다!"

꽃제비들은 놈들이 도망친 개울가로 일제히 달려갔다. 놈들의 뒤통수에 돌과 자갈을 던지는 아이도 있었고 손해배상을 받아내야 한다며 옥수수 열차의 문을 따는 아이들도 있었다. 한밤의 역전에 꽃제비들의 함성이 울려 퍼졌다. 그 소리는 꽃제비와 보위부의 전쟁에서 꽃제비들이 승리했음을 알리는 승전가였다.

• • •

세천역에서 도망친 보위부원들은 그길로 학포탄광 보위부로 향했다. 지원 요청을 간 것이다. 하지만 그들의 요청은 받아들여지지 않았다. 학포탄광 보위부는 낮에 있었던 사건, 즉 호송원들이 꽃제비 아이에게 도를 넘어선 폭행을 행사했다는 사실과, 이 폭행 사건으로 인해 세천 사람들이 화가 나 있다는 사실을 알고 있었다. 탈북자도 국가반역자도 아닌 꽃제비들을 붙잡아 와봐야 동네 사람들의 반감만 살 뿐이었다. 당장 꽃제비 무리를 잡아넣자고 길길이 날뛰는 호송원들에게 학포탄광 보위부는 이렇게 대답했다.

"당신들이 그 애들을 잘못 건드린 건 틀림없소. 살아남으려고 악과 깡만 남은 애들이오."

같은 보위부에서 지원을 받지 못한 호송원들은 세천역 철도원들을 찾아가 협조를 구했다. 하지만 철도원들도 난색을 표하며 거절했다. 철도원들 역시 어린아이를 열차에 매달아놓고 구타한 호송원들에게 좋은 감정을 갖고 있지 않았던 반면, 먹고살기 위해 석탄과 옥수수를 훔칠망정 개인의 재물에는 결코 손대지 않는 세천의 꽃제비들을 싫어하지 않았던 것이다.

"그 장애인 아이를 건드린 건 잘못인 것 같소. 옥수수로 손해배상을 해주고 빨리 세천역을 떠나는 게 좋겠소."

보위부에서도 세천역에서도 협조를 받지 못한 호송원들은 이를 갈면서도 어쩌지 못했다. 그렇다고 보안서(경찰서)를 찾아가는 것은 그들의 자존심이 허락하지 않는 일이었다. 보위부원과 보안원 사이에는 서로 우위를 차지하기 위한 묘한 기류가 형성되어 있었다. 그런 상황에서 보위부의 일원이 꽃제비에게 맞아 머리가 깨진 채 보안서에 도움을 요청하러 가는 것은 너무나도 수치스러운 일이었다.

마지막으로 그들은 출발을 앞둔 다른 석탄열차를 찾아갔다. 그리고 기관사와 차장, 호송 군인들에게 뇌물을 주면서 꽃제비들의 화를 잠재워달라고 사정했다. 뇌물을 받은 군인들이 나를 찾아와 보위부와 화해하라고 설득했지만 우리는 더 이상 겁날 것이 없었다.

"치료비를 손해배상하고 우리에게 와서 무릎 꿇고 사죄하라고 하시오."

호송원들은 국가보위부가 꽃제비에게 무릎을 꿇는 건 있을 수 없는 일이라며 펄펄 뛰었다. 결국 군인들은 어느 쪽도 설득하지 못한 채 세천역을 떠났다. 세천 땅 어디에서도 자기들의 편을 찾지 못한 호송원들은 우리가 또다시 기습해올까 봐 겁을 먹었다. 내게 목발로 맞았던 호송원은 머리에 붕대를 감은 채 우리를 피해 다녔다.

세천의 꽃제비들이 국가보위부, 그것도 평양시 소속의 보위부와 싸워서 이겼다는 이야기는 하루 사이 회령시 전체로 퍼져나갔다. 사람 하나 죽이는 일쯤 예사롭지 않게 여기던 평양 보위부가 탄광마을의 장애인 소년이 이끄는 꽃제비들에게 당한 사건은 북한 사회 전체를 들썩이게 할 만한 일이기도 했다. 북한 안에서도 가장 계급이 낮은 사람들이 모여 사는 지역이었기 때문에, 이 사건에서 대리만족의 쾌감을 느끼는 세천 주민들도 적지 않았다.

얼마 후 그들은 22호 관리소에서 내려온 옥수수 차량을 서둘러 편성한 뒤 세천역을 떠났다. 나를 비롯한 꽃제비 아이들은 세천역까지 친히 배웅을 나갔다. 열차가 출발할 때 우리는 그들의 뒤꽁무니에 작별인사를 해주었다.

"이 새끼들아, 세천에 얼씬도 하지 말라! 한 번만 더 나타나면 머리통을 깨부숴버릴 거다."

진짜 도둑은 누구인가

식량 열차가 평양에서 세천까지 오는 데에는 대략 한 달이 걸린다. 직행이라곤 하지만 정전이 잦고 철도 상태도 좋지 않아 쉬엄쉬엄 와야 하는 탓이다. 세천역에 도착하기 전까지 기관차, 화물열차, 호송차량은 언제나 함께 움직인다. 기관사, 검차원 차장, 호송원들 또한 마찬가지다.

세천역에 들어오면 기관차는 호송차량을 떨어뜨린 뒤 빈 화물열차만 매달고 22호 관리소로 옥수수를 가지러 간다. 호송원들은 화물열차가 내려오기를 기다리며 호송차량 안에서 먹고 잔다. 몇 해 전 남동생이 열차 배수구에서 음식물 쓰레기를 주워왔던 곳도 세천역에 머무르는 이 호송차량들이었다.

22호 관리소에서 옥수수를 실은 화물차량이 내려오면 그들은 열차를 편성한 뒤 평양으로 떠난다. 옥수수들은 국가보위부로 들어간다고 하는데 사람들의 식량으로 쓰는지, 짐승들의 사료로 쓰는지 정확한 용도는 알 수 없다.

우리가 평양 보위부와 싸워서 이긴 뒤 호송원들은 세천역에 도착하면 우리 집부터 찾아왔다. 꽃제비들의 왕초인 나와 협상을 하기 위해서였다.

"우리는 13국 소속이고, 우리가 가져갈 옥수수는 평양 대동목장으로 갈 거요. 우리가 세천에 있는 동안 옥수수가 분실되지 않도록 도와주시오. 꽃제비들과 호송원들 사이에 불미스러운 일이 없도록 힘써 주시고. 아, 당연히 우리도 보상 차원에서 1인당 옥수수 몇 킬로그램씩은 지불할 생각이오."

바깥에서 자는 일, 호송원들과 숨바꼭질하듯 쫓고 쫓기는 일, 그렇게 해서 옥수수 1~2킬로그램을 훔치는 일이 우리라고 좋을 리 없었다. 어쩔 수 없으니까 하는 것뿐이었다. 서로 원하는 바가 맞아떨어졌기 때문에 협상은 대부분 순조롭게 흘러갔다. 가끔 협상이 되지 않거나 협상 후 약속을 어긴 자들의 것은 다시 훔쳤다.

물론 이런 협상은 우리가 보위부와 맞서 싸운 뒤 얻어낸 결과지만 그것만으론 설명할 수 없는 부분이 있기도 했다. 호송원들은 보위부원, 보안원, 군인 등이 주를 이루었다. 꽃제비들은 그들에게 벌레만도 못한 존재였다. 그런 호송원들이 일개 꽃제비 왕초에게 술을 사들고 찾아와 환심을 사려고 애쓰는 것이다. 세상이 바뀌고 있었다. 너무나도 견고해서 어찌해볼 도리가 없을 것 같던 계급 체계에 조금씩 균열이 생기고 있었다.

여러 번의 협상을 거치면서 나는 평양 보위부 호송책임자와 친해졌다. 처음 만난 날, 그는 내가 먼저 이야기를 꺼내기도 전에 세천 꽃제비들과 평양 보위부 사이에 있었던 싸움을 알고 있다며 운을 띄웠다.

"같은 평양 보위부지만 그놈들은 우리와 다른 부처요. 난 예전부터 그놈들이 싫었소. 아주 악독하고 인정머리 없는 놈들이오."

그가 진짜 그들을 싫어했는지, 아니면 협상을 위해 빈말을 했는지는 알 수 없다. 하지만 여러 번 대화를 나누면서 나는 그와 마음이 잘 통한다고 느꼈다. 그는 우리에게 궁금한 것이 많았다. 어느 날 그는 내게 중국으로 넘어가는 탈북자들에 대해 물었다.

"중국에 다녀온 꽃제비들이 꽤 있다고 들었는데 중국이 그렇게 잘 사는 나라요? 어느 정도기에 잘산다고 하는 거요?"

나는 중국에 가본 적이 없었다. 두만강 너머에서 달빛보다 환하게 어둠을 밝히고 있는 형광등 불빛을 바라보았을 뿐이다. 해가 넘어가면 칠흑 같은 어둠 속에 잠기는 세천의 밤과, 형광등 불빛이 하얗다 못해 파랗게 일렁이는 삼합진의 밤은 천국과 지옥처럼 달라 보였다. 내게 그만큼 강렬한 대비는 없었다. 중국 땅의 형광등 불빛은 부유함의 상징 그 자체였다.

낮에도 그곳은 아름답고 풍요로워 보였다. 포장도로 위에는 커다란 차들이 지나다녔고 기와집들은 깔끔하게 단장한 모습이었다. 명절이면 하늘을 형형색색으로 수놓는 폭죽이 보이기도 했다. 개 짖는 소리나 닭 우는 소리를 들으며 '저기에는 가축들도 많이 사는구나' 짐작해보기도 했다.

석탄이나 옥수수를 훔치기 위해 바깥에서 밤을 새울 때면 어떤 꽃제비들은 내게 비밀 이야기를 털어놓기도 했다. 내가 동경을 품고 바라보는 중국의 집들, 눈부신 불빛을 도도하게 내뿜는 그 집들에 관한 이야기였다. 그 당시 일부 꽃제비들은 몰래 중국 국경을 넘나들며 탈북의 첫길을 열고 있었던 것이다.

나는 친구들에게 들은 이야기를 그에게 들려주었다. 창고엔 식량이 잔뜩 쌓여 있고, 축사엔 닭이며 오리며 가축이 가득하더란 이야기들. 그들은 매 끼니에 옥수수밥 대신 쌀밥을 먹고, 산나물 대신 달걀과 고기 반찬을 먹더라는 이야기들. 내가 친구들의 이야기를 들으며 놀라워했던 것과 달리 그의 반응은 시원찮았다.

"그 정도가 잘사는 것인가?"

오히려 더 놀라운 것은 그의 이야기였다. 그의 말에 따르면 평양 국가보위부에서 받는 경조사비는 최소한 50달러, 일반적으로는 100달러 내외라고 했다. 북한의 평범한 노동자가 얼마나 일을 해야 100달러를 벌 수 있을지 나는 계산조차 할 수 없었다. 우리가 옥수수 몇 그램을 구하지 못해 굶어 죽어갈 때도 그들은 상상할 수 없는 돈을 받으며 풍족하게 살고 있었던 것이다.

그는 갑자기 목소리를 낮추었다. 너무 작고 은밀한 목소리라 마치 속삭이는 것처럼 들렸다.

"내가 보기에 이 나라는 오래가지 못할 것 같소. 내가 여기 오면서 본 공장들 중에 굴뚝에서 연기가 나는 곳은 열 곳 중에 한두 곳이었소. 이제 정말 얼마 안 남은 것 같소. 끝이 오고 있다는 생각이 든단 말이오."

국영농장에서 등골이 빠지도록 농작물을 키워놓으면 군인들이 나타나 군량미로 몽땅 가져간다. 농부들은 가족들을 굶겨 죽이지 않기 위해 농작물을 훔쳐서 개인 곳간에 숨겨둔다. 석탄이 곧 재화이니 탄부들은 일터에서 석탄을 훔치고, 집도 보호자도 없는 아이들은 꽃제비가 되어 호송 중인 옥수수와 석탄을 훔친다. 누구 하나 도둑이 아닌 사람이 없었다. 도둑만이 살아남을 수 있는 나라였다.

하지만 도둑 중의 도둑, 왕초 도둑은 누구인가. 주민들을 착취하며 호의호식하는 정권이 아닌가. 정권에 부역하는 정치인들은 자신들의 직권을 남용해 노골적으로 도둑질을 하고, 그 밑에 있는 공무원, 군인, 경찰들은 자신들의 승진과 안위를 위해 뇌물을 상납하는 일을 당연하게 여긴다. 누가 누구를 도둑이라고 붙잡아 가는가. 우리를 도둑놈이라고 부르며 때리고 짓밟던 그들이야말로 더 큰 것, 더 많은 것을 훔치고 있지 않은가.

국제사회에서 원조해준 물품들을 가장 쉽게 볼 수 있는 곳은 장마당이다. 물품을 호송하는 과정에서 이미 누군가가 훔치고 팔아 치운 것들이 시장에 나왔다. 이 나라에서는 모든 사람이 도둑이고 모든 물건이 장물이었다. 그리고 그 사실을 내 머릿속에 깊이 새겨준 사람들은 다름 아닌 호송원들이었다.

• • •

평양에서 출발해 세천까지 오는 한 달여 동안 호송원들은 매 구간에서 끊임없이 도둑질과 뇌물 상납을 한다. 식량 배급을 받지 못한 철도원들은 호송원들이 뒷돈을 주지 않으면 일을 하지 않기 때문이다. 호송원들이 출발할 때 받은 물품은 얼마 가지 않아 바닥을 드러낸다. 그때부터 이들은 외상으로 모든 것을 해결한다. 옥수수를 싣고 돌아갈 때 옥수수로 갚으면 되니까.

세천역에 들어오면 호송원 가운데 한 사람만 화물열차를 따라 22호 관리소로 올라가고, 나머지 사람들은 주민들의 집에서 숙박을 한다. 22호 관리소로 올라간 화물열차가 내려오기까지는 빨라야 열흘, 길게는 한 달이다. 그동안 세천에 머무는 호송원들은 쌀, 고기, 술, 담배 등을 외상으로 먹고 즐기며 내일이 오지 않을 것처럼 흥청망청한다. 어차피 자기들 돈으로 갚는 것도 아니요, 재화로 환전되는 옥수수가 곧 내려올 테니 고장 난 수도꼭지에서 물이 새는 것처럼 펑펑 써대는 것이다.

자기 집을 숙소로 내주는 사람들, 호송원들에게 술과 고기를 내주는 사람들도 아낌이 없다. 그들에게 제공하는 이 모든 것이 옥수수로 돌아올 거라는 확신이 있기 때문이다. 말했다시피 옥수수는 마법의 화폐다. 옥수수 값이 오르내리는 추이에 따라 다른 물건 값이 달라질 만큼 옥수수는 모든 것의 기준이다.

어느 날, 호송원 20여 명이 10톤짜리 컨테이너 차량을 끌고 세천역으로 들어왔다. 호송원들의 대부분은 군인이었고 책임자는 중좌급 정도 되는 나이 지긋한 사람이었다. 22호 관리소로 올라간 화물열차는 열흘이 지나고 보름이 지나도 내려오지 않았다. 옥수수 열차가 내려온 것은 한 달하고도 반이 더 지나서였다. 그 기간 동안 20여 명의 군인들이 해치운 술과 음식만 해도 적지 않은 양이었다.

이들은 협상 상대가 아니었기 때문에 꽃제비들은 열차가 세천역으로 내려온 그날 밤 옥수수를 훔치기 위해 역전으로 몰려들었다. 우리는 호송원들이 잠들기를 기다리며 열차를 주시했다. 자정이 지나자 열차 주변은 텅 비었다. 몇몇 아이들이 작전에 들어갈 준비를 했다. 역전에서 이상한 소리가 난 것은 그때였다. 나는 열차 쪽으로 튀어가려는 아이들을 막아서며 상황을 살폈다. 바깥에 나갔다 돌아온 호송원들이 소달구지를 끌고 역 안으로 들어오고 있었다.

호송원들은 꽃제비들처럼 주변을 경계하며 옥수수를 자루에 퍼담기 시작했다. 꽉꽉 채운 옥수수 자루는 여러 대의 소달구지에 나눠 실었다. 소달구지 하나에 실을 수 있는 옥수수가 약 400킬로그램 정도이니, 도대체 몇 백 킬로그램을 빼돌리고 있는지 가늠하기조차 힘들었다.

더 큰 도둑들이 선수를 치고 있음을 알게 된 꽃제비들이 하나둘 자리를 떴지만, 나는 끝까지 그들이 하는 짓을 지켜보았다. 자정에 시작된 도둑질은 날이 훤히 밝고서야 끝이 났다. 이 나라에선 모두가 도둑이라는 사실은 알고 있었지만 이토록 대대적이고 조직적인 도둑질을 목격한 것은 처음이었다.

한 달 반 동안 아무리 숙식비가 많이 나왔다고 해도 옥수수 1~2톤이면 해결될 금액이었다. 물론 호송원들도 돌아가는 길에 여러 구간에서 뇌물을 줘야 하지만, 400킬로그램을 실을 수 있는 소달구지로 스무 번도 넘게 날랐으면 어림잡아도 8톤 이상이었다. 숙식비와 뇌물을 제외하고도 엄청난 금액을 착복하는 것이다.

"여기 책임자랑 잠깐 이야기 좀 합시다."

내가 호송원에게 말을 건네자 곧 중좌를 단 책임자가 나타났다. 그는 어이없는 표정으로 나를 훑어보더니 대뜸 호통을 쳤다.

"꽃제비 새끼 따위가 감히 누구랑 이야기하겠다는 거냐?"

"꽃제비 새끼? 당신은 내가 왜 꽃제비가 되었는지 알기나 합니까? 하긴, 알 리가 있나. 당신 머릿속에는 어떻게 하면 옥수수를 훔쳐서 팔아먹을까 하는 생각밖에 없겠죠. 당신 부대의 군인들은 굶어 죽든 말든 말이오."

그런 일 없다고 딱 잡아떼는 그에게 나는 다시 말했다.

"솔직히 말하면 나도 옥수수 1~2킬로그램이라도 가져갈까 해서 여기 나와 있었소. 그런데 당신들을 보니까 나 같은 좀도둑은 비교도 안 되겠습니다. 그런 적 없다고 했습니까? 주인집이 어디고 그 많은 옥수수를 어디로 싣고 갔는지 내가 아는데, 그런 적 없다는 말이오?"

처음의 기세등등함은 온데간데없고 중좌는 쩔쩔매는 기색이 역력했다. 그는 얼굴을 붉히며 얼른 태도를 바꿨다.

"어디 가서 그 이야기는 하지 마시오. 그리고 여기 있는 것 좀 가져가시오."

나와 남동생은 그가 열어준 문으로 들어갔다. 컨테이너 안을 둘러본 우리는 경악을 금치 못했다. 22호 관리소에서 나올 때에는 분명 옥수수로 가득 차 있었을 컨테이너는, 바닥이 드러나지 않을 정도의 공간만 남아 있었다.

"도둑놈 도둑놈 하지만 이런 도둑놈들은 또 처음 보네."

나와 남동생은 그렇게 중얼거리며 옥수수 한 자루씩을 들고 컨테이너에서 나왔다. 아침 햇살을 맞으며 집으로 가는 길에 동생은 자꾸 키득키득 웃었다.

"뭐가 그렇게 웃기네?"

"웃기지 않소. 중좌까지 단 군인이 꽃제비들한테 옥수수를 가져가라고 문을 열어주면서 굽실거리니까."

동생은 옥수수자루를 메고 앞서 걸으며 연신 웃음을 터뜨렸다. 나도 쓴웃음을 지었다. '뛰는 놈 위에 나는 놈이라더니 진짜 도둑은 호송원들이었구나.' 생각하면서.

첫 탈북

어린 시절 내 소원은 닭 한 마리를 먹는 것이었다. 왜 소나 돼지가 아니라 닭이었느냐 하면 우선 소는 북한에서 식용이 금지된 동물이기 때문이다. 농기계가 부족했으므로 소에 쟁기를 매어 밭을 갈아야 했고, 소에게 달구지를 연결해 운반수단으로 삼아야 했다. 이토록 귀한 소를 잡아먹는 것은 살인에 준하는 범죄로 공개총살형에 처해질 사안이었다.

돼지고기는 1년에 한두 번쯤 먹어볼 수 있는 음식이었다. 명절이면 1킬로그램짜리 고깃덩어리로 국을 끓여 온 가족이 나눠 먹곤 했는데, 그러면 내 국그릇에도 돼지 살점이 두어 개쯤 들어 있었다. 반면 닭은 소고기처럼 먹으면 안 되는 음식도 아니면서, 돼지고기처럼 먹어본 적도 없는 음식이었다. 텔레비전에서 화려한 평양의 통닭집에 진열된 노릇노릇한 통닭을 본 순간, 그 닭 한 마리를 먹는 것이 나의 소원이 된 이유는 그 때문이었다.

닭 한 마리를 먹고 싶다는 나의 오랜 소원이 바뀐 것은 사고 이후였다. 이제 나의 소원은 보조기구를 착용하는 것, 그래서 두 다리로 세 걸음만 걸어보는 것이었다. 나의 소원은 곧 어머니의 소원이기도 했다. 어머니는 입버릇처럼 말했다.

"차라리 내가 사고를 당했더라면 얼마나 좋았을까. 내가 이렇게 되었어야 하는데 앞길이 창창한 아들의 팔다리를 자르다니. 네가 두 다리로 걸을 수만 있으면 난 죽어도 여한이 없다."

어머니와 나의 소원을 실현하려면 돈이 필요했다. 의족을 만들 수 있는 곳은 함경북도 함흥시에 있는 영예군인공장이었다. 군복무 중에 신체 일부를 잃은 사람들에게 보조기구를 제작하여 지급하는 곳이었다. 공장 앞은 영예군인뿐만 아니라 팔다리가 없는 장애인들로 늘 붐볐다. 그 많은 사람들 사이에서 차례를 기다리는 것도 문제였지만, 의족 하나를 제작하는 데 걸리는 시간은 대략 반 년 이상이었다. 그동안 숙식과 숙박을 해결하고 제작 비용까지 지불하려면 천문학적인 액수가 필요했다. 밥상을 물리자마자 다음 끼니를 걱정해야 하는 우리에겐 꿈도 꿀 수 없는 일이었다.

나는 몰랐지만, 그 무렵 어머니는 중국에 가서 돈을 벌 계획을 갖고 있었다. 내게 의족을 해주겠다는 열망이 가장 큰 이유였지만, 자녀들을 꽃제비로 내몰고 아이들이 가져오는 옥수수로 연명하고 있다는 사실 또한 어머니가 탈북을 결심하게 된 계기였다. 이미 북한의 수많은 여성들, 나의 어머니처럼 자녀들의 배고픔을 달래줄 길 없는 가정주부들이 목숨을 걸고 두만강을 건너는 상황이었다. 그들은 집을 나서며 남편과 아이들에게 굳게 약속했다. 중국에서 돈을 벌어 돌아오겠노라고.

그러나 자식들에게 쌀밥 한 그릇 먹이고 싶은 마음뿐이었던 그 어머니들은 다시 가족들에게로 돌아오지 못했다. 그녀들은 중국인들, 그중에서도 결혼하지 못한 남성들에게 몇 만 원에 팔려갔다. 그들을 사는 사람은 장애인일 때도 있었고 몇 십 년씩 나이 차이가 나는 노인일 때도 있었다. 때로는 한 집안에서 여러 명의 남자들이 한 여성을 성적도구로 이용하기도 했다.

북한 여성들은 그들과 동거하면서 아이를 낳고 허드렛일을 했지만 그 남자들은 결코 남편이 아니었다. 그들은 돈을 주고 물건을 산 주인이었다. 첩첩산중의 마을로 팔려간 여성들은 버스비가 없어 도망칠 수도 없었다. 설령 도망치더라도 주인에게 다시 붙잡혀 죽도록 매를 맞는 일이 대부분이었다.

주인들은 여성들을 끊임없이 협박하며 길들였다. 말을 안 들으면, 잠자리를 하지 않으면, 도망을 치면 북송시키겠다고. 그녀들에게 북송은 곧 죽음을 의미했다. 외국인과 잠자리를 하고 외국인의 아이를 가지면 약물이나 고문으로 강제 낙태를 시킨다. 이 과정에서 설령 목숨을 건진다 해도 온 가족이 정치범 수용소행이었다. 그렇게 그들은 중국 땅을 벗어날 수도, 가족에게 돌아갈 수도 없는 끔찍한 현실에 맞닥뜨리곤 했다. 중국에서 돈을 벌어 돌아오겠다는 약속은 영원한 작별인사나 마찬가지였다.

하지만 내가 모르는 사이 어머니의 결심은 점점 더 굳어지고 있었다. 이곳에서 생계를 위해 해볼 수 있는 것은 다 해보았기 때문이다. 달리는 화물열차에 매달려 석탄과 옥수수도 훔쳐봤고, 산과 들을 헤집고 다니며 산나물과 약초도 캐보았다. 그러나 아무리 애를 써도 어머니는 이 궁핍한 생활을, 팔다리 없는 꽃제비 아들이 구해온 옥수수를 먹어야 하는 삶을 벗어날 수 없었다.

내가 상황을 알았을 때 어머니는 이미 집을 떠난 뒤였다. 어머니가 자신의 계획을 알린 사람은 여동생뿐이었다.

"어머니가 중국에서 삯일을 해보겠다고 했어. 1년 정도만 열심히 일하면 오빠 의족을 해줄 수 있다고, 오빠가 꼭 다시 걷게 해주겠다고 했어. 철호가 제대로 된 신발이 없잖아. 철호 운동화도 사온다고 신발 문수도 알아갔어."

뒤늦게 여동생에게 이야기를 전해들은 나는 서둘러 어머니를 찾아 나섰다. 하지만 국경 어디에서도 어머니의 모습은 보이지 않았다. 나는 시퍼렇게 일렁이는 두만강을 황망히 바라보았다. 내가 보지 못한 어머니의 탈북 장면이 눈에 선연했다. 이를 악물고 시퍼런 강물 속으로 걸어 들어가는 어머니, 물살에 휩쓸리고 허우적거리면서도 중국 땅을 향해 헤엄치는 어머니, 내게 의족을 해주겠다는 마음으로 그렇게 혼자 두만강을 건넜을 어머니….

• • •

얼마 후 나는 중국에 건너가기로 마음먹었다. 어머니를 찾겠다는 마음도 간절했지만 직접적으로 탈북의 도화선이 된 것은 중국에 다녀온 친구들의 이야기였다. 이미 여러 차례 중국을 넘나들었던 한 친구는 두만강 너머를 가리키며 자신이 그곳에서 먹은 것을 실감나게 설명해주기도 했다.

"저 집 보이지? 지금 불빛 나오는 집. 내가 저기 가봤거든. 주인이 조선족인데 북조선에서 왔다니까 불쌍하다면서 밥, 고기, 김치, 달걀, 그리고 그게 뭐더라? 두부 비슷하게 생긴 게 있었는데…. 아무튼 엄청 맛있는 음식들을 막 차려줬어. 신기한 게 뭔 줄 아니? 밥을 가마솥에 짓는 게 아냐. 기계에 쌀을 집어넣으니까 밥이 돼서 나오더라. 기름도 큰 독에 담아놓고 국자로 푹푹 퍼서 써. 하루는 내가 갔더니 달걀로 뭘 만들어주는데, 기름을 잔뜩 두르고 거기다가 달걀을 탁 깨서 굽더라. 달걀에서 치지직 하는 소리가 나면서 노른자가 샛노랗게 익기 시작하는데 소리며 냄새가 사람을 아주 미치게 만드는 거야. 또 한 번은 달걀을 몇 개 깨뜨려서 채소를, 그게 부추던가? 아무튼 채소를 같이 넣고 풀더니 불 위에 올려놓고 얇게 편 다음 돌돌 말아서 음식을 만들어줬어. 와, 그런 건 진짜 처음 봤어. 먹고 싶지 않니? 아아, 나도 먹고 싶다."

나는 상상력을 동원해 친구가 먹었다는 음식의 모양과 맛을 상상해보았다. 하지만 기름에 구운 달걀이 어떤 맛인지, 야채와 함께 돌돌 말아 부쳤다는 달걀은 또 어떻게 생겼는지 가늠조차 되지 않았다. 내가 침을 꼴딱꼴딱 삼키며 안달하자 친구는 잔뜩 신이 나서 설명을 이어갔다.

"밥을 다 먹고 나니까 그 집 할아버지가 창고에 다녀오는 거야. 뭘 가져왔나 봤더니 사과랑 배를 들고 왔어. 무슨 배가 사람 머리통만 하더라."

"에이, 이제 보니까 다 거짓부렁이구만. 세상에 사람 머리통만 한 배가 어디 있니? 배는 다 요만하지."

"진짜라니까. 얼마나 큰지 배불러서 하나를 다 못 먹겠더라. 그런데 크기보다 더 중요한 건 맛이야. 맛이, 무슨 사탕가루 뿌린 것마냥 그렇게 달달할 수가 없는 거야. 냄새도 아주 향기롭고. 물도 엄청 많이 나와."

"하아, 그런 배를 먹었다고?"

"그래. 과일까지 먹고 나서 그 집에서 하룻밤 자기로 했어. 집주인이 갈아입을 옷을 갖다줬는데 옷이 아주 깨끗하더라. 신기한 건 거기서도 과일 향 같은 게 나는 거야. 무슨 비누로 빨면 옷에서 그런 냄새가 나지? 그리고 옷에 그림도 그려져 있었어. 우린 글씨나 그림 있는 옷은 못 입지 않니. 옷을 갈아입고 텔레비전을 봤는데, 와, 이게 또 뭐야. 여기는 정전도 안 되는 거야. 그러니까 텔레비전이 안 끊기고 계속 나오는 거지. 텔레비전 밑에는 다른 기계가 있는데 거기에 네모난 걸 넣으니까 영화가 나오더라. 내가 보기엔 텔레비전에서 하는 영화가 아니라 그 기계에서 나오는 영화 같았어. 다음 날 집에 가려니까 그 집 할아버지가 나더러 잠깐 창고에 가자는 거야. 창고에 찹쌀, 감자, 옥수수가 한가득 있는데 필요한 만큼 가져가라고."

"뭐? 그래서 가져왔네?"

"가지고 왔지. 초소 새끼들한테 붙잡혀서 다 빼앗기긴 했지만. 몇 날 며칠 동안 갇혀서 두들겨 맞고 다신 안 넘어가겠다고 도장 찍고 빈손으로 집에 왔어. 석탄 장사 때려치우고 다시 중국이나 갈까 봐. 너도 같이 갈래?"

그전까지 나는 북한 바깥의 다른 세상에 대해서 거의 생각해본 적이 없었다. 우리나라가 지상낙원인 줄 알았으니까. 고난의 행군이라는 극한의 나날을 보내면서도 우리는 이 모든 것이 수령과 함께하는 일시적인 고난이라고 믿었다. 어릴 때부터 사상 교육을 받았고, 지금도 쉴 새 없이 사상 독려를 받고 있는 우리로서는 당국이 알려주는 것 외에 다른 생각을 하기가 어려웠다.

당국은 말했다. 이 시기는 지나간다, 곧 좋은 날이 온다, 인민들의 생활은 더욱 향상될 것이다, 장군님도 주먹밥을 드시며 고난의 행군을 함께하고 계신다, 그러니 모두 힘을 내어 견뎌야 한다…. 하지만 친구의 말이 사실이라면 당국은 거짓말을 하고 있는 것이었다. 다른 나라 사람들이 쌀밥에 고깃국을 먹고 있다면 배를 곪주리는 이 나라가 지상낙원일 수 없었다. 가고 싶었다. 내 눈으로 확인해보고 싶었다.

"그래, 다음엔 나도 데려가라."

누가 진실을 말하고 있는가. 나는 확인해보기로 했다.

• • •

국경에는 세 겹으로 경계망이 깔려 있었다. 잠복초소를 떠나지 않는 군인들, 쉴 새 없이 강변을 순찰하는 군인들, 저 많은 경비대를 뚫고 강을 건너는 일이 쉬울 리 없었다. 하지만 친구들이 이미 여러 번 탈북했다면 나라고 못하란 법도 없었다.

나는 친구를 따라 두만강이 내려다보이는 산으로 올라갔다. 숲속에 숨어 하룻밤을 꼬박 새웠다. 군인들의 감시가 눈에 띄게 느슨해진 새벽 무렵, 우리는 조심스럽게 두만강으로 내려갔다. 한여름인데도 물은 섬뜩할 만큼 차가웠다. 수없이 물을 먹긴 했지만 나를 끌어주는 친구 덕분에 무사히 강을 건널 수 있었다.

두만강을 건너자마자 친구가 데려간 곳은 삼합진의 한 초가집이었다. 친구가 여러 번 다녀갔던 곳이라 집주인은 우리를 친절하게 맞아주었다. 하지만 중국의 잘사는 집, 벽돌집이나 최소한 기와집을 상상했던 나로서는 실망감을 감출 수 없었다. 이런 초가집에서 먹을 것을 구할 수나 있을까?

하지만 집주인과 함께 집 안 이곳저곳을 둘러보면서 실망감은 놀라움으로 바뀌었다. 창고에는 탈곡한 옥수수가 자루마다 그득하게 쌓여 있었다. 자루에서 옥수수를 푹푹 퍼 담은 주인은 그것을 닭과 오리들에게 던져주었다. 나는 마당 한쪽에서 집을 지키고 있는 개를, 정확하게는 그 개가 먹고 있는 밥그릇을 쳐다보았다. 개밥그릇에는 먹다 남은 쌀밥과 반찬이 가득 담겨 있었다.

"김정일이 아주 나쁜 놈이다."

집주인이 말했다.

"제 나라 사람들은 굶주림으로 죽어나가는데 자기만 배 터지게 먹지 않는가. 거, 김정일이 배 나온 것 좀 보라. 아니, 배만 나왔는가. 온갖 사치를 다 즐기고 있지. 너희한텐 김정일이 쪽잠을 자면서 주먹밥을 먹는다고 선전하지? 그거 다 거짓부렁이다."

내가 정말 놀랐던 점은 김정일이 배불리 먹는다는 사실이 아니었다. 그 사실을 입 밖으로 낼 수 있는 표현의 자유였다.

"니들, 다시 들어가지 말고 남조선으로 도망치라. 거기 가면 밥 굶지 않고 잘살 수 있다."

집주인과 그의 가족들이 설득했지만 나는 그럴 수 없었다. 내게는 가족이 있었다. 어머니를 찾아야 했고, 아버지와 동생들에게 돌아가야 했다. 하지만 집주인은 중국에서 탈북자를 찾기란 모래밭에서 바늘 찾기라며, 북조선에 돌아가 봤자 지금 같은 삶을 벗어날 수 없을 거라고 한숨을 쉬었다.

그 집에 머무는 동안 교회도 가보았다. 북한에 돌아갔을 때 탈북한 사실이 들통나더라도 남한 사람들과 내통하거나 교회에 간 일이 없다면 정치범 수용소행만은 면할 수 있었다. 하지만 교회에 간 것이 밝혀지면 그걸로 끝이었다. 그럼에도 불구하고 나는 교회라는 곳에 대한 궁금증을 억누를 수 없었다.

수령에 대한 숭배를 제외하면 북한은 어떤 대상에 대한 숭배도 금지했다. 아니, 금지되어 있다기보다는 우리 스스로가 수령이 아닌 다른 누군가를 숭배하거나 찬양하는 것 자체를 상상하지 못했다. 북한에서 남한 영화나 드라마를 보는 것은 엄청난 죄악이었다. 하지만 중국으로 탈북했던 사람이 북한으로 돌아가 가장 먼저 받는 질문은 "남한 영화나 드라마를 본 적이 있는가?"가 아니라 "교회에 간 적이 있는가?"였다. 하지만 지옥을 구경할 수 있다면 그 호기심을 자제할 사람이 있을까? 교회 문을 열 때 나도 비슷한 심정이었다.

'얼마나 나쁜 곳인지 내 눈으로 보자.'

예배당 안으로 들어섰을 때 가장 먼저 들려온 것은 울음소리였다. 허리를 숙인 채 어깨를 들썩거리며 울고 있는 사람들, 울음소리에 섞여 나오는 목소리들. 누군가는 '하나님 아버지'를 부르며 통곡했고, 다른 누군가는 낮은 목소리로 알 수 없는 말들을 중얼거렸다. 생전 처음 보는 광경에 나는 머리카락이 쭈뼛 서는 공포를 느끼며 뒷걸음질 쳤다.

"너 북조선에서 왔구나."

내가 막 교회를 빠져나가려는 순간 누군가가 내 어깨를 잡았다.

"너를 위해 기도해주마."

그의 목소리가 따뜻해서였을까, 아니면 생전 처음 들어보는 '너를 위해 기도해주겠다'는 말 때문이었을까. 나는 그를 따라 다시 예배당 안으로 들어갔다. 몇몇 사람들이 내게 다가오더니 내 손을 잡고 눈을 감았다.

"하나님 아버지…."

나는 그들의 기도 소리를 들었다. 너무나도 낯선 말들, 누구에게도 들어보지 못한 내용의 말들이었다. 그들은 북조선에서 온 나를 위해, 그리고 지금도 북조선에서 고통받고 있는 형제자매들을 위해 기도했다. 나의 앞길을 열어달라고 기도했고, 그 길에 하나님이 은혜로써 함께해달라고, 북한 주민들의 삶을 보살펴달라고 기도했다. 너무나도 이상한 이야기였지만 싫지 않았다.

그날 이후 나는 몇 번 더 교회에 찾아갔다. 더듬거리면서 주기도문을 외웠고 사람들을 따라 하나님 아버지를 불러보기도 했다. 그리고 한 달쯤 지났을 때 나는 집주인이 챙겨준 찹쌀과 술, 사탕과 과자 등이 담긴 배낭을 메고 20킬로미터에 달하는 거리를 걸어 다시 북한으로 넘어갔다.

• • •

가족들은 한 달 만에 돌아온 나를 보고 기뻐서 어쩔 줄 몰라했다. 내가 배낭에서 먹을 것과 옷가지를 꺼내자 더 기뻐했다. 다들 신이 나서 불을 지피고 물을 길어오고 밥을 지었다.

보안원들이 들이닥친 건 밥을 지은 가마솥에 온기가 사라지기도 전이었다. 신발을 신은 채 방 안으로 성큼성큼 들어오는 보안원을 보자 머릿속이 아득해졌다. 아무에게도 들키지 않고 집으로 왔는데 어떻게 된 일인지 알 수가 없었다. 나는 보안원들이 집 안을 샅샅이 뒤지는 모습을, 중국에서 가져온 물건을 찾아내는 순간들을 멍하니 바라보았다.

나는 겨우 목발만 챙긴 채 학포리 분주소로 끌려갔다. 그들은 목발을 빼앗은 뒤 몽둥이로 사정없이 두들겨 패기 시작했다. 내가 균형을 잃고 쓰러지면 머리 위에서 무자비한 발길질과 몽둥이질이 날아들었다. 머리에서, 코에서, 입에서 피가 흘러내렸다. 일어나라는 명령을 들으면서도 나는 몸을 일으키지 못했다. 한 남자가 구둣발로 내 목을 밟은 채 물었다.

"임마, 네 에미는 중국 어디에 있는가? 불어라 이 새끼야."

"교회에 갔는가? 한국 선교사를 만났는가?"

"남한 영화나 라디오를 들었는가?"

나는 모른다고, 그런 적 없다고 대답했다. 맞아 죽더라도 교회에 갔던 일을 이야기해선 안 되었다. 교회에 갔던 일을 밝히는 건 나뿐만이 아니라 아버지와 동생들까지 범죄자가 되는 일, 온 가족이 정치범 수용소에서 죽음을 맞아야 하는 일이었다. 북한에서 교회에 간다는 건 그토록 크나큰 죄였다. 그들은 마치 확신하고 있는 듯 캐물었지만 나는 끝까지 교회에 간 적이 없다고, 어머니도 만나지 못했다고 버텼다. 일주일이 지났을 때 나는 세천에 있는 학포탄광 보안서로 옮겨졌다. 그곳에서 최종적인 범죄 자백을 받은 뒤 감옥에 넣으려는 것이었다. 학포탄광 보안서에서도 심한 구타가 이어졌다.

탈북자들이 늘어나면서 정치범 수용소는 이미 사람들로 가득 차 있었다. 남한이 아닌 중국으로 탈북한 사람들을 정치범 수용소에 보내지 않는 것도 그 때문이었다. 게다가 중국에서 북한으로 되돌아온 사람들에게는 관대한 분위기마저 없지 않았다. 하지만 나에 대해선 달랐다. 함께 잡혀온 다른 탈북자들과 비교해도 나에 대한 고문은 유난히 혹독했다. 단지 어머니가 먼저 중국에 갔다는 이유만으로 이토록 극심한 고문을 하진 않을 것 같았다.

"왜 저한테만 이렇게 심하게 하십니까?"

보안서장 앞에 끌려갔을 때 나는 용기를 내어 물었다. 목소리가 마구 떨렸다. 열흘이 넘게 계속된 고문으로 몸도 가누지 못할 지경이었다. "푸하하!" 보안서장이 큰 소리로 웃음을 터뜨렸다. 옆에 있던 다른 경찰들도 낄낄거렸다.

"이 새끼 봐라. 이제까지 왜 처맞는지도 모르고 맞았나?"

"어머니 문제가 아닌가 싶습다."

나는 가늘고 떨리는 목소리로 대답했다. 두렵고 무서웠지만 왜 내게만 이토록 잔인하게 구는지 알고 싶었다. 보안서장의 얼굴에서 웃음기가 가셨다. 그는 나를 쳐다보며 뚜벅뚜벅 걸어왔다. 그리고 내 귀에 대고 고래고래 고함을 질렀다.

"넌 병신 새끼니까! 장군님이 나라를 위해 열심히 일하시는데, 병신 새끼가 살아서 공화국 망신을 시키고 돌아다니니까! 너 같은 새끼는 왜 뒈지지도 않느냔 말이다!"

다시 발길질이 날아들었다. 보안서장은 정신이 나간 것처럼 계속 고함을 질러댔다.

"뒈져라, 병신 새끼! 수령의 권위를 손상시키는 병신 새끼! 공화국의 국격을 떨어뜨리는 병신 새끼! 조선민주주의인민공화국에 버러지같이 빌붙어 사는 병신 새끼!"

내 얼굴에서 피와 눈물이 섞여 흘렀다. 목구멍에서 울음이 치받쳤다. 매를 맞는 것보다 내가 믿고 사는 나라에서 나의 존재가 '국격을 떨어뜨리는 병신 새끼'라는 것이 더 고통스러웠다. 이 나라에서 태어나고 이 나라에서 살아가야 해서 슬펐다. 왜 나는 이 나라로 돌아왔을까. 가족들이 있어서였다. 하지만 다시 한 번 이곳을 벗어날 수 있다면 그때도 나는 이 나라로 돌아올 수 있을까. 가족들을 위해 이 나라로 또 한 번 돌아올 수 있을까….

북한의 청년 사업가

어떻게 살 것인가?

팔다리를 잃은 후에도, 보안서에서 풀려난 뒤에도 여전히 그것은 풀리지 않는 난제였다. 꽃제비가 되어 석탄과 옥수수를 훔치는 것은 일이라고 할 수 없었다. 짐승도 한 번 빠진 웅덩이에 안 빠진다는데, 다시 석탄열차에 올라타 꽃제비 생활을 하자니 너무 힘들었다. 나이는 들어가고, 언제까지 아이들 사이에서 꽃제비 왕초 노릇을 할 수도 없었다.

'장사를 하면 어떨까?'

북한 주민들 사이에서 자본주의의 바람이 불기 시작한 것은 고난의 행군 때였다. 물건을 사고팔고 사유재산을 축적하는 일은 당국이 금지하는 일이었다. 하지만 사람들은 굶어 죽지 않기 위해 돼지를 키워서 팔고, 밀주를 만들어 팔고, 몰래몰래 농작물을 재배해 팔았다. 자본주의에 일찍 눈 뜬 사람들이 살아남아 시장경제를 형성했다.

우리 집도 잠깐만이나 자본주의의 단맛을 본 적이 있었다. 나의 다리 치료가 끝난 1997년에 부모님이 거의 1년 동안 모은 돈으로 뻥튀기 기계를 샀던 것이다. 아버지는 평생을 충실한 당원으로 살았지만 나의 사고를 계기로 이 나라에서 살아남으려면 고분고분해선 안 된다는 사실을 깨달은 듯했다. 겨울을 날 옷과 신발도 없고 나의 약값까지 대야 하는 상황에서 아버지가 쌈짓돈을 모으기 시작한 것도 그 무렵이었다.

뻥튀기 기계를 산 뒤 아버지는 혼자 창고에 틀어박혀 옥수수 알갱이 튀기는 법을 연구하기 시작했다. 옥수수통 안을 진공 상태로 만드는 방법, 적정한 온도와 시간을 맞추는 방법, 압력계를 조절하는 방법 등…. 며칠 후 아버지가 뚜껑을 열어젖히자 뻥 하는 소리와 함께 노릇노릇하게 튀겨진 옥수수 알갱이들이 허공으로 튀어 올랐다. 아버지는 일을 아주 잘해냈다. 진공 상태를 유지하기 위해 연을 녹이는 일이라든지, 정확한 시간에 맞춰 뚜껑을 젖히는 일 같은 것을 능수능란하게 해냈다.

손님들이 돌아가고 나면 나와 동생들은 여기저기 흩어진 옥수수 튀김을 주워 모으며 즐거워했다. 먼 곳으로 튕겨나간 것이나 사람들의 발에 밟혀 납작해진 것을 주워 먹는 재미가 쏠쏠했다. 창고에서는 매일매일 고소한 냄새가 풍겼다. 그 냄새는 우리 집을 넘어 옆집으로, 뒷집으로, 온 동네로 퍼져 나갔다. 이것이 화근이었다.

옆집에는 국군포로의 자손들이 살고 있었다. 남편과 아내, 서너 살 남짓한 두 딸이 가족이었다. 그들은 영양실조에 걸려 석탄조차 훔치러 갈 수 없었다. 옆집 부부는 우리 집에서 풍겨오는 고소한 냄새를 못마땅하게 여겼다. 자기들은 굶고 있는데 우리가 돈을 벌고 있는 것도 못 견뎌했다.

뻥튀기 장사를 시작한 지 한 달쯤 지났을 때 한 무리의 보위부 사람들이 집으로 들이닥쳤다. 그들은 창고를 비롯해 온 집 안을 난장판으로 만들며 발칵 뒤집어놓았다. 대단한 정치범이라도 잡으러 온 듯 그들의 표정과 몸짓은 기세등등했다.

"너희는 정치적으로 문제가 있다. 수령의 권위를 손상했다는 신고가 들어왔다."

가족들은 영문도 모른 채 '정치적으로 문제가 있다'라는 말만으로 벌벌 떨었다.

"우리가 수령의 권위를 손상했다니 무슨 소립니까?"

"이 집의 뻥튀기 기계 진동 때문에 옆집 수령님 초상화가 떨어졌다는 신고가 들어왔단 말이다."

그제야 알았다. 우리를 정치범으로 신고한 사람이 옆집 부부라는 사실을. 북한에는 공공기관뿐 아니라 모든 주민들의 집에 김 부자의 초상화가 걸려 있다. 불시에 집을 검문해 초상화에 먼지나 이물질이 묻어 있으면 정치범으로 몰리기 때문에 사람들은 매일 액자를 닦아야 했다. 초상화에 파리똥만 앉아 있어도 정치범인데, 액자가 떨어졌다니 눈앞이 캄캄했다.

"아니, 우리 집 초상화도 멀쩡한데 옆집 초상화가 떨어졌다는 게 말이 됩니까? 떨어지려면 우리 집에서 먼저 떨어져야지 않겠습까. 이건 모함입니다. 생사람 잡는 겁니다."

보위부는 아버지의 항변이 그럴 듯하다고 여겼지만 뻥튀기 기계는 끝내 몰수당하고 말았다. 1년에 걸쳐 모은 돈으로 장만한 기계, 한 달 동안의 뻥튀기 장사. 우리가 발 디딘 자본주의는 그렇게 물거품이 되고 말았다.

• • •

아버지가 뻥튀기 기계를 돌릴 때에도, 부모님이 뻥튀기 기계를 빼앗길 때에도 나는 아무것도 할 수 없었다. 하지만 이제 아버지와 내가 힘을 합치면 제대로 된 사업을 해볼 수 있을 것 같았다. 고심 끝에 석회를 팔면 어떨까 하는 생각이 떠올랐다.

북한 사회에서 석회는 실내외의 모든 곳에 사용하는 필수품이었다. 2000년대 들어 주민들의 형편도 차츰 나아지고 있었다. 사람들은 망가진 집을 새로 단장했고 어두컴컴하던 벽을 새하얗게 칠했다. 자신과 가족들이 살 집을 가꾸며 사람들은 자신들의 삶 또한 나아지기를 바랐다.

그러나 파산 직전에 몰린 북한 정권은 석회석을 공급할 여력조차 없었다. 개인이 판매한다면 충분히 수익을 낼 수 있는 상황이었다. 당국은 여전히 영리사업과 경제활동을 제재하고 있었지만 자본주의는 살아 있는 생명체 같았다. 고난의 행군이 잉태하고, 한 번 생성된 이후론 끊임없이 성장하는 생명체. 북한의 자본주의는 여전히 걸음마 단계를 벗어나지 못하고 있었지만 그 안에서도 수요와 공급의 원칙이, 독점과 경쟁에 대한 시장 원리가 꿈틀대고 있었다. 제 아무리 서슬 퍼런 정권이라도 이 시대적 흐름에 함부로 개입할 수 없었다.

나는 아버지와 함께 석회 생산의 기술적인 부분을 연구했다. 제품의 크기, 혼합, 석탄과의 비율, 로의 높이, 내구의 곡선 등…. 오랫동안 공장에서 용해공으로 일했던 아버지는 이 사업에 필요한 여러 가지 기술을 쉽게 터득했다. 최종적인 완성품을 얻고 나자 우리는 곧 사업을 시작했다.

나의 예상은 빗나가지 않았다. 사람들은 석회를 사기 위해 우리 집 앞에서 장사진을 이루었다. 게다가 곧 다가올 4월은 위생주간으로 석회 칠을 하지 않으면 정치적으로 문제가 될 수 있는 시기였다. 석회는 모두에게 필요한 것이자 우리만의 독점 장사였다. 우리가 부르는 게 곧 값이었다. 일부 사람들은 뒷돈을 주면서까지 물건을 사려고 했다. 그토록 나를 못살게 굴던 보위부나 보안서도 환심을 사려고 애를 썼다.

하지만 독점 장사는 얼마 가지 않았다. 이 사업이 황금알을 낳는 거위가 되면서 경쟁자가 등장한 것이다. 경쟁자가 물가의 40퍼센트를 인하한 가격으로 판매를 시작하면서 우리 사업은 휘청거렸다. 나는 대안을 생각했다. '서비스'였다. 물론 그때는 그 단어를 몰랐다. 그러나 똑같은 물건이라도 더 친절한 사람에게 사고 싶어 하는 사람들의 심리를, 필요한 물건을 사는 데에서 그치지 않고 '기분 좋게' 사고 싶어 하는 사람들의 마음은 알고 있었다. 나는 손님들이 오면 밝은 얼굴로 깍듯하게 대했고 구매한 양보다 더 얹어주었다. 멀리서 오는 사람들의 수고를 생각해서 손님에게 맞춤한 '이동 판매'도 시작했다.

새로운 전략이 먹혀들면서 사업은 날개를 달았다. 가족 사업이지만 우리는 세분화된 역할에 충실했다. 원재료를 구입하는 일부터 회계, 영업, 이동 판매, 점포 관리 등은 내가 맡았고 아버지는 석회석을 완제품으로 만들어내는 기술적인 부분을 맡았다. 우리는 점포를 늘려가면서 인계리, 방원리, 동포리, 학포리, 회령 시장까지 진출했다. 그 당시에는 그 단어를 몰랐지만 일종의 '체인점'이었다.

하루 일과가 끝나면 나는 장마당으로 나갔다. 필요한 물건을 사러 갈 때도 있었지만 그냥 구경하러 갈 때도 있었다. 장마당을 둘러보면 북한의 변화가 한눈에 들어오는 느낌이었다. 장마당은 변화의 중심이자, 경제적 능력을 상실한 당국을 대신해 북한 사회를 추동하는 원동력이었다. 시장경제, 사유재산에 눈을 뜬 일부 사람들의 이야기가 아니었다. 당국의 강압만으로는 결코 그 이전으로 돌아갈 수 없는 상황이었다.

그때는 몰랐지만 이 시장경제의 주역이 될 사람들은 1990년대 전후에 출생한 이른바 '장마당 세대'였다. 이들은 어린아이일 때 고난의 행군을 겪으면서 혹독한 어린 시절을 겪었고, 그 시기가 끝난 뒤 시장의 생성과 진화를 목격하며 성장했다. 이들은 돈이 가진 힘을 온몸으로 깨우친 세대였다. 이들의 사고방식은 이전 세대와 판이하게 달랐다. '돈이 최고다', '돈만 벌 수 있다면 당국이 규제하고 금지하는 불법 행위라도 상관없다', '더 많은 돈을 벌려면 남들이 하지 않는 일을 해야 한다', '우상화 교육, 사상 교육은 지루하고 고리타분하다. 하지만 그것도 뒷돈을 주면 빠질 수 있다'. 이게 그들의 생각이었다.

그때까지 북한 정권은 혁명역사를 바탕으로 세대를 규정하곤 했다. 이를테면 혁명 1세대는 김일성과 함께 빨치산 투쟁을 벌인 '항일 빨치산 세대'였고, 혁명 2세대는 전쟁과 전후 복구를 경험한 '천리마(또는 낙동강) 세대'였다. 혁명 3세대는 3대혁명소조운동을 주도한 '혁명 세대', 혁명4세대는 '고난의 행군 세대'였다.

하지만 '장마당 세대'란 말은 이런 언어들과 전혀 달랐다. 우선 장마당 자체가 투쟁이나 혁명의 결과물이 아니라 고난의 행군이라는 비극적 시기가 낳은 산물이었다. 장마당 세대란 말도 당국이 규정한 언어가 아닌 북한의 변화가 반영된 신조어였다. 장마당 세대는 유명한 남한 영화나 드라마에 대해 모르면 시대에 뒤떨어진 사람으로 취급했다. 친구들끼리 모여 남한 영화를 보고 대북 라디오를 듣는 일이 유행처럼 번져갔다. 부모 세대는 여전히 그런 일을 신고해야 하는 범죄라고 생각했지만 장마당 세대는 일종의 취향으로 여겼다. '내 살점 건드리지 말라'라는 시쳇말은 장마당 세대에 만연한 개인주의적 성향을 단적으로 보여주는 말이기도 하다.

나도 남한 영화와 드라마를 몇 편 보았다. 은밀하게 거래되긴 했지만, 고위층에서 꽃제비까지 남한 드라마 한 편 못 본 이가 있다면 오히려 간첩이라고 할 정도였다. 남한 영화와 드라마를 본 뒤 나의 첫 감상은 '아, 재미있다'였다. 재미있다는 것은 얼마나 중요한 문제인가. 다음 편이 궁금했고 다른 드라마도 보고 싶었다. 북한은 한 해에 몇 편 제작하지도 못하지만, 그나마도 김 씨 일가의 우상화를 위한 교육적인 내용이라 지루하기 짝이 없다.

반면 남한의 영화와 드라마에는 누군가의 삶, 누군가의 현실, 누군가의 고민, 누군가의 희망, 누군가의 꿈이 담겨 있다. 영화와 드라마에 등장하는 그 인물들은 김 씨 부자 같은 반인반신도 아니고, 힘과 권력을 가진 고위직도 아니다. 그저 나 같고 당신 같은 사람들, 우리처럼 평범한 사람들이 대부분이다.

남한의 영화와 드라마 속에 등장하는 평범한 사람들은 끊임없이 고민하고 있었다. 자신의 현실에 대해, 그 현실을 넘어서는 것에 대해, 꿈을 실현하는 일에 대해, 더 나은 삶에 대해…. 여기에서 두 번째 감상이 생겨났다.

'왜 우리는 그럴 수 없는가? 왜 우리는 억압받고 굴복하며 살아야 하는가?'

언제부터인가 내 머릿속에서는 '왜?'라는 질문이 끊이지 않았다. 그제야 당국이 남한 영화나 드라마를 철저하게 금지해왔던 이유를 알 것 같았다. 그들이 가장 두려워했던 것은 이 '왜?'라는 질문이었다.

• • •

석회 사업이 자리를 잡고 야산에 뙈기밭까지 일구면서 우리는 더 이상 굶어 죽을 걱정은 하지 않게 되었다. 그렇지만 밤낮없이 일하는 고생에 비해 우리가 손에 쥐는 것은 터무니없이 적었다. 보안원과 보위부가 빼앗아가는 징수액이 지나치게 많았기 때문이다.

정해진 세금을 정당하게 낼 수 있다면 좋으련만, 개인 사업과 사유 재산 자체가 인정되지 않는 나라에서 우리가 하는 일은 불법이었다. 세금을 내고 싶어도 납부할 수 없는 체제였다. 또한 북한의 법률은 일종의 국가기밀이었기 때문에 일반 주민들은 법에 대해 전혀 알 수가 없었다. 합법과 불법에 대한 기준도 모를 뿐더러 우리의 권리가 뭔지도 전혀 몰랐다.

보안원과 보위부에 우리는 돈줄이었다. 밥을 사 먹게 돈을 달라는 건 기본이었다. 술이며 담배를 사달라고 요구하는 일도 빈번했다. 심지어 신의주로 탈북자를 호송하러 가는데 거기에 드는 여비며 식비,

담뱃값을 대라고 하는 일도 심심찮았다. 어머니가 중국으로 넘어간 데다 나도 탈북 전력이 있으니 그들의 으름장에 굴복하지 않을 방법이 없었다. 분기마다 총수입의 절반 이상이 상납금으로 빠져나가고 나면 내 머릿속에는 또 다시 '왜?'라는 질문이 떠올랐다.

왜 우리는 언제나 빼앗겨야 하는가? 왜 우리는 자유롭게 살 수 없는가? 왜 우리는 복종하고 굴복해야 하는가? 왜? 왜? 아무리 생각해도 답은 하나였다. 북한이기 때문에. 내가 장애인이 된 것도, 더 나은 삶을 꿈꿀 수 없는 것도 오로지 나의 나라가 북한이기 때문이었다.

그즈음부터였을 것이다. 내가 바라는 것을 중얼거리는 버릇이 생긴 것은.

"이 땅을 벗어나고 싶습니다. 자유로운 곳에서 살고 싶습니다. 남한으로 가고 싶습니다."

중국의 교회에서 봤던 사람들처럼, 나는 그렇게 기도하고 있었다.

나는 인간답게 살고 싶다

꽃제비 시절, 나를 좋아하는 여자들이 종종 있었다. 사귀자고 먼저 말을 걸어오는 여자들 가운데에는 회령 시내에 사는 여자도, 누나뻘

되는 연상의 여자도 있었다. 석회 사업을 시작한 뒤에는 더욱 노골적인 구애를 받기도 했다. 여동생이나 남동생을 통해 마음을 전해오는 경우도 있었지만, 어떤 여자들은 술을 사들고 우리 집에 찾아와 아버지에게 직접 환심을 사려고 했다. 애주가였던 아버지는 여자들이 가져오는 술을 넙죽넙죽 받았다. 술에 취하면 "우리 맏며느리 하자"며 농담인지 진담인지 모를 소리를 하기도 했다.

나는 이성에 대해 관심이 없었다. 연애 감정이 무엇인지도 잘 몰랐고, 연애를 어떻게 해야 하는지 지식도 경험도 없었다. 그래서 나는 석회를 사러 왔다는 여자가 왜 나와 한참 이야기를 나누는지, 부의 상징처럼 여겨지는 여과담배는 왜 사다주는지 전혀 눈치 채지 못했다. 그저 장사를 하다 보니 그런가 보다 여기면서 석회를 좀 더 얹어주곤 했을 뿐이었다.

장마당 세대는 연애와 결혼에 대한 가치관도 이전 세대와는 확연히 달랐다. 예전에는 군복무를 하고 대학을 졸업한 남자들, 다시 말해 북한의 계급 체계에서 출세할 기회가 더 많은 남자들을 선호했다면, 장마당 세대는 돈 잘 버는 남자를 최고로 여겼다.

하지만 북한에서 이 조건을 충족할 수 있는 젊은 남자는 많지 않았다. 대부분의 남자들은 17~18세에 입대해 10년이 넘는 시간을 군대에서 보냈고, 오랜 군복무가 끝난 뒤에도 변화하고 있는 북한 사회에 잘 적응하지 못했다. 그러므로 내가 장애인임에도 불구하고 여자들에게 인기가 있었던 이유는 세태가 바뀌었기 때문인지 몰랐다. 나는 살아남은 꽃제비 왕초이자 성공한 청년 사업가였다. 여자들은 나를 어떤 상황에서도 끝까지 살아남을 사람, 가족들을 고생시키지 않을 사람으로 생각했던 것이 아닐까?

어느 늦가을, 낯선 여자가 세천으로 물건을 팔러 왔다. 물건을 팔러 다니는 사람들이 흔히 그러듯 그녀도 집집마다 돌아다니면서 물건을 팔았다. 우리 집에 찾아왔을 때에는 두 뺨이 발갛게 얼어 있었다.

"잠시 몸 좀 녹이고 가도 되겠습까?"

집에는 나와 여동생이 있었다. 앳된 얼굴의 여자아이가 혼자 물건을 팔러 다니는 것이 안쓰러워서 우리는 아랫목을 내주었다. 방에 앉아서 이런저런 이야기를 나누며 나는 그녀의 사정을 알게 되었다.

여동생 또래인 그녀는 함경남도 함흥 사람이었고 나이는 스물한 살이었으며 성은 남 씨였다. 그녀의 아버지는 당 간부를 지냈는데 장사를 시작했다가 사기를 당하는 바람에 가세가 기울고 말았다. 그녀는 이번이 첫 장사라고 했다. 우리처럼 고생한 티가 나지도 않았고 오히려 철모르는 여자아이 같은 인상이었다.

"…그러다 여기 국경지대에 와서 어떤 사람을 만나지 않았겠습까. 그 사람이 저한테 물건 판 돈으로 염소를 사라고 했습다. 염소를 중국에 가져가서 팔고, 그 돈으로 중고 컬러텔레비전을 사서 고향으로 돌아가라고. 저는 좋은 제안이라고 생각했습다."

뭔가 이상했다. 제안 자체는 그럴 듯했지만 젊은 여자가 혼자 중국에 들어갔다가 어딘가로 팔려가지 않고 다시 북한으로 돌아오기가 거의 불가능하다는 것쯤은 국경지대 사람이면 다 아는 일이었다.

"그렇게 제안한 집이 어디입니까?"

나는 그 집을 찾아갔다. 세상 물정 모르는 여자애를 꼬드겨서 중국으로 넘기려 하느냐고 호통을 치자 그는 크게 당황했다. 여자에게는 장사한 돈을 가지고 집으로 돌아가라고 말했다. 나중에 상황을 알게 된 여자는 몹시 고마워했다.

"오빠, 그 언니가 오빠 좋아한다고 말했어."

얼마 후 여동생은 내게 그녀의 마음을 전해주었다. 첫 만남 이후 그녀와 여동생은 친구처럼 친하게 지내고 있었다. 고마워서 생긴 호감이려니 생각하면서도 어쩐지 마음이 설렜다. 어느 날 나는 그 여자에게 물었다.

"왜 나를 좋아하는데? 나는 장애도 있고 나와 함께하면 고생할 일이 더 많을 텐데…."

"장애는 있지만 잘생겼잖습니까."

그녀가 웃었다.

"그리고…. 따뜻한 사람이라서…."

처음으로 타지에 온 그녀에게는 의지할 사람도, 신뢰할 사람도 없었을 것이다. 잘못된 선택을 하지 않도록 도와준 나는 그녀가 의지할 수 있는 사람, 신뢰할 수 있는 유일한 사람이었을 것이다. 그렇게 우리는 연인이 되었다. 그녀는 장사가 끝난 뒤 한 달을 더 세천에 머무르다 함흥으로 돌아갔다.

• • •

여동생이 탈북한 것은 그로부터 얼마 후였다. 동생은 남한으로 가고 싶다고, 그곳에서 가족들과 다시 모여 살고 싶다고 말했다고 한다. 어머니가 떠날 때처럼 나는 아무것도 모르고 있었다. 여동생이 그런 생각을 하고 있다는 것도, 언제 어떻게 떠났는지도.

가부장제가 확고한 북한은 남녀의 역할이 철저하게 나뉘어 있다. 어머니와 여동생이 떠나고 나자 당장 집에서 가사 일을 할 사람이 없었다. 나는 연인에게 편지를 보내 사정을 이야기하고 혹시 집안일을 도와줄 수 있겠느냐고 물었다. 나의 편지를 받은 그녀가 짐을 싸서 세천으로 왔을 때, 나는 회령 시장으로 진출하기 위해 회령에서 지내고 있던 중이었다. 학포탄광으로 돌아온 나는 그녀가 내 편지를 받자마자 함흥을 떠나왔으며, 며칠째 나를 찾아다녔다는 사실을 알고 부랴부랴 그녀를 만나러 갔다. 너무나도 기쁘고 고마웠지만 당장 결혼할 수 있는 상황이 아니었다. 비록 결혼식은 올리지 못했지만 우리는 서로를 부부로 여기며 함께 살았다.

동거한 지 얼마 되지 않아 보안원이 찾아왔다. 그는 허락 없이 국경지대에서 사는 것은 추방 대상이며, 선거가 얼마 남지 않았으니 지역구인 고향으로 돌아가라고 명령했다. 한동안 우리는 보안원들의 눈을 피해 친구들과 지인들의 집에 숨어 지냈지만, 아내는 곧 체포되고 말았다.

"장애인인 데다 가족들이 중국으로 넘어간 반동분자의 집안이다. 그런데 왜 그 남자와 함께 사는가? 집으로 갈 건지 그놈과 계속 살 건지 결정하라."

아내는 몽둥이로 두들겨 맞으면서도 이곳에 남겠다고 버텼다. 매질이 심해지자 아내는 거짓을 토로했다.

"가족들에게 허락받고 왔습다. 게다가 이미 임신한 상태임다. 이제 저는 돌아갈 수 없습다. 여기서 살게 해주십시오."

아내는 보안서에 잡혀간 지 몇 시간 만에 풀려났다. 아내의 확고한 의지 덕분에 우리는 함께 집으로 돌아올 수 있었다. 다음 해 아내는 임신했고 2004년 5월에 딸 연화가 태어났다. 내 나이 스물셋, 나는 한 집안의 가장이 되었다.

• • •

결혼한 후에도 나는 자유로운 땅에서 살고 싶다는 꿈을 버리지 못했다. 어릴 때 소원이 닭 한 마리를 먹는 것이었고, 사고 이후 두 발로 다시 한 번 걸어보는 것이 소원이었다면, 성인이 된 뒤로는 남한에 가는 것이 소원이었다. 이 소원은 앞의 두 가지 소원을 한꺼번에 이룰 수 있는 것이기도 했다. 남한으로 간다면 닭 한 마리를 먹는 것도, 의족을 하는 것도 더 이상 불가능한 꿈이 아닐 테니까.

나는 한국으로 가는 선을 잡기 위해 두 번째 탈북을 감행했다. 이번에는 삼합진을 넘어 연길까지 들어가 한국 사람을 소개받았다. 하지만 공안들의 추격을 피하느라 구체적인 계획을 세우기로 약속한 자리에 나가지 못했다. 내가 무사히 집으로 돌아온 뒤 남동생도 아는 형들과 함께 중국으로 넘어갔다 돌아왔다. 동생의 소원도 나의 소원과 같은지 궁금했지만 선불리 물어볼 수 없었다.

두 번째로 중국에 다녀온 어느 날 밤, 보안원들이 집으로 들이닥쳤다. 보안원들은 곤히 잠들어 있던 가족들에게 다짜고짜 손전등을 들이대며 집 안 곳곳을 헤집었다. 가족들은 크게 놀랐다. 그 무렵 보안원들은 탈북을 원천적으로 봉쇄하기 위해 혈안이 되어 있었다. 길 가던 사람을 때려눕힌 뒤 몸을 뒤지는가 하면, '숙박 검열'이라는 명목으로 한밤중에 주민들의 집에 들이닥쳐 가족 외의 사람이 있으면 붙잡아가는 일도 잦았다. 그것으로도 모자라 당국은 '중앙당 검열'이라는 이름으로 지역 보안원들을 다른 관할로 보내고, 그 자리에 평양의 베테랑 요원들을 내려 보냈다. 한마디로 지역 경찰들도 못 믿겠다는 뜻이었다. 중앙당 검열이 시작된 뒤 평양에서 온 보안원들은 중국에 다녀온 전적이 있는 사람들을 모두 잡아들였다. 그들이 한밤중에 우리 집에 찾아온 이유도 여기에 있었다.

"그 이후에 또 중국에 간 적이 있는가?"

나의 두 번째 탈북에 대해서는 가족들조차 몰랐다. 나는 그런 일 없다고 딱 잡아떼었다. 곧 풀어줄 것이라 생각했지만 어머니와 여동생이 탈북한 일 때문인지 그들은 나를 집요하게 취조했다.

"어머니와 여동생과 연결이 닿는가?"

얼마 후에는 또 다른 질문이 덧붙여졌다.

"지철호도 중국에 갔다 왔다는데 지금 어디 있는가?"

남동생의 이름이 왜 나오는가 싶어 얼떨떨했지만 나는 곧 자초지종을 알게 되었다. 동생과 함께 중국에 다녀온 사람들이 잡혀와 남동생을 밀고한 것이었다. 그 무렵 남동생은 어랑천 발전소 일에 동원되어 화성에 나가 있었다. 교통과 통신 체계가 엉망이다 보니 보위부는 동생의 소재지조차 모르고 있었다. 동생이 중국에 다녀온 것은 사실이지만 보위부가 파악하지 못한 소재를 알려주는 것은 형으로서 할 일이 아니었다. 내 몸은 고문으로 망가져갔지만 나는 끝내 입을 열지 않았다.

고문만큼 견디기 힘든 것은 추위였다. 하루 종일 두들겨 맞고 차가운 감방에 내던져지면 한기가 뼛속까지 파고들었다. 한참 떨다 보면 이와 아래턱이 얼마나 맞부딪쳤는지 하관이 뻐근하게 아파왔다.

'담배 한 대만 피웠으면….'

손바닥만 한 철창을 보는데 문득 그런 생각이 들었다. 꽃제비 시절부터 알고 지내던 보위부원들이 있었지만, 그들은 중앙에서 내려온 보위부원들에게 취조받는 나를 알은 체하지 않았다. 불똥이 튈까 두려워서인지 담배 한 개비만 달라는 부탁도 들어주지 않았다.

그날도 기진맥진한 채 바닥에 쓰러져 멍하니 창밖을 바라보고 있었다. 전기조차 들어오지 않는 감방은 칠흑 같은 어둠뿐이었지만 창밖은 달빛을 받아 환히 빛나고 있었다. 그때였다. 달빛을 가리며 검은 그림자 하나가 창밖에 나타났다. 그림자는 깨진 유리창 사이로 뭔가를 던져 넣은 뒤 홀연히 사라졌다. 엉금엉금 기어가 살펴보니 담배 몇 개비와 라이터가 창문 아래 떨어져 있었다. 꿈을 꾸고 있는 것 같았다. 나중에 알았지만 검은 그림자는 내 친구였다. 그가 보위부 담장을 넘어와 내게 담배를 주고 간 것이다. 나는 담배에 불을 붙인 뒤 급하게 몇 모금을 빨았다.

'인간답게 살고 싶다.'

철창 사이로 밤하늘을 올려다보면서 나는 그런 생각을 했다. 결국 내가 꿈꿔왔던 그 모든 소원들은 인간답게 살고 싶다는 욕망인지도 몰랐다. 배 곪지 않고 두 발로 걷고 자유롭게 살고 싶다는 마음, 북한이 아닌 다른 곳에서 태어났다면 이토록 간절하게 바라지 않았을 것들, 너무나도 당연하게 누리고 살았을 것들.

아무리 정권이 발악해도 북한의 사회적 분위기는 달라지고 있었다. 과거에는 굶어 죽은 사람들을 '붉은 기를 끝까지 지켰다'고 추켜세웠지만, 이제 그런 허무한 구호를 믿는 사람은 거의 없었다. 오히려 사람들은 말했다.

"굶어 죽은 놈이 멍청이다."

그랬다. 굶어죽은 놈이 멍청이였다. 훔치든 도망치든 장사를 하든 살아남기 위해 무엇이든 해야 했음에도 당국의 말을 믿고 아무것도 하지 않은 놈이 멍청이였다. 장마당 세대가 흔히 하는 말, '내 살점 건드리지 말라'라는 말은 국가에도 예외가 아니었다. 국가도 먹을 것을 주지 않았으면 내 살점을 건드리지 말아야 했다.

'나는 왜 이런 나라에서 태어났을까?'

내가 부모님에게 그랬듯 훗날 나의 딸아이도 나를 원망할지 모른다. 나의 부모님은 죽을힘을 다해 살았다. 이 땅의 다른 아비 어미들처럼 장애인이 된 자식을 포기하지도 않았다. 그러나 나를 여기에서 태어나게 했으므로, 그래서 팔다리를 잃게 만들었으므로 사춘기의 나는 부모님을 미워하고 원망했다. 언젠가 딸이 10대가 되어 왜 자신을 이곳에서 태어나게 했느냐고, 왜 우리는 인간답게 살 수 없느냐고 묻는다면 나는 무슨 대답을 할 것인가.

그러나 남한으로 가는 길은 너무나도 멀고 험난했다. 두만강을 넘었다고 안심할 수도 없었다. 중국의 공안들은 탈북자를 색출하여 북한으로 강제 송환시켰다. 한국으로 가려고 시도했다가 북한으로 돌아오면 곧바로 정치범 수용소행이었다.

'하지만, 그렇다 해도….'

나는 다시 창밖을 바라보았다. 바깥에는 눈발이 흩날리고 있었고 깨진 유리창 사이로 찬바람이 들이쳤다. 나는 감옥에, 철창에 갇혀 있었다. 그러나 여기를 나간다 해도 이 땅에 사는 한 그곳이 어디든 감옥일 것이다. 이 땅에서 평생을 사는 일은 종신형을 선고받는 일일 것이다.

한국으로 가는 길은 사는 길일 수도, 죽는 길일 수도 있었다. 그 길의 끝에 무엇이 있든 나는 그 길을 가고 싶었다. 단 하루라도 자유로운 나라에서 인간답게 살고 싶으니까. 감옥 같은 나라에서 멍청이로 죽고 싶진 않으니까. 무엇보다 이제 겨우 돌이 지난 내 딸에게 이런 생을 물려주고 싶진 않으니까.

담배 한 개비가 다 탔을 때 나는 다짐했다.

'살아서 여기를 나간다면 남한으로 가자.'

4장

1만 킬로미터의 여정

독약을 품고 집을 나서다

보위부에서 석방된 뒤 나는 마음 맞는 사람을 은밀히 물색하기 시작했다. 예전과 달리 누군가 탈북할 조짐이 보인다고 해서 보위부에 신고하는 사람들은 많지 않았다. 이제 이웃을 신고하는 일은 구시대적으로 여겨졌다. 도시에서는 옆집 사람이 소를 잡아먹든 중국으로 넘어가든 자기 살점만 건드리지 않으면 개의치 않는 분위기였다. 하지만 세천 같은 시골에서는 여전히 친구나 가족을 밀고하는 일이 더러 있었다.

그 무렵 마을에서는 국군포로인 김한기가 탈북하는 일이 생겼다. 김한기는 탄광에서 정년까지 일한 뒤 뙈기밭을 일구며 살던 70대 노인이었다. 원체 부지런한 성정이라 배급이 끊긴 상황에서도 옥수수밥이나마 먹으며 근근이 살아갔다. 김한기의 아들인 김동우는 학포탄광 교환대 반장이었다. 국군포로의 자식인 그가 당위원회에서 일하고 교환수들을 거느릴 수 있었던 것은 자신의 능력과, 무엇보다 당에 대한 충성의 결과였다.

탈북의 길이 열리자 국군포로들 사이에서도 탈북 붐이 일었다. 평생 고향을 그리워하며 살았던 이유도 있지만, 북한에서는 밑바닥 인생인 그들이 남한에서는 적지 않은 연금을 받을 수 있다는 것도 하나의 이유였을 것이다. 우리 마을 주민이었던 오만수처럼 한국행에 성공한 국군포로들의 이야기가 전해지자, 평생 고향을 그리워해온 늙은 국군포로들은 브로커를 통해 탈북을 시도하기 시작했다. 김한기도 그들 가운데 하나였다.

"고향이 그리워서 그곳으로 간다. 기다리고 있으면 곧 데리러 오마."

김한기는 아들에게 편지를 남긴 뒤 두만강을 넘었다. 김동우는 편지를 보자마자 보위부로 달려가 아버지를 신고했고, 보위부는 중국 공안당국과 긴밀히 협조한 끝에 중국에 있던 김한기를 붙잡았다. 여생을 고향에서 보내고 싶어 했던 김한기는 시체가 되어 북한으로 돌아왔다.

• • •

나는 가능하면 가족들과 함께 탈북하고 싶었다. 사리에 밝은 아버지는 친한 지인들에게 종종 북한 체제를 비판하는 이야기를 하거나, 남한의 경제가 얼마나 발전했는지 북한과 비교하여 이야기했다.

“남한 사람들은 위성과 연결된 휴대전화를 가지고 있다더라. 그래서 그 전화기로 업무를 본다고 하더라. 그 나라에선 텔레비전을 어찌 보는지 아는가? 빛을 쏘면 벽에 텔레비전이 나온다는데 우리로서는 상상도 못할 일 아닌가.”

아버지가 들려주는 남한의 신문물은 공상에서나 있을 법한 이야기였다. 나는 그 이야기가 사실인지, 무엇보다 아버지가 어디에서 그런 최신 정보를 얻었는지 궁금했지만 묻지 않았다. 아버지는 남한을 높이 평가하고 어머니와 여동생을 그리워하면서도 한국이나 중국에 가는 일은 무서워했다. 온 가족이 함께 남한으로 넘어가려고 했던 나의 계획과는 전혀 다른 상황에 처한 것이다. 가족들 가운데 나와 같은 생각을 가진 사람은 장마당 세대이자 중국에 다녀온 경험이 있는 남동생뿐이었다. 그는 북한 체제에 불만이 많았고 자유롭게 살겠다는 열망을 가지고 있었다.

“왜 당국은 식량 배급도 안 주면서 우리를 억압하는가. 고작 쌀 1킬로그램도 사지 못할 쥐꼬리만 한 생활비를 지급하면서 일을 안 하면 붙잡아가고 때리고 강제노동 시설에 넣는 게 말이 되는가. 난 머슴살이를 하더라도 노동한 대가를 주는 곳에서 살고 싶다.”

그렇게 말할 때 남동생의 눈에는 불만을 넘어선 분노가 어려 있었다. 때마침 어머니가 남한으로 넘어갔다는 소식이 들려왔다. 남동생은 언제든 북한을 떠날 준비가 되어 있는 것처럼 보였다. 이 땅에 아무 미련도 남아 있지 않은 것 같았다.

하지만 나는 그럴 수 없었다. 나는 한 집안의 가장이었고 처자식이 있었다. 온 가족이 함께 탈북하는 것이 힘들다면, 아버지와 아내는 훗날 데려오더라도 딸아이만큼은 꼭 데려가고 싶었다. 겨우 걸음마를 뗀 아이가 나를 향해 아장아장 걸어올 때, 서툰 발음으로 "아빠"라고 말한 뒤 까르르 웃음을 터뜨릴 때, 그 걸음, 그 목소리, 그 웃음은 내게 세상의 전부였다. 눈에 넣어도 아프지 않다는 말이 무슨 뜻인지 나는 온 마음으로 느끼고 있었다.

아이는 아버지에게도 세상의 전부였다. 당신은 옥수수죽을 먹더라도 손녀에게는 흰 쌀밥을 먹이고 싶어 했고, 신산한 주름이 새겨진 얼굴은 아이를 볼 때에만 웃음이 떠올랐다. 아버지의 힘겨운 생에서 손녀는 유일한 낙이 아닐까? 그런 아이를 데리고 떠난다면 아버지는 견딜 수 있을까? 아내와 세 자식과 손녀딸까지 잃은 아버지가 혼자 버틸 수 있을까? 게다가 내 처지를 봐도 아이를 데려가는 것은 불가능한 일이었다. 한 다리와 한 팔만으로 아이를 안고 두만강을 건널 수 있을까? 목발을 짚은 채 아이를 업고 산을 넘을 수 있을까?

딸을 데려갈지 갈등하는 사이에도 나와 남동생은 브로커를 섭외하고 어머니의 근황을 수소문했다. 여러 사정을 감안했을 때 우리는 스스로 국경을 벗어나는 수밖에 없었다. 두만강을 건너 용정을 지나 연길까지는 우리 힘으로 가야만 했다.

'연길에 가면 한국 정부에서 우리를 도와주겠지. 어딘가에 전세기 같은 것을 갖다놓고 귀순자들을 데려갈 게야.'

한국행에 대한 정보가 전무한 나로서는, 연길에 가면 어떻게든 될 거라는 실낱 같은 희망이 전부였다.

그 사이 탈북의 기미를 눈치 챈 보위부에서 호출이 왔다. 2006년 4월, 나는 또 학포탄광 보위부로 끌려갔다. 다시 취조가 시작되었다. 그들은 내가 한국행을 준비하고 있다는 것을 모르고 있었다. 다만 중국에 다시 가려고 한다고만 알고 있었다.

"중국에 넘어가려고 했다는 것만 실토하라. 아직 안 갔으니 마음을 고쳐먹고 앞으로 안 가면 되는 것 아니겠니. 맘 편히 털어놓으라. 정직하게 말하면 네 고모부나 사촌형을 봐서라도 살려주겠다."

그들은 더 이상 나를 고문하지 않았다. 대신 어르고 달래는 심리전을 썼다. 나라고 그들의 속내를 모를 리 없었다. 나는 비굴한 표정을 지으며 연신 고개를 조아렸다.

"이미 한 번 국경을 넘은 과오도 씻지 못했습다. 제가 조국과 장군님을 버리고 어디를 가겠슴까."

오전 시간이 지나고 요원들이 점심을 먹으러 나간 사이, 당번을 서던 보위지도원이 구류장의 문을 열었다.

"집에 가서 점심 먹어라. 밥도 먹고 조서도 쓰고, 그러고 한 시간 뒤에 다시 오라."

그는 구류장을 나오는 나를 보며 의미 모를 미소를 지었다. 혼란스럽고 머릿속이 복잡했다. 저 웃음은 무슨 뜻일까? 도망가라고 기회를 주는 것일까? 아니면 저들이 파놓은 함정일까? 어쩌면 나를 현장에서 체포하려는 계획인지 몰랐다. 일단 풀어준 뒤 그 길로 내가 탈북하면 빼도 박도 못할 증거로 나를 옭아맬 작정인지 몰랐다.

그렇다 해도 어쩔 수 없었다. 탈북할 마음을 먹었다는 것이 탄로 난 이상 지금이 아니면 영영 기회가 없었다. 함정일 수도 기회일 수도 있겠지만 나로서는 하늘이 주신 기회라고 믿어보는 것 말고는 도리가 없었다. 나는 보위부 요원이 쥐어준 조서를 들고 허겁지겁 집으로 달려갔다. 아버지는 방에서 딸아이를 재우고 있었고, 아내는 점심을 준비하고 있었다.

"빨리 가서 자전거 좀 빌려오라."

나는 아내에게 그렇게 이른 뒤 방으로 들어갔다. 잠든 아이의 얼굴은 더없이 평화로워 보였다. 나는 딸아이를 물끄러미 바라보다가 부엌 찬장에서 반쯤 남은 술병을 꺼냈다. 나는 아버지의 술잔에 술을 따랐다.

"아버지, 전 지금 가야 함다. 3개월 후에 모시러 오겠습다."

남동생과 함께 떠난다는 이야기는 차마 할 수 없었다. 자식들이 모두 도망친 나라에 아버지를 홀로 남겨둔다는 죄스러움 때문이었다. 아버지는 내가 어디로 가는지, 왜 가는지 묻지 않았다. 아버지는 그저 울었다. 눈동자 가득 눈물이 차올랐고, 눈물방울이 턱 끝에 맺혔다가 술잔에 떨어졌다. 아버지가 아는 것은 아들이 위험에 처해 있다는 것,

그리고 그 위험을 벗어나기 위해 또 다른 위험 속으로 뛰어들려 한다는 것뿐이었다.

"성호야, 그럼 밥이라도 먹고… 밥 한 술만 뜨고…."

"안 됩다. 지금 당장 가야 합다."

한시가 급했다. 매 분 매 초가 죽음과 연관되어 있는 내겐 작별조차 길게 할 여유가 없었다. 아버지가 울먹이면서 말했다.

"죽지 말고 꼭 살라. 우리 살아서 다시 만나자구나."

한마디만 뱉어도 울음이 터질 것 같아서 나는 고개를 끄덕이며 대답을 대신했다.

"연화야, 일어나라. 아버지 간다."

아버지가 아이를 깨웠지만 곤히 잠든 아이는 눈을 뜨지 않았다. 아버지가 몇 번이나 이름을 부르자 아이는 슬며시 눈을 떴다. 그러고는 잠에 취한 눈으로 잠깐 나를 바라보더니 다시 눈을 감았다.

'설마, 이것이 마지막은 아니겠지.'

나는 불길한 생각을 떨치려고 애썼다. 나의 옷 속에는 가족사진과 독극물이 함께 들어 있었다. 탈북하다 잡히면 죽을 결심으로 마련해 둔 청산가리였다.

나는 아내가 운전하는 자전거 뒷좌석에 앉은 뒤 최대한 차분한 목소리로 말했다.

"외상으로 준 물건 값을 오늘 받기로 했으니 빨리 회령시로 가자."

남동생은 회령시 외곽에서 집 짓는 일에 동원되어 일을 하고 있었다. 언제 탈북할지 알 수 없었기 때문에 남동생과는 수시로 연락을 주고받기로 약속해둔 상태였다. 회령에 도착했을 때 시간은 오후 다섯 시쯤이었다. 나는 한 숙소에 몸을 숨긴 뒤 사람을 시켜 남동생에게 짧은 기별을 넣었다.

"저녁 일곱 시, 신학포 방향에서 두 번째 골짜기 산 어귀에서 200미터 지점에 숨어 있을 것."

이것이 우리의 약속이었다. 사위가 어둑해졌을 때쯤 나와 아내는 자전거를 타고 약속 장소로 향했다.

"여기 일 잘 보고 먼저 올라가라."

약속 장소에 도착하기 전, 나는 아내에게 말했다. 더 이상 나와 함께 있다간 아내까지 위험해질 수 있었다. 나는 자전거에서 내린 뒤 인사도 없이 걸었다. 잘 지내란 말도, 다시 만나자는 말도 할 수 없었다. 할 수 있는 인사가 없었으므로 뒤돌아보지 않고 걷기만 했다.

"연화 아버지!"

100미터쯤 걸었을까. 나를 부르는 아내의 목소리가 들렸다. 돌아보니 아내가 나를 향해 달려오고 있었다.

"어디 가는 겁니까? 언제 돌아오는 겁니까? 건강하게 지낼 수 있는 곳으로 가는 거지요?"

아내는 나를 안더니 서럽게 울기 시작했다. 나는 아무 대답도 할 수 없었다. 아버지와 딸은 다시 만나리라는 희망이 있었다. 어떤 일이 있어도 나는 그들을 데리러 올 것이니까. 하지만 아내는 아니었다. 그녀와는 어떤 기약도 할 수 없었다. 아내는 북한을 떠나고 싶어 하지 않았다. 그녀는 중국과 한국 모두에 부정적인 생각을 가지고 있었고, 가족들도 당에 충성심이 높았다. 그러니 이제 그녀와 나는 다른 세상에서 살아야 했다.

"내 걱정은 하지 말고 빨리 들어가라. 아이랑 아버지 잘 돌봐주고."

나는 다시 뒤돌아 걸었다. 그것이 아내와의 마지막이었다.

두만강을 건너,
국경을 넘어

밤 10시가 넘었을 때 남동생과 나는 천천히 산을 내려갔다. 지금쯤이면 경비가 느슨해져 있을 것 같았다. 우리가 강을 건너기로 한 시간은 밤 12시경이었다. 졸음이 올 시간이기도 하지만 군인들이 몰래 술을 마시러 나가는 시간이기도 했다.

순찰로인 오솔길, 나무 사이의 초소 등 군인들은 도처에 있었다. 우리는 두만강을 건너기 전에 세 겹의 경비망을 뚫어야 했고, 몇 개의 초소를 지나야 했으며, 산 중턱에 설치된 망원초소의 감시를 피해야 했다. 그러나 오늘은 4월 25일(북한군 창립일)로 군인들에게는 명절 같은 날이었다. 술을 마시러 나간 군인들로 공백이 생겼을 가능성이 컸다.

산을 내려온 뒤 수로로 들어가 기어갔다. 수로를 빠져나가자 철길이 나왔다. 갑자기 심장이 두 배는 빨리 뛰는 듯했다. 이 철길 앞에 서 있다는 것 자체가 탈북을 결심했다는 뜻이었다. 철길 옆의 도랑에 숨어 30분 정도 주변을 살폈다. 통제된 도로에는 자동차도, 사람도 없었다. 우리는 두만강을 향해 기어가기 시작했다. 밤 12시가 가까워오고 있었고, 예상대로 초소의 군인들은 잠들어 있었다.

이윽고 우리는 두만강 앞에 다다랐다. 머리 위의 육로에서는 군인들이 순찰을 돌고 있었다. 곁에서 동생이 덜덜 떨고 있는 것이 느껴졌다. 공포심과 두려움으로 심장이 터질 것 같기는 나도 마찬가지였지만 나는 동생을 안심시키려고 애썼다.

"이제 넘어가자. 공민증은 두만강에 버리자. 이제 우리는 이 나라 사람이 아니니까. 그리고 하나님에게 우리를 보호해달라고 기도하자."

나는 공민증을 강에 던진 뒤 간절한 마음으로 하늘을 올려다보았다.

"하늘에 계신 우리 아버지…."

나도 모르게 주기도문이 흘러나왔다.

"아버지의 이름이 거룩히 빛나시며 아버지의 나라가 임하시며 아버지의 뜻이 하늘에서와 같이 땅에서도 이루어지소서…."

신을 알게 된 지 얼마 되지 않았고 아직 신앙심도 깊지 않았지만 이 순간 내가 매달릴 존재는 하나님뿐이었다. 우리는 북한을 벗어나기 위해 목숨을 걸었다. 이 길의 끝이 죽음이고, 내게 끝내 자유로운 삶이 허락되지 않는다 해도 이제는 돌이킬 수 없었다. 모든 것이 나의 운명이고 하나님의 뜻이라고 받아들이는 수밖에 없었다. 오로지 나에 대한 신의 뜻이 죽음이 아니라 삶이기를 바라는 수밖에 없었다.

내가 먼저 목발을 짚고 강으로 걸어 들어갔다. 동생은 비닐에 싼 짐을 들고 내 몸을 붙잡은 채 뒤따랐다. 얼음이 녹은 강물은 심장이 멎을 것처럼 차가웠다. 몇 미터도 채 가지 않아 물이 내 키를 훌쩍 넘었다. 봄은 강물이 줄어드는 시기지만 며칠 동안 내린 비로 물이 엄청나게 불어버린 탓이었다. 수면 아래에서 회오리치는 물살에 한쪽 다리가 제멋대로 흔들렸다. 몸이 물속으로 빠져드는 것을 느끼자마자 나는 목발을 꽉 안았다. 어떤 일이 있어도 목발을 놓쳐선 안 되었다. 나는 목발을 안은 채 속수무책으로 허우적거렸다. 헤엄을 칠 수도, 균형을 잡을 수도 없었다.

"철호야, 안 되겠다. 나는 못 갈 것 같다."

나는 도로 강을 빠져나왔다. 이곳은 이미 중국에 갈 때 넘어가봤던 지점이었다. 그때도 목발을 짚은 채 천천히 걸어서 강을 넘었으니 이번에도 할 수 있다고 생각했다. 이렇게 강물이 깊고 물살이 셀 거라곤 예상치 못했다.

"우리 다시 산에 올라가자. 풀이라도 캐 먹으면서 며칠만 기다리자. 며칠 지나면 강물도 훨씬 줄어들 게야."

"안 되오, 형님."

동생은 고개를 세차게 가로저었다.

"보위부에선 벌써 형이 없어진 것을 알았을 거요. 이젠 시간 싸움이오. 보위부는 금방 국경으로 포위망을 좁혀올 거니 한시라도 빨리 벗어나야 되오. 체포되면 고문당하다 결국 모든 걸 불고 죽게 되오. 이래도 죽고 저래도 죽는다면 강을 건너다가 죽는 게 낫소."

동생 말이 맞았다. 우리는 이미 배수진을 쳤고 무조건 강을 건너야 했다. 지금이 아니면 안 되었다. 다른 선택지는 없었다. 우리는 다시 강으로 들어갔다. 몇 걸음 못 가서 또다시 발이 붕 떴다. 물살이 내 몸을 휘감는가 싶더니 순식간에 나는 하류로 떠밀려 가기 시작했다. 필사적으로 다리를 버둥거리며 수면 위로 떠오르자 밤하늘에서 무심히 빛나고 있는 별들이 보였다.

'이렇게 죽는구나….'

나는 떠오르다 가라앉기를 몇 번이나 되풀이했다. 다시 물속으로 가라앉기 전 나는 필사적으로 동생을 찾았다. 시커먼 강물 어디에서도 동생의 모습은 보이지 않았다. 이젠 허우적거릴 힘도 남아 있지 않았다. 이미 한참을 떠내려온 것 같았다. 입으로, 코로, 귀로 온몸의 구멍으로 물이 밀려들었다. 정신이 점점 혼미해졌다. 소리를 지르지 않으려고 이를 악물었다. 비명소리를 내면 군인들이 강물을 향해 총을 쏠 거라는 사실을 알면서도 죽음을 직감하자 나도 모르게 비명이 터져 나왔다.

"사람 살리시오! 사람 살려!"

저 멀리 동생이 미친 듯이 나를 향해 헤엄치고 있는 모습이 보였다. 동생은 물살보다 더 빠르게 다가와 내 머리채를 움켜잡았다. 그러고는 나를 붙잡고 중국 쪽을 향해 헤엄치기 시작했다. 제발 조용히 하라는 동생의 말을 들으면서도 나는 정신이 나간 것처럼 살려달라고 외쳤다. 아무도 우리를 구해줄 수 없다는 것을 알면서 나는 누구를 향해 외쳤던 걸까. 정신을 차렸을 때 우리는 이미 북한을 벗어난 상태였다. 강을 빠져나온 나는 한참 동안 강물을 토해냈다.

• • •

국경에서 마을까지는 한참을 걸어야 했다. 차가운 새벽바람이 젖은 몸을 훑고 지나갔다. 우리는 방천을 지나 논밭으로 올라섰다. 이따금 자동차가 지나갈 때면 논바닥에 엎드려 불빛이 사라지기를 기다렸다. 어렵사리 두만강을 건넜지만 국경지대는 결코 안전한 곳이 아니었다. 중국 군인들은 탈북자들을 색출하기 위해 차량을 타고 순찰을 했고, 한적한 외통길에는 어김없이 검열 초소들이 불을 밝히고 있었다. 민간인들도 탈북자를 고발하면 적지 않은 포상금을 받기 때문에 군인이나 경찰은 물론 일반인의 눈에 띄는 것도 위험했다.

탈북하면 국경 마을에 사는 어느 조선족의 집으로 가기로 약속해 두었다. 집주인 할아버지와는 지난번 중국에 왔을 때 친분을 쌓아둔 상태였다. 우리는 새벽 네 시가 되어서야 마을에 도착했다. 하지만 어둠 속에 잠겨 있는 비슷한 모양의 집들 사이에서 내가 가기로 한 집이 어디인지 찾을 수가 없었다. 이 집 저 집을 기웃거릴 때마다 잠에서 깬 개들이 요란하게 짖어댔다.

"형, 지금 무슨 거 하는 거이야? 동네 사람들 다 깨나면 잡혀서 죽는 거 아이요?"

동생의 목소리에 짜증이 섞여 있었다. 그도 당황한 탓에 신경이 날카로워진 듯했다. 나는 초조함을 감추지 못하고 하릴없이 여기저기를 둘러보았다. 이 집이 그 집 같고 그 집이 이 집 같았다. 일단은 몸을 숨기는 것이 급선무였다. 우리는 마을에서 떨어진 외양간을 발견하고 그곳으로 숨어들었다. 우사 안에는 짚이 깔려 있었다. 우리는 짚 속으로 파고든 뒤 서로를 꼭 껴안았다. 아무리 서로의 체온에 의지해도 젖은 몸이 오들오들 떨리는 것은 어쩔 수 없었다. 졸음이 밀려왔지만 눈을 부릅뜨고 버텼다.

날이 밝자 다행히 약속해둔 집을 찾을 수 있었다. 집주인 할아버지는 갈아입을 옷과 아침 식사를 내주었다. 젖은 옷을 갈아입고 한국에 있는 어머니에게 국제전화로 어렵게 연락을 취했다.

"어머니, 조금 전 두만강을 넘었습니다."

"며칠만 그 집에서 기다려보라. 일을 하든 돈을 빌리든 브로커 비용을 마련해보마."

어머니의 목소리에선 기쁨과 함께 막막함이 느껴졌다. 한국에 도착한 직후였던 어머니는 이미 가진 돈과 정착비를 모두 브로커에게 지불한 상태였다. 어머니는 주인 할아버지에게 간곡히 부탁했다.

"우리 애들이 북한에서 많이 굶으며 지냈습다. 제가 어떻게든 돈을 마련해서 보내드릴 테니 고기를 좀 먹여주시면 감사하겠습다."

주인 할아버지는 우리를 잘 대해주었다. 중국에 드나들었던 친구가 이야기했던 음식들, 전기밥솥으로 지은 쌀밥과 계란프라이와 고기가 매 끼니 밥상에 올라왔다. 조금은 체면을 차리는 나와 달리 동생은 민망할 정도로 많이 먹어댔다. 그래도 할아버지는 싫은 내색을 보이지 않았다.

하지만 그 집에서 숨어 지내는 시간이 길어지자 할아버지도 초조해하는 것이 느껴졌다. 탈북자를 숨겨주는 것은 그들에게도 불법 행위였다. 공안에게 적발되면 큰 벌금을 물어야 했고, 반대로 탈북자를 고발하면 포상금을 받았다. 우리를 숨겨주는 것은 어떤 이득도 바랄 수 없는, 오히려 곤란한 지경에 처하기 십상인 일이었다.

얼마 후 어머니는 식비와 이동 비용을 송금해왔다. 주인 할아버지와 우리는 연길까지 무사히 가기 위해 몇 번이나 계획을 점검했다. 가장 큰 난관은 국경지대의 초소들을 통과하는 일이었다. 차단소에서는 불시로 차량 등을 검문한 뒤 탈북자를 적발하면 곧바로 북송시켰다. 차단소가 비는 짧은 순간에 통과해야 했으므로 오전 교대시간에 맞추기로 했다. 택시는 두 대를 불렀다. 앞의 빈 차는 상황을 알려주는 역할이었다. 뒤의 차에는 나와 동생, 주인 할아버지가 탔다.

"빨리 출발하기오."

다급해하는 동생과 달리 나는 발길이 떨어지지 않았다.

"사람들 눈에 띈다니까. 빨리 가기오."

나는 잠시 머뭇거리다가 택시 뒷좌석에 앉았다. 마을을 출발한 차는 차단소를 피하기 위해 시골 마을을 빙빙 돌기도 하고 먼 길로 우회하기도 했다. 그렇게 두어 시간쯤 달려 우리는 산길로 접어들었다.

거의 정상에 이르렀을 때 나는 고개를 돌려 뒷유리창 너머를 보았다. 저 멀리 조그맣게 북한이 보였다. 내가 나고 자란 고향이, 지긋지긋해서 벗어나고 싶었던 땅이 멀어지고 있었다. 왈칵 울음이 치받쳤다. 내가 도망친 저 나라에는 여전히 나의 아버지와 아내와 아이가 남아 있었다. 내가 아버지에게 약속한 시간은 3개월. 그동안 아버지는 무탈하게 지낼 수 있을까. 아이는 아빠가 왜 사라졌는지 이해할 수 있을까. 나는 살아서 사랑하는 모든 사람들과 재회할 수 있을까. 나는 결국 울음을 터뜨리고 말았다.

"곧 다시 만날 거니까 걱정하지 마오."

동생이 작은 목소리로 속삭였다. 하지만 동생도 어두운 표정이었다. 아마 작별인사도 없이 헤어져야 했던 아버지를 생각하고 있을 것이다. 지금쯤 아버지는 막내아들마저 북한을 떠났다는 것을 알아차렸겠지. 내가 동생과 함께 떠난다는 사실을 알려주지 않아서 서운해하고 있진 않을까?

"3개월 후에 우리가 데리러 올 거잖소."

동생이 다짐하듯이 말했다. 하지만 아버지와 아이를 데려온다 해도 내게는 영원히 볼 수 없는 사람이 있었다. 나의 아내. 아내는 다른 누군가를 만나 새로운 삶을 시작할 수 있을까.

나는 눈물을 훔치고 심호흡을 했다. 감상에 빠져 있을 시간이 없었다. 앞서가던 택시는 산 정상의 차단초소에 거의 도착한 상태였다. 두만강을 건너던 순간처럼 손에 땀이 나고 심장이 빠르게 뛰었다. 나는 다시 기도했다.

'제발 여기를 무사히 지나가게 해주십시오. 우리를 보호해주셔서 누구의 눈에도 띄지 않고 여기를 통과할 수 있게 해주십시오.'

앞의 차에서 신호가 왔다. 빨리 통과하라는 뜻이었다. 점심시간과 교대시간이 겹치면서 초소는 비어 있는 상태였다. 우리는 속도를 높여서 부리나케 차단소를 넘었다. 가장 어려운 고비를 넘긴 것이었다. 얼마 후 우리가 탄 차는 연길 시내로 들어섰다.

"잘 가거라. 꼭 살아서 남한에 도착하길 바란다."

할아버지와 헤어지려고 하니 눈물이 났다. 피붙이도 아닌 우리를 성심성의껏 도와준 할아버지. 할아버지는 오로지 선의와 연민으로 우리를 돌보았을 것이다. 할아버지에게는 나보다 열 살 많은 아들이 있었고 그 아들은 휠체어를 타고 다니는 장애인이었다. 아들보다 어린 장애인 청년. 그것이 할아버지가 우리를 도와준 이유의 전부였다.

광활한 중국 대륙을 가로지르다

연길에 도착하자 숨통이 트이는 것 같았다. 수상한 행동으로 경찰의 이목을 끄는 일은 여전히 조심해야 했지만, 국경지대처럼 경비가 삼엄하진 않았다. 물론 한밤중에 다짜고짜 집으로 들이닥쳐 검열하는 일도 없었다. 어머니를 통해 소개받은 브로커는 조선족 할머니와 아들 내외, 손자까지 3대가 한집에 살고 있었다.

"너희 어머니가 맛있는 것 많이 먹이라더라."

그 집 할머니는 어머니의 부탁을 받고 소고기와 돼지고기를 잔뜩 사다놓은 상태였다. 북한에서는 피워보지 못한 질 좋은 담배도 주었다. 우리는 고기 반찬을 먹고 따뜻한 물로 샤워를 하고 할머니가 준 옷으로 갈아입었다. 넉넉하게 음식을 차려줘도 몽땅 해치워버리는 우리를 보면서 할머니는 웃었다.

"북한 사람들은 못 먹다 와서 주는 족족 다 먹어버리지."

우리는 북어, 이면수, 고등어 등 북한에선 거의 먹어보지 못한 생선과 해산물을 먹었다.

"천국이 있다면 여기겠다, 야."

나와 동생은 모든 상황이 꿈만 같았다.

주인 할머니는 한국을 몹시 좋아하는 듯했다. 텔레비전 방송도 한

국방송을 봤고, 입만 열면 한국이 얼마나 살기 좋은 선진국인지 이야기했다.

"저 테레비에 나오는 것 좀 보라. 저기 광장에 모여서 정부한테 막 뭐라고 하지 않니. 남한에서는 대통령도 국민한테 꼼짝 못한다. 그러니 대통령이 김정일처럼 사기나 치고 그러지 않지. 느이도 남한 가면 선진 국민되는 거다. 지금이랑은 완전히 다른 사람이 되는 거야."

할머니의 이야기를 듣다 보면 하루라도 빨리 한국에 가고 싶다는 생각이 간절해졌다. 그곳에 가면 자유를 누리고 배불리 먹으면서 할머니의 표현처럼 '선진 국민'으로 살 수 있을 것 같았다. 나는 연길 공항으로 이동할 날만 기다렸다. 국가보위부에 근무하는 사촌형이나 정치범 수용소의 경비대인 고모부를 생각하면, 북한에서 보낸 체포조가 이곳까지 들이닥칠 가능성도 없지 않았다. 나는 하루빨리 비행기를 타게 해달라고 어머니에게 연락했다. 하지만 돌아온 답은 너무나도 의외였다.

"중국에서 바로 한국으로 올 수 있는 방법은 없다."

연길까지만 가면 한국 정부가 우리를 비행기에 태워 데려갈 거라 믿었던 나의 생각은 그야말로 허황된 생각이었다.

"그럼 우린 어떡함까?"

"제3국을 경유해서 와야 한다."

우리는 중국, 미얀마, 라오스, 태국을 거쳐 육로로 6천 킬로미터를 가야 했다. 광활한 중국 대륙을 가로지른 뒤에도 세 개의 국경을 넘어야 비로소 한국행 비행기를 탈 수 있었다. 그렇게 한국까지 가는데 걸리는 거리를 합산하면 총 1만 킬로미터. 이 긴 여정에 대한민국 정부의 도움은 없다고 했다. 브로커 비용은 물론 모든 여비를 스스로 부담해야 했다. 비용은 1천만 원. 여권을 위조하는 것부터 모든 과정이 다 돈이었다.

어머니가 브로커에게 보낸 돈은 1인당 300만 원 남짓이었다. 그것도 어머니가 다니는 시골 교회의 목사님에게 부탁해서 어렵게 빌린 것이었다. 더 이상은 어머니도 어떻게 해볼 방법이 없었다. 목발을 짚고 걸어야 하는 내게, 태국까지 6천 킬로미터를 혼자 힘으로 오라는 말은 죽으라는 소리와 다름없었다. 결단을 해야 했다.

"철호야, 여기에서 지체하다간 우리 둘 다 잡힌다. 벌써 보위부에서 사람을 보냈을지 모른다. 너라도 먼저 출발하라. 꼭 살아남아서 옥란이도 찾고, 아버지랑 연화도 데려와라. 우리 형제의 인연이 여기까지라 해도 어쩔 수 없지만, 그래도 이게 끝이 아니길 기도하자. 꼭 살아서 다시 만나게 해달라고 하나님께 기도하자."

너무나도 간절히 원했던 한국행이었지만 현실을 알고 나자 내게는 가능성이 없을지 모른다는 생각이 들었다. 나는 중국어도 모르고 북한 사람인 티가 났다. 아버지가 만들어준 낡은 목발로 중국이나 빠져나갈 수 있을지도 의문이었다. 목발이 망가지는 순간 나는 죽은 목숨이나 마찬가지였다. 인정하고 싶지 않지만 1만 킬로미터를 가는 동안 내가 살아남을 가능성은 희박했다. 이제 내가 바랄 수 있는 것은 나의 목숨이 아니라 동생이 무사히 한국에 도착하는 것, 그래서 아버지와 딸을 한국에 데려오는 것인지 몰랐다. 형제 가운데 한 사람이라도 살아남아야 다른 가족들을 구할 수 있었다.

'제발 이것을 사용하는 일이 없기를….'

나는 동생을 배웅하며 품 안에 든 독약을 만지작거렸다. 여전히 한국은 멀고 죽음은 가까웠다.

• • •

보름 후 나도 길을 나섰다. 목적지는 북경이었고 연길에서 버스를 타고 가야 했다. 탈북자로 보이지 않기 위해 머리카락을 빡빡 깎고 중국에서 구한 옷을 입었다. 하지만 버스에 올라타자마자 모든 승객들의 이목이 내게 집중되었다. 승객들은 나를 훑어본 뒤 내가 짚고 있는 북한제 수제 목발을 빤히 쳐다보았다. 팔다리 없이 허름한 목발을 짚고 있는 것만으로도 나는 모든 사람들의 시선을 끌었다.

다른 사람과 눈을 마주치지 않으려고 애쓰며 자리에 앉았다. 태연한 척 행동하고 있었지만 너무나 무서웠다. 시선을 받는다는 것 자체가 내게는 위험한 일이었다. 누군가 말이라도 걸까 봐 조마조마했다. 중국어를 못한다는 것이 탄로 나면 탈북자로 의심받을 수 있었다. 버스는 몇 날 며칠을 달렸다. 화장실이 있으면 쉬고 끼니때가 되면 도시락이 주어졌다. 나는 중국이 얼마나 거대한 땅인지 처음으로 알게 되었다.

북경에 도착한 뒤 나를 국경까지 안내해줄 조선족을 만났다. 북경에서 잠시 머문 뒤 기차를 타고 라오스와 인접한 윈난성(운남성)의 쿤밍(곤명)으로 가는 일정이었다. 안내인을 제외하면 우리 일행은 네 명이었다. 나와 어떤 아주머니, 열일곱 살짜리 여자아이와 열한 살 된 남자아이가 한 조가 되어 생사고락을 함께하며 한국까지 기야 했다.

그때는 그 단어를 몰랐지만 우리 넷은 '패키지 여행'을 온 관광객들 같았다. 개인행동은 위험하기 때문에 네 사람이 늘 함께 다녀야 했다. 우리는 다 같이 천안문 광장도 가고 조선족이 운영하는 한국 식당도 갔다. 진짜 관광객이라도 된 기분이었다.

열차를 타기로 한 날, 우리는 북경역으로 향했다. 기차역에 그렇게 엄청난 인파가 몰려 있는 모습은 난생 처음이었다. 처음 보는 장면은 또 있었다. 플랫폼에서 웬 남녀가 서로를 껴안은 채 작별인사를 하는 모습이었다.

"아이고야, 못 볼 꼴 본다."

나와 아주머니는 남사스러워서 어쩔 줄 몰랐다. 결혼을 해야 겨우 손이라도 잡고 다닐 수 있는 북한에서 살아온 우리에게는 너무나도 부끄럽고 낯 뜨거운 장면이었다.

이번에도 몇 날 며칠을 가야 했다. 농촌 마을을 지나고 녹차밭을 지났다. 가도 가도 비슷한 풍경이었다. 좀이 쑤시고 지루했지만 먹고 자는 일을 반복하며 하루하루를 보낼 수밖에 없었다.

"이제 다 와갑니다."

며칠이나 지났을까. 드디어 안내인이 목적지에 가까워졌음을 알려주었다. 두어 시간만 더 가면 쿤밍이라고 했다. 기차에서 내린다는 것만으로도 기뻤다.

'숙소에 도착하면 일단 좀 씻어야겠다. 그리고 한숨 푹 자야지.'

나는 그런 생각을 하면서 설레는 마음으로 창밖을 내다보았다. 그때였다. 객차 문이 열리더니 철도 공안들이 우리 칸으로 들어왔다. 나중에 알았지만 쿤밍은 마약 밀수가 성행하는 지역이어서 공안들이 불시에 신분을 검열하는 일이 흔하다고 했다. 공안들은 앞쪽부터 남자들만 골라 신분증을 검열하기 시작했다. 그들이 점점 내 쪽으로 다가오자 심장이 멎는 것 같았다. 나는 맞은편에 앉아 있는 일행을 바라보았다. 아주머니와 아이들은 차창에 시선을 고정한 채 나와 눈을 마주치지 않았다. 그들은 나를 도와줄 수도, 도와줄 필요도 없었다. 여성과 아이인 그들이 마약 밀수범일 가능성은 거의 없으므로 그들은 신분증 검열을 받지 않을 것이었다. 한국행이라는 같은 목적이 있지만 만난 지 며칠 되지 않은 그들과 나 사이엔 어떤 유대감도 없었다. 그럼에도 불구하고 그들에게도 긴장한 기색이 느껴졌다. 적발되는 순간 내가 같이 죽자는 심정으로 일행을 폭로한다면 그들 또한 무사할 수 없을 테니까.

정신을 잃을 것 같은 공포심에 압도된 상태에서도 나는 살아날 방법을 찾았다. 온갖 생각이 스쳐 지나갔다. 화장실에 숨을까? 화장실은 공안들이 걸어오고 있는 방향에 있었다. 의자 밑으로 들어가야 할까? 그러기엔 공안들이 너무 가까이 있었다. 창문을 깨고 뛰어내릴까? 아무 도구 없이 창문을 깬다는 것도, 시속 150킬로미터가 넘는 열차에서 뛰어내려 도망친다는 것도 모두 불가능했다.

내가 할 수 있는 선택은 청산가리를 들이키는 것뿐인지 몰랐다. 공인에 적발되어 북송되면 온갖 고문을 당하다가 총살당할 것이 뻔했다. 오장육부가 타들어가더라도 독약을 먹고 목숨을 끊는 편이 그나마 덜 고통스럽게 죽는 방법이었다. 자살밖에 방법이 없다는 생각이 들자 나도 모르게 기도가 흘러나왔다.

'제발 약을 먹지 않게 해주시요. 살고 싶습다. 자유로운 나라에서 단 하루라도 살아보고 싶습다….'

이제 공안들은 바로 앞좌석의 남자를 검열하고 있었다. 나는 실신하기 직전이었다. 눈앞이 캄캄했고 머릿속이 아득했다. 그저 살고 싶다는 생각뿐 더 이상은 도망칠 궁리조차 할 수 없었다.

"아무 말도 하지 마시오. 귀머거리처럼, 벙어리처럼 고개 숙이고 가만히 있으시오."

내 옆에 앉아 있던 안내인이 작은 목소리로 일러주었다. 어느새 공안은 우리 앞에 와 있었다. 나는 안내인이 시킨 대로 고개를 숙인 채 바닥만 하염없이 내려다보았다. 공안은 안내인의 신분증을 검열하더니 내 신분증을 보자는 손짓을 했다. 나는 보지도 듣지도 말하지도 못하는 사람처럼 가만히 있었다. 안내인이 중국어로 뭐라고 이야기를 하자 세 명의 공안이 나를 찬찬히 훑어보는 것이 느껴졌다. 나는 그들의 대화를 전혀 알아들을 수 없었다. 내가 할 수 있는 일은 떨지 않는 것, 정신을 잃지 않는 것뿐이었다. 공안이 무슨 말을 하자 안내인은 나의 차표를 보여주었다. 그걸로 끝이었다. 공안들은 나를 지나치더니 다음 좌석으로, 그리고 다음 칸으로 갔다. 너무나도 무서워서 나는 기차에서 내릴 때까지 아무 말도 할 수 없었다. 기차역에 도착한 뒤에야 안내인에게 사정을 물을 수 있었다.

"아까 뭐라고 했기에 그 사람들이 그냥 간 겁니까?"

"당신이 내 동생인데 정신지체장애인이라고 했소. 지금 말을 걸면 기차를 휘젓고 돌아다녀서 몹시 골치 아파질 거라고. 팔다리가 잘린 것도 기차를 휘젓고 다니다가 떨어져서 이리되었다 했소."

정신지체라는 말이 설득력 있게 들렸던 이유가 내가 장애인이어서라니, 나는 웃어야 할지 울어야 할지 알 수 없었다. 그래도 그의 임기응변으로 큰 위기를 넘긴 것에 너무나도 감사했다. 그는 우리를 숙소까지 데려다준 뒤 작별인사를 했다.

"꼭 살아서 한국에 도착하시오."

치앙마이의 감옥에서 발견한 글귀

우리 일행은 한 방에서 지냈다. 숙소라고 해봐야 후미진 곳에 있는 허름한 여인숙이었다. 우리에게 가장 중요한 원칙은 개인행동을 하지 않는 것이었다. 혼자 다니다가 사소한 실수로 중국 공안이나 북한 보위부의 눈에 띄기라도 하면, 스스로는 물론 다른 사람들까지 위험에 빠뜨릴 수 있었다.

그런 위험한 순간이 실제로 있었다. 우리 일행 중 아주머니는 중국에서 함께 살던 남편이 있었다. 남편이 보고 싶었던 아주머니는 우리 몰래 숙소를 빠져나가 공중전화로 연락을 했고, 이어서 한국에 있는 동생에게도 전화를 했다. 문제가 생긴 것은 그때였다. 한국어를 들은 웬 남자가 아주머니에게 다가와 어디에서 왔냐고 물은 것이다. 보위부일지 모른다고 생각한 아주머니는 너무 당황한 나머지 말을 더듬거렸다.

"하, 한국인, 하… 한국 사람이에요."

하지만 남자는 짧은 문장에 묻어 있는 북한 말씨를 알아차리고 아주머니를 쫓아왔다.

"겨우 따돌리고 왔소. 어찌나 심장이 쿵쾅거리던지 큰일날 뻔했지 뭐요."

나는 화가 나서 고함을 질렀다.

"제정신이오? 아주마이 때문에 다 잡히면 뭘로 보상하겠소?"

"아, 그럼 남편이 보고 싶은데 어떡하오?"

"그렇게 좋으면 같이 살지 한국은 왜 갑니까?"

"같이 살 거요! 한국에 데려다가 같이 살 거요!"

한참 목소리를 높이며 말싸움을 하다가 결국 내가 먼저 입을 다물었다. 한 번 큰일을 겪었으니 또 그러진 않으리란 생각이었다. 하지만 알고 하든 모르고 하든 우리는 스스로의 신분을 노출시키는 실수를 계속하고 있었다. 이를테면 쿤밍에서 택시를 타고 국경으로 이동하던 중 내가 했던 행동도 그랬다.

하루 종일 택시를 타고 이동했던 날, 나는 멀미와 금단증세로 죽을 지경이었다. 기름을 넣기 위해 정차했을 때 나는 주유기 옆에서 담배를 꺼냈다. 내가 담배에 불을 붙이자마자 운전을 하던 한족이 화를 내며 호통을 쳤다. 중국어라 알아들을 수는 없었지만 손짓과 말투를 보아 담배를 끄라는 의미인 것 같았다.

"거 참, 이상한 사람이네. 내 돈으로 산 담배를 내가 피우겠다는데 당신이 무슨 상관이오? 내가 담배를 사달라고 했소, 뭐라 했소? 왜 남이 담배 피는 것까지 상관이오?"

나는 그를 어이없는 사람이라고 생각했지만 지금 생각해보면 어이없는 것은 나였다. 하지만 그때의 나는 주유기 옆에서 담배를 피우는 게 얼마나 위험한 행동인지 몰랐다. 아무리 조심하고 몸을 사려도 어쩔 수 없는 것들이 있었다. 다른 나라 사람들에게는 상식이지만, 발전된 문명을 경험해보지 못한 우리로서는 도통 알 수 없는 일들이 너무 많았던 것이다. 탈북자라는 사실이 탄로 나는 것은 결국 그런 사소한 실수들 때문이었다.

• • •

택시를 타고 며칠을 더 간 뒤 우리는 도보로 이동했다. 라오스에 도착하기 전까지는 도와줄 사람도, 안내해줄 사람도 없었다. 표지판은 온통 중국어였다. 어디쯤 왔는지, 여기가 어느 지역인지 아무것도 알 수 없었다. 우리는 먼지투성이가 된 채 그저 걷고 또 걸었다. 자고 일어나면 걸었고, 밥을 먹고 나면 걸었다. 아무리 걸어도 길은 끝없이 이어졌다. 고무나무림을 지났고, 안남미라고 부르는 벼 밭을 지났으며, 바나나나무와 야자수가 늘어선 정글도 지났다.

목발로 인해 살갗이 벗겨진 겨드랑이에서는 피가 나고 진물이 흘렀다. 손바닥은 물집으로 성한 곳이 없었다. 아무리 아파도 걸음을 멈출 수 없었다. 살갗이 벗겨지는 아픔은 일행에게서 도태되는 두려움에 비하면 아무것도 아니었다.

“이제 저 산만 넘으면 라오스라고 하오.”

아주머니가 표지판을 보며 말했다. 그는 우리 가운데 중국어를 아는 유일한 사람이었다. 그러나 아주머니가 가리킨 산은 거대했고 나는 이미 너무나도 지쳐 있었다.

가파른 산길을 오르는 동안 내 걸음은 눈에 띄게 느려졌다. 산속은 숲이라기보다는 정글과 흡사했다. 난생 처음 경험해보는 동남아시아의 뜨겁고 끈적끈적한 공기에 숨이 막혔다. 땀을 너무 많이 흘린 탓인지 탈수 증세마저 느껴졌다. 먹을거리와 필수품을 넣은 배낭은 갈수록 더 무거워지는 것 같았다.

필사적으로 일행을 쫓았지만 열한 살짜리 아이조차 나보다 걸음이 빨랐다. 멀어지는 일행의 뒷모습을 보고 있으니 눈물이 왈칵 쏟아졌다. 내가 이곳에서 쓰러진다 해도 그들은 나를 도와주지 않을 것이다. 우리는 가족도 친구도 아닌 데다, 이런 상황에서 나는 도움이 되거나 필요한 사람도 아니었다. 일행이 나를 버려두고 간다 해도 그들을 붙잡을 명분이 없었다.

'산속에 혼자 남겨지면 짐승 밥이 되겠지. 길을 잃고 헤매다 맹수에게 잡아먹히겠지. 저 사람들은 내가 어디에서 죽었는지 가족들에게 알려주기나 할까?'

문득 아주머니에게 화낸 일이 떠오르면서 후회가 밀려왔다.

'조금만 참을걸. 좀 더 친절하게 대해줄걸.'

두만강을 건너던 순간의 열망과 투지는 수천 킬로미터를 오는 동안 사그라진 것 같았다. 이제 나는 그저 쉬고 싶은 마음뿐이었다. 자유의 땅으로 가고 싶은 마음은 변함없었지만 그곳은 너무나도 멀었다. 두만강을 넘을 때에는 몰랐다. 한국과 북한은 세상의 끝에서 끝이라는 사실을.

‘하나님, 제발 살려주시오. 여기서 살아나간다면 저 같은 사람이 없는 세상을 만들기 위해 제 삶을 바치겠습니다.’

내 얼굴은 땀과 눈물로 온통 얼룩져 있었다. 만약 신이 나를 살려준다면 나 같은 장애인도 어딘가에 쓸모 있기 때문이 아닐까? 내게 소명이 있다면 또 나른 장애인이 목발을 짚고 탈출하지 않아도 되는 세상을 만드는 일이 아닐까?

눈물이 시야를 가려 눈앞이 자꾸 희미해졌다. 그러다 결국 산비탈에서 넘어지며 구르고 말았다. 몸을 일으키자마자 내 몸보다 목발부터 먼저 살폈다. 윗부분이 약간 깨졌고 못도 하나 빠져 있었지만 다행히 망가지진 않은 상태였다. 목발이 망가지면 나는 살아서 이 산을 빠져나갈 수 없었다.

“아이고, 저런. 어떡하오! 괜찮소? 힘들어서 그러오? 내가 부축이라도 해주면 어떻소?”

앞서가던 아주머니가 가던 길을 멈추고 내게 돌아와 나를 살펴주었다. 아주머니와 아이들은 나를 이끌면서 함께 걷기 시작했다. 나는 미안하기도 하고 부끄럽기도 했다.

“아주머니, 지난번엔 죄송했소.”

아주머니는 고개를 저었다.

“아니, 사실 내가 미안해할 일이오. 그리고 다 같이 가야지 어쩌겠소. 남자가 있어서 든든했는데 그쪽이 빠지면 우린 어떡하오. 내가 저

애들만 데리고 무서워서 산을 어떻게 내려가겠소, 안 그러오?"

우리는 가족도 친구도 아니었다. 하지만 우리는 같은 목적지를 향해 걷고 있었다. 혈연 같은 끈끈함은 아니더라도 그들과 나는 수천 킬로미터를 함께 온 사람들, 그리고 앞으로도 수천 킬로미터를 함께 가야 하는 동료들이었다. 나는 스스로가 그들에게 아무 도움이 되지 않는다고 생각했지만, 아주머니의 말처럼 우리 모두는 서로에게 필요한 사람들이었다.

나는 일행의 도움으로 무사히 산을 내려올 수 있었다. 라오스 국경에 도착했지만 군인 초소들이 있어 지나갈 수 없었다. 우리는 여러 길을 우회해가며 기어이 라오스로 들어갔다.

• • •

라오스에서 새로운 브로커와 합류했다. 새벽이 되어 우리는 브로커가 운전하는 쪽배에 올라탔다. 브로커는 그 쪽배를 '모터보트'라고 했다. 어딘가 허술하고 위태로워 보이는 이 모터보트에 의지해 우리는 동남아시아 최대의 강인 메콩강을 건너야 했다. 브로커에게 대강 설명을 듣긴 했지만 중국, 티베트, 라오스, 캄보디아를 가로지르는 메콩강은 바다처럼 드넓었다. 수심이 얼마나 깊을지 가늠조차 되지 않을 정도였다.

"이거이 두만강이랑은 비교가 안 되네."

나는 떨리는 마음으로 모터보트에 올라탔다. 배가 출발하자마자 온갖 날벌레들이 얼굴로 날아와 부딪쳤다. 중국의 검문소를 통과할 때나 열차에서 공안들에게 적발될 위기에 처했을 때와는 또 다른 공포가 밀려왔다. 낡은 구명조끼를 입고 있었지만 배가 뒤집힐지 모른다는 불안감이 들었다. 사실인지 모르겠으나 메콩강에 악어와 사람의 살을 뜯어 먹는 살인 물고기가 득실댄다는 소문을 들었던 기억도 났다. 미얀마에 거의 도착했을 무렵, 배가 크게 요동치더니 드르륵 소리와 함께 시동이 꺼져버렸다.

"어, 어떻게 된 겁니까?"

불안감에 휩싸여 나도 모르게 목소리가 높아졌다. 브로커는 다시 시동을 걸기 위해 안간힘을 썼지만 배는 꼼짝도 하지 않았다. 정확한 원인은 알 수 없으나 모터가 완전히 멈춰버린 듯했다. 짐승 밥이 될 위기를 벗어나자마자 물고기 밥이 될 상황에 처한 것이다. 가까운 강기슭에 겨우 배를 대고 나자 브로커는 다른 배를 구해오겠다며 우리를 내버려두고 가버렸다. 배는 고프고 두려웠지만 무작정 브로커를 기다리는 것 말고는 할 수 있는 일이 없었다.

우리가 내린 곳은 미얀마 오지의 어느 마을이었다. 강기슭의 움막에 살던 어느 부족들이 강가로 나와 우리를 바라보았다. 그들은 다시 집으로 돌아가더니 음식을 가지고 나왔다. 말은 통하지 않았지만 그들은 손짓으로 함께 먹자는 표현을 했다.

밥을 먹다 말고 나는 함께 있는 동남아시아 사람들을 바라보았다.

그들은 수저 대신 맨손으로 밥을 떠먹었고, 하나같이 누추한 행색을 하고 있었다. 하지만 그들의 얼굴은 온화하고 평화로워 보였다. 이들의 눈에 우리는 어떻게 비칠까. 갑자기 목이 메었다. 왜 그런지 지금 이 순간이 몹시 비참하고 슬프게 느껴졌다. 허름한 움막에 살며 손으로 밥을 먹는 사람들, 이들의 삶이 고단하지 않을 리 없었다. 그러나 이들조차 쌀밥을, 구운 고기와 물고기를 먹고 있었다. 정부에 핍박받지 않고, 빼앗기거나 고문당하지 않고, 굶어 죽지 않고 나름의 행복을 느끼며 살아가고 있었다.

도대체 내가 태어난 나라는 무엇이란 말인가. 그곳이 정말 나라이기나 한 걸까. 왜 나는 그곳에서 태어나 친구와 가족을 잃어야 했을까. 왜 나는 그곳에서 옥수수 몇 킬로그램을 얻기 위해 달리는 화물열차에 올라타고, 그러다가 팔다리를 잃고, 끝내는 '공화국의 국격을 떨어뜨리는 병신 새끼'라는 말을 들어야 했을까.

• • •

브로커가 배를 수리해서 돌아온 뒤 우리는 다시 모터보트를 타고 강을 내려갔다. 미얀마를 지나 태국에 거의 다다랐다. 브로커는 큰 금불상이 보이면 국경에 다다른 것이라고 했다.

"이제 태국이니까 알아서 가시오."

금불상이 나타나자 브로커는 우리를 모터보트에서 내쫓다시피 한 뒤 황급히 도망쳤다.

우리는 서민들이 타고 다닌다는 뚝뚝(Tuk Tuk)과 버스를 갈아타며 치앙마이에서 방콕으로 향했다. 방콕으로 가는 길에 검문이 있었다. 신분증이 없는 우리는 밀입국자로 잡히고 말았다. 태국은 탈북자라고 해서 다짜고짜 북송하지는 않는다고 했다. 다만 통역사가 어떻게 말을 전달하느냐에 따라 북한 대사관에서 올 수도, 한국 대사관에서 올 수도 있다고 했다.

우리는 경찰서 유치장에서 또다시 두려움에 떨었다. 북한대사가 오면 끝이었다. 6천 킬로미터의 여정이 실패로 돌아가는 것이다. 내게는 여전히 독약이 있었다. 북한대사가 오는 순간 이것을 들이킬 수밖에 없었다. 일행 모두 나와 같은 생각이었다. 아이들은 얼굴이 새하얗게 질려 있었고 아주머니는 계속 같은 말을 중얼거리고 있었다.

"잡히면 죽겠어. 잡히면 죽을 거야."

재판이 열리는 날, 우리는 통역사로 온 현지 교민에게 애원했다.

"꼭 한국으로 가고 싶다고 이야기해주시오. 대한민국, 사우스코리아 말이오."

우리는 불법 입국한 죄로 열흘 동안 치앙마이의 교도소에 수감되었다. 벌금을 내면 풀려날 수 있다고 했지만 내게 남은 돈은 몇 천 원뿐이었다. 어떤 일이 생길지 모르는 상황에서 벌금을 내느니 감옥생활을 하는 편이 나았다. 북한의 그 무시무시한 감옥에서도 살아남은 나였다. 태국의 감옥은 북한과 완전히 달랐다. 두들겨 맞는 일도 없었고 밥도 배불리 먹을 수 있었다.

내가 수감된 감방 안에는 벽마다 한글이 빼곡하게 쓰여 있었다. "김○○, ○○○○년 ○월 ○○일, 치앙마이 감옥에 들어오다, ○월 ○○일 나가다." "리○○, ○○○○년 ○월 ○○일 들어왔다가 ○월 ○○일 나가다." 얼굴도 사연도 모르는 사람들, 오로지 이름과 날짜로만 존재하는 그들은 나와 같은 여정을 거쳐온 선배들이었다.

그들 모두 얼음장처럼 차가운 두만강에 뛰어들었을 것이다. 공안의 눈을 피해서 가도 가도 끝이 없는 중국 대륙을 가로질렀을 것이다. 그러고도 산을 넘어, 정글을 지나, 메콩강을 건너 이곳 치앙마이 감옥에 도달했을 것이다. 나는 이름과 날짜가 어지럽게 뒤엉켜 있는 가운데 누군가가 남긴 인사를 발견했다.

"꼭 살아서 한국에 도착하시오."

나를 도와준 사람들이 헤어질 때마다 건넸던 인사. 나와 남동생을 숨겨주고 연길까지 데려다준 국경 마을의 할아버지도, 열차의 공안에게 적발될 위기에서 나를 구해준 안내인도 헤어질 때 그렇게 말했다. 살아남으라고, 살아서 꼭 한국에 도착하라고. 나는 그들을 다시 만나지 못할 것이다. 그러므로 '살아서 한국에 도착하라'는 말은 그들이 내게 건넨 마지막 인사일 것이다. 살아야 했다. 살아서 반드시 한국에 가야 했다.

긴 여정의 끝이 다가오고 있었다.

* * *

열흘 뒤 우리는 방콕의 이민국 수용소로 이송되었다. 좁은 방에 탈북자들이 바글바글하게 모여 있었다. 그 먼 길을 오는 동안 탈북자라곤 우리밖에 없는 것 같았는데 여기는 모두가 탈북자였다. 조금은 안도할 만한 상황에 놓이자 가족들의 안부가 궁금했다. 먼저 출발한 남동생은 어디에 있는지, 북한에 있는 가족들이 고초를 겪고 있진 않는지…. 같은 방에 머물고 있는 외국인 가운데에는 불법으로 태국 휴대전화를 소지하고 있는 사람이 있었다. 나는 그에게 돈을 주고 북한의 지인에게 전화를 걸었다.

압록강과 두만강 너머 북한 땅 몇 킬로미터까지 중국의 휴대전화 전파가 들어간다. 대개 밀수꾼이나 장사꾼들이 휴대전화를 가지고 있는데, 이들은 필요할 때만 전원을 켜서 통화를 한다. 북한 당국은 전파탐지기로 신호를 잡아 이를 반국가적 범죄로 다루고 있지만, 이미 시장 상권이 만들어진 북한에서 주민들은 돈을 위해 목숨을 건다.

전화 연결이 된 지인은 보위부에서 나와 남동생을 잡으려는 시도를 계속하고 있다고 말했다. 아버지는 수사 대상으로 감시당하는 중이라고도 했다. 너무나 안타까웠지만 외국의 이민국 수용소에 갇혀 있는 나로서는 아무것도 할 수가 없었다. 빨리 자유의 몸이 되어야 가족들을 구해올 수 있다는 생각에 하루하루가 초조했다.

그러던 어느 날 이민국 수용소에 한 무리의 남자들이 잡혀왔다. 교회에서 보호를 받다가 발각된 탈북자들이었다. 그 무리에 내가 그토록 그리던 사람이 있었다.

"철호야!"

나는 무리 속에 섞여 있는 남동생을 발견하고 정신없이 달려가 얼싸안았다. 동생도 믿기지 않는 듯 내 얼굴을 확인하고 또 확인했다.

"여기까지 오는 데 너무너무 힘들었습다. 그래서 형님이 이 과정을 버틸 수 있을까 많이 걱정했습다. 교회에서 지내는 동안 매일 형에 대해 기도했습다. 꼭 살아 있게 해달라고, 우리 형제가 살아서 만나게 해달라고."

이민국 수용소에서 우리는 가고 싶은 나라를 선택할 수 있었다. 나는 한국으로 가기를 원했지만 동생은 미국으로 가고 싶어 했다.

"세계 최악의 나라에서 살다 왔으니까 이제 제일 잘사는 나라에서 살아봐야지 않겠습까."

동생이 생각하기에 미국은 선진국의 선두에 서 있는 국가이자 민주주의의 첨병이었다.

얼마 후 입국 관련 인터뷰를 하기 위해 한국대사관 직원이 우리를 찾아왔다. 내가 목발을 짚고 방으로 들어가자 그는 놀란 기색을 감추지 못했다.

"아니, 하나밖에 없는 팔다리로 여기까지 왔단 말입니까?"

그는 탈북자 심사를 하면서 장애인은 한 번도 본 적이 없다며 놀라워했다. 어찌 보면 당연한 일이었다. 2006년 당시 전체 탈북자 수는 5천 명이 채 되지 않았고, 그 가운데 태국으로 넘어온 사람들의 숫자는 1~2천 명에 불과했다. 무엇보다 고난의 행군을 지나면서 대부분의 장애인들이 목숨을 잃었기 때문에 장애인 탈북자는 찾아보기 어려울 수밖에 없었다. 대사관 직원은 나를 영웅이라고 추켜세웠다. 나는 쑥스러워서 뭐라고 대답해야 할지 몰랐다. 다만 내가 지나온 여정이 불가능에 가까울 만큼 어려운 길이었다는 것을 또 한 번 실감할 수 있었다.

"저 한국에 갈 수 있는 겁니까? 간다면 언제 갈 수 있슴까?"

인터뷰가 끝날 무렵 나는 대사관 직원에게 물었다. 내게 가장 중요한 것은 하루라도 빨리 한국에 가는 것, 그래서 아버지와 딸을 한국으로 데려오는 것이었다.

"지금 이민국 수용소에는 약 300명 정도의 탈북자가 있습니다. 아직 수용소에 들어오지 못한 사람들도 500명 정도 되고요. 하지만 우리가 한 주에 입국시킬 수 있는 인원은 10명 안팎입니다. 그러다 보니 일반적으론 인터뷰를 하고 나서도 3개월 정도 더 기다려야 입국이 가능하죠. 하지만 당신은 예외입니다. 지성호 씨는 보름 뒤에 한국행 비행기를 탑니다."

"아니, 제가 말임까? 왜 그렇슴까?"

나는 얼떨떨했다. 왜 수백 명의 탈북자들 가운데 내게만 그런 특혜를 주는지 이해할 수 없었다. 그는 당연하다는 듯이 대답했다.

"왜긴요. 장애인이니까 우선권이 있는 거죠."

내가 그 말을, 장애인을 우대하는 시책이 있다는 말을 이해하는 데는 약간의 시간이 필요했다. 한국대사관에서 인터뷰를 한다고 하면 대부분의 탈북자들은 곧 자유의 땅으로 갈 수 있다는 기대감을 가진다. 하지만 나는 아니었다. 나는 여전히 두렵고 불안했다. 장애인이라서 입국이 거절될지도 모르니까. 대한민국이 나를 국격을 떨어뜨리는 존재, 노동력이 없는 잉여인간이라고 생각할지도 모르니까.

나는 학포탄광 보안서에 끌려갔던 날을 떠올렸다. 그때 보안서장이 내뱉었던 말을 나는 잊지 않고 있었다. 앞으로도 나는 그의 말을, 노기와 경멸에 찬 그의 목소리를 잊지 못할 것이다.

"뒈져라, 공화국 망신을 시키고 돌아다니는 병신 새끼! 수령의 권위를 손상시키고 공화국의 국격을 떨어뜨리는 병신 새끼! 조선민주주의인민공화국에 버러지 같이 빌붙어 사는 병신 새끼!"

대사관 직원은 나를 잠시 바라보더니 말을 이었다.

"그동안 얼마나 고생이 많으셨습니까. 대한민국은 지성호 씨를 환영합니다."

"고맙습다. 정말 고맙습다."

눈물이 왈칵 쏟아졌다. 방을 나온 뒤에도 나는 감격에 겨워 어쩔 줄 몰랐다. 너무 기뻐서 복도 끝에서 끝까지 뛰어다니고 싶었다. 한국으로 간다고 소리 지르고 싶었다. 하지만 한국에 갈 날만 기다리는 다른 탈북자들 입장에선 누군가가 특혜를 받는다면 몹시 화가 날 수도 있기에 나는 입을 꾹 다물었다. 그런데 문득 이 소식을 전해도 괜찮을 사람들이 떠올랐다. 나와 이 고된 여정을 함께한 나의 일행. 나는 서둘러 여자와 아이들이 있는 방으로 갔다.

"저 먼저 한국에 가게 되었습다. 우리 이제 서울에서 만납시다."

"아아, 정말 잘 되었소! 그래, 그래야죠. 서울에서 꼭 다시 만납시다!"

그들은 눈물을 글썽이며 자신의 일처럼 기뻐해주었다. 그들은 나의 동료들, 목숨을 걸고 6천 킬로미터를 함께 건너온 생존자들이었다. 우리는 모두 승리자였다. 살아남는 것이 곧 승리였다.

다시 한 번 두 발로 세상을 걷다

2006년 7월 26일, 나는 그토록 소원하던 대한민국 땅을 밟았다. 인천공항 입국장에 들어서자 탈북자들을 맞이하는 플래카드가 눈에 띄었다. "대한민국에 온 것을 진심으로 환영합니다." 공항에는 국가정보원 직원들이 미리 나와 있었다. 그들은 십여 명의 탈북자들을 훑어보며 물었다.

"지성호 선생님이 누구십니까?"

나는 일행 가운데 가장 뒤쪽에 서 있었다. 내 이름을 듣긴 했지만 나를 찾는다고는 생각할 수 없었다. 나는 누구에게도 선생님이라고 불러본 적이 없었다.

"지성호 선생님?"

국정원 직원들이 몇 번 더 내 이름을 부르고 나서야 나는 주춤주춤 앞으로 나섰다.

"저, 제가 지성호입니다만…."

직원들은 준비해온 휠체어에 앉으라고 권했다.

"일 없습다."

나는 처음 받아보는 대접이 부담스럽기만 했다. 국정원 직원은 북한말을 써가며 극구 사양하는 나를 보며 피식 웃더니, 괜찮다며 나를 휠체어에 앉히고 공항을 나섰다.

우리를 태운 소형 버스는 공항고속도로를 벗어나 어딘가로 달렸다. 우리는 수갑을 차고 있지도, 눈을 가리고 있지도 않았다. 다른 체제에서 왔지만 우리를 범죄자로 생각하지 않는다는 의미처럼 여겨졌다. 플래카드와 휠체어도 진심 어린 환영의 표현처럼 느껴졌다.

처음에는 다들 차창 밖을 보며 감탄사를 연발했지만 차츰 말수가 줄어들더니 결국 버스 안에는 정적만 흘렀다. 인천공항에 내리는 순간부터 우리는 공항의 웅장함과 최신 시설에 충격을 받은 상태였다. 매끈매끈한 공항 바닥을 보면서 '이런 곳에선 신발을 벗는 게 예의 아닌가?' 생각했을 정도였다. 우리 집 방바닥도 이렇게 깨끗하고 매끈하진 않았으니까.

그런 상황에서 잘 뚫린 도로와 깔끔하게 정돈된 거리를 보니 압도

되지 않을 수 없었다. 서울 시내에 들어섰을 때에는 거리를 가득 메운 자동차들과 빼곡한 빌딩숲과 거리를 걷는 사람들의 세련된 옷차림에 위압감마저 들었다. 난생 처음 보는 대한민국의 수도는 어느 것 하나 놀랍지 않은 풍경이 없었다. 그중에서도 가장 생경한 것은 거리 곳곳에 서 있는 가로수들이었다.

'북한이었으면 이미 땔감으로 쓰느라 다 베어버렸을 거야….'

자연과 공존하는 도심이 얼마나 아름다운지 처음으로 깨달은 순간이었다.

· · ·

우리가 도착한 곳은 정부합동신문센터(현 북한이탈주민보호센터)였다. 보안이 철저한 곳이란 느낌은 들었지만 두렵진 않았다. 나를 영웅이라고 추켜세워줬던 태국의 한국대사관 직원이나 환영의 플랜카드를 들고 맞이해준 국정원 직원들을 보면, 적어도 북한에서처럼 나를 때리거나 고문할 사람은 없을 터였다.

센터 안에는 수많은 탈북자들이 있었다. 로비에 모여 삼삼오오 이야기를 나누는 사람들, 운동장에서 테니스와 족구를 하는 사람들…. 중국에 있을 때에는 나만 탈북하는 것 같고, 일행과 함께할 때에는 우리만 탈북하는 것 같았는데 이렇게 많은 탈북자들이 서울의 한 건물 안에 모여 있는 모습을 보니 기분이 이상했다. 몽골에서 들어왔다는 사람, 캄보디아에서 비행기를 탔다는 사람 등 한국까지 온 경로도 제각각이었다.

나는 남자 일행과 함께 화장실부터 찾았다. 비행기에서 내리는 순간부터 담배 생각이 간절하던 참이었다. 빈 칸에 들어가 담뱃불을 붙이자마자 바깥에서 누군가의 호통이 들려왔다. 우리는 깜짝 놀라서 담배를 끄고 얼른 밖으로 나왔다. 나온 뒤에도 선생님에게 꾸중 듣는 학생처럼 한참 야단을 맞았다. 북한에서는 '김일성·김정일 혁명사상연구실'을 제외하면 아무 데서나 담배를 피울 수 있었다. 사무실, 열차, 영화관, 심지어 아이가 있는 가정집에서도 일반적으로 담배를 피웠다. 하물며 여기는 자유로운 나라가 아닌가. 왜 담배조차 마음대로 피우면 안 되는지 이해할 수가 없었다.

화장실을 나오자 새로 입소한 교육생들이 한자리에 모여 있었다. 센터에 입소하는 순간 우리는 자동적으로 '교육생'이 돼 있었다. 첫 번째 순서는 소지품 반납이었다. 담배는 물론 화폐부터 가족사진까지 모든 물건을 센터 직원들이 가져갔다. 다음 순서는 건강검진이었다. 한 번도 건강검진을 받아보지 못한 나는 무슨 검사인지도 모른 채 의사와 간호사들이 시키는 대로 피를 뽑고 엑스레이 촬영을 했다. 검진이라곤 하지만 피를 뽑는 일에 몹시 반감이 들었다. 피 한 방울 수혈 받지 못한 채 두 번의 대수술을 했던 기억 때문이었다.

검사가 끝난 뒤에는 빈 상자를 들고 센터 직원들 앞에 줄을 섰다. 상자에 가장 먼저 담긴 것은 각자의 사이즈에 맞는 옷과 신발이었다.

교육생들이 입는 단체복은 물론 편하게 입을 수 있는 트레이닝복과 속옷도 있었다. 그때까지 나는 옷을 갖춰서 입어본 적도 없을 뿐더러 사이즈에 대해서도 아무 개념이 없었다. 밑창이 떨어진 신발을 신고 다 해진 옷을 입어야 했던 북한에서 치수는 전혀 중요하지 않았다. 수령님이나 장군님도 주지 않았던 새 옷이 대한민국에 도착해 여러 벌 생기니 감격스러웠다.

옷을 받고 나자 이번엔 간식과 음료수를 종류별로 담아주었다. 어린 시절 김 부자의 생일에 받았던 선물 상자가 떠올랐다. 이것과는 비교도 할 수 없을 만큼 초라했지만 우리에게는 1년 가운데 가장 행복한 날이었다. 우리는 선물 상자를 받은 어린아이들처럼 즐거워하며 배정받은 방으로 들어갔다. 대여섯 평쯤 되는 방에서 네 명의 교육생이 함께 지내야 했다.

통성명을 하고 서로 살아온 이야기를 나누다 보니 저녁 식사 시간이었다. 우리는 건물 안에 있는 커다란 식당으로 갔다. 어린아이부터 백발노인까지 남녀노소 탈북자들이 다 모여 있었다. 급식 방식은 식판을 들고 가서 음식을 가져오는 소위 뷔페식이었다. 우리는 먹고 싶은 음식을 마음대로 가져올 수 있다는 데 흥분했다. 얼마 전까지 입맛에 안 맞는 동남아시아 음식만 먹었던 탓에 쌀밥이 있는 한식이 그렇게 반가울 수가 없었다.

다들 산처럼 밥을 퍼 담았다. 꾸역꾸역 다 먹은 뒤엔 한 판씩 더 가져왔다. 그다지 많은 양을 먹을 수 없을 것 같아 보이는 여자나 어린

아이들도 마찬가지였다. 지독하게 허기졌던 기억 탓일까. 우리는 다음 끼니가 없는 것처럼 먹어댔다. 여자나 아이들 가운데에는 결국 밥을 남기는 사람도 있었지만, 아무도 야단치지 않았다.

센터에서의 생활은 북한의 일상과는 비교도 할 수 없을 만큼 안락하고 편안했다. 그래도 우리는 하루빨리 자유의 몸이 되길 원했다. 조사를 받고 하나원으로 넘어가는 데까지는 대략 한 달이 걸린다고 했다. 조사 기간 동안에는 외출도 허락받을 수 없는 상태였다.

조사단은 수시로 바뀌었다. 기무사령부 사람일 때도 있었고, 통일부 직원일 때도 있었으며, 검찰이나 검사일 때도 있었다. 조사 과정에서 만나는 수많은 사람들에게 같은 이야기를 반복해서 진술해야 하므로 거짓말을 하거나 얼렁뚱땅 넘어갈 수 없었다. 또한 조사원들은 여러 차례 탈북자들을 인터뷰한 경험이 있기 때문에 내가 하는 대답이 진실인지 거짓인지 판단할 수 있는 사람들이었다.

"북한에선 어느 지역에 사셨습니까?"

"함경북도 회령시 세천입다."

"세천의 지리와 살던 집의 모습을 그려보세요."

눈앞으로 익숙한 풍경이 스쳐 지나갔다. 놀이터처럼 넘나들던 산과 동네 입구의 영생탑과 골짜기에 자리한 하모니카 사택들이 떠올랐다. 내가 다니던 학교, 석탄을 팔러 오가던 길, 왁자지껄했던 장마당, 보위부원들과 전투를 벌인 세천역…. 동네의 풍경뿐 아니라 그 모든 장소를 오가던 어린 시절과 10대의 내 모습이 생생했다. 그림을 그리고 나사 조사원이 펜과 종이를 건네며 말했다.

"이제 북한에서 어떻게 지냈는지 글로 쓰세요. 아는 사람들 이름도 다 적으시고요."

저의 고향 함경북도 회령시 학포리는 춥고 척박한 마을이었습니다. 동네 이름은 세천이지만 사람들은 흔히 학포탄광이라고 불렀습니다. … 1996년 3월 7일, 저는 달리는 화물열차에서 떨어져 팔과 다리가 잘렸습니다. … 꽃제비가 되어 세천역을 떠돌며 옥수수를 훔쳤습니다. …

종이 위로 눈물이 툭툭 떨어지면서 글씨가 번졌다. 내 삶을 반추해 보는 것은 처음이었다. 앞으로 어떻게 살아야 할지는 수없이 고민해 왔지만, 지금껏 어떻게 살아왔는지는 한 번도 돌아보지 못했다. '내가 이렇게 살았구나, 내 삶이 이렇게 비참했구나.' 마지막 문장을 쓸 때까지 눈물이 멈추질 않았다. 나는 이런 말로 글을 맺었다.

북한은 정말 나쁜 곳입니다. 김정일은 독재자입니다. 이제 와서 다시 생각해봐도, 그들은 너무 나쁩니다.

• • •

합동신문센터 생활이 끝나갈 무렵, 담당 직원이 나를 찾아와 외출을 나가자고 했다. 어디로 가는지는 몰랐지만 바깥에 나간다는 것만으로 설렜다. 나는 직원과 함께 승용차에 탔다. 센터에 올 때는 소형 버스를 탔기 때문에 승용차를 타는 것은 처음이었다. 내가 탄 차도, 거리를 달리는 다른 차들도 하나같이 멋져 보였다. 커다란 버스가 광고판을 붙인 채 지나다니는 것도 신기했고, 사람들이 휴대전화로 통화하면서 걸어 다니는 것도 낯선 장면이었다.

광화문을 지나는데 갑자기 심장이 두근거렸다. 많은 사람들이 광장에 모여 노래를 부르고 구호를 외치고 있었다. "민족 반역자 김정일을 처단하라"라는 문구가 적힌 깃발이 휘날렸고 김정일의 사진이 불태워졌다. 나는 어쩔 줄 몰랐다. 스스로가 두 개의 자아로 분열되는 느낌이었다. '김정일은 독재자입니다'라고 글을 쓰는 나와, '어떻게 감히 장군님의 사진을 불태울 수 있는가'라고 생각하는 나.

혼란스러웠고 무엇보다 두려웠다. 이런 장면을 목격했다는 것만으로도 정치범 수용소에 끌려갈 것 같았다. 결코 그런 일이 일어나지 않는다는 것을 알면서도, 여기가 북한이 아닌 대한민국이라는 것을 알면서도 세뇌된 공포가 되살아나는 것은 어쩔 수 없었다.

얼마를 달려 우리가 도착한 곳은 장애인 보조기구를 제작하는 정형외과였다. 내 의족과 의수를 맞출 거라고 했다.

"아, 그렇습까?"

그토록 바라던 일이었는데도 나는 그렇게밖에 대답하지 못했다. 좋다거나 기쁘다고 말하기엔 너무나도 실감이 나지 않았다. 사실인지도 의심스러웠고 나중에 내게 엄청난 금액의 제작 비용을 청구하지 않을까 걱정스럽기도 했다. 그날은 본만 뜨고 돌아왔기 때문에 더욱 현실감이 없었다.

담당자와 함께 그곳을 세 번째 방문한 날, 나는 너무나도 감쪽같이 생긴 의족과 의수를 착용할 수 있었다. 다른 사람들처럼 온전해진 내 몸을 보자 그제야 기쁨의 눈물이 흘렀다.

"익숙해지기 전까진 약간 불편할 수 있습니다. 이쪽으로 걸어와 보시겠어요?"

나는 걸음마를 배우는 아이처럼 천천히 발을 떼었다. 한 걸음, 두 걸음, 세 걸음…. 마음속으로 걸음 수를 헤아리는데 자꾸 눈시울이 붉어졌다. 다리를 잃은 뒤 내 소원은 딱 세 걸음만 걸어보는 것이었다. 그런데 이제 나는 세 걸음을 걷고도 더 앞으로, 세상 속으로 더 나아갈 수 있게 되었다. 담당자는 의족과 의수를 착용한 채 돌아가자고 말했지만 나는 목발을 짚고 가겠다고 고집을 부렸다. 너무 아까웠고 때가 탈까 봐 염려스러웠다. 센터로 돌아와 같은 방에 있던 동료들에게 의족과 의수를 보여주자 다들 환호성을 지르며 축하해주었다. 한 동료가 말했다.

"한 다리로 탈북하느라 얼마나 힘들었나. 북한에서 짚고 온 목발은 김정일한테 던져버리라. 그리고 북한을 향해 외치라. 너희는 나를 장애인으로 만들었지만 나는 이렇게 다시 세상을 걷게 되었노라고."

내 마음과 똑같은 말을 동료에게서 들으니 또다시 울컥했다. 하지만 나는 목발을 버리고 싶지는 않았다. 그것은 아버지가 손수 나무를 깎아 만들어준 것, 움직여야 살아남을 수 있는 북한에서 내 다리가 되어준 소중한 것이었다. 그 목발은 내가 산을 넘나들며 산나물을 캐게 해주었고, 달리는 화물열차에 올라타게 해주었으며, 1만 킬로미터를 건너 한국에 올 수 있게 해주었다. 나는 그 목발을 버릴 수 없었다. 그것은 내 생을 고스란히 증명하는 물건, 내 승리의 징표였다.

사랑하는 사람들의 죽음을 딛고

합동심문조사단에서 교육생 생활을 할 때, 사회체험 프로그램의 일환으로 서울 시내를 돌아다닌 적이 있다. 우리는 50만 원의 지원금을 받은 뒤 보호담당관을 따라 백화점도 가고 동물원과 아쿠아리움도 갔다. 백화점에 갔을 때에는 필요한 물건을 지원금으로 사면서 쇼핑 체험을 했다. 내가 산 것은 가죽구두 한 켤레, 정장 한 벌, 와이셔츠와 넥타이였다.

'이제 대한민국에 살게 되었으니 넥타이를 매고 구두를 신을 일이 생기겠지. 여기에 사는 다른 남자들처럼 양복 차림을 하고 휴대폰으로 통화하면서 어딘가로 바쁜 걸음을 옮기는 삶을 살게 될 거야.'

쇼핑을 하면서 나는 막연하게 그런 생각을 했다.

그날의 마지막 코스는 63빌딩 전망대에 오르는 것이었다. 저녁 어스름 무렵이었고, 나는 아찔하게 높은 건물의 꼭대기에서 서울 시내를 내려다보았다. 올림픽도로 위에서 꼬리에 꼬리를 물고 이어지는 자동차 행렬을 보고 있자니 더럭 겁이 났다. 나는 과연 저들 가운데 한 사람이 될 수 있을까? 자동차를 운전하고, 매일 아침 출근하고, 어딘가를 바쁘게 오가면서 그렇게 살 수 있을까?

한 달간의 합동신문센터 생활과 석 달간의 하나원 생활이 끝난 뒤 나는 충청북도 충주에 정착했다. 탈북자들이 한 지역에 몰려 있는 것을 차단하기 위해 한동안은 지정된 지역에서 지내야 했다. 사회에 나오자마자 내가 가장 먼저 한 일은 뿔뿔이 흩어져 있는 가족들의 안부를 확인하는 것이었다.

어머니와는 이미 합동신문센터에 있을 때 재회했다. 어머니는 나를 보자마자 눈물을 터뜨렸지만 어쩐 일인지 나는 눈물이 나지 않았다. 어머니가 나의 의족을 해주고 싶어 탈북했다는 것을 알면서도 마음 한 구석에는 어머니에 대한 원망이 남아 있었던 것이다. 어머니 또한 고생스러운 시간을 보냈다는 걸 알면서도 내가 북한에서 온갖 고초를 겪을 때 곁에 있어 주지 않았다는 게 어쩔 수 없이 서운했다.

북한에 전화를 건 것은 하나원에 있을 때였다. 북한에 있는 지인과 어렵게 통화를 할 수 있었다. 지인은 미리 부탁한 대로 딸아이의 목소리를 들려주었다. 몇 달 만인가. 그때가 벌써 10월이었다. 한 번도 잊어본 적 없는 아이의 목소리가 수화기를 통해 들려왔다. 아이는 울음 섞인 목소리로 말했다. "아빠 미워." 성인인 나조차 어머니를 그리워하다 서운해하다 결국엔 원망했는데, 하물며 어린 딸아이는 자신을 두고 떠나버린 아빠가 얼마나 미울 것인가. 하지만 당장은 해줄 수 있는 일이 없었다.

하나원에서 나온 뒤 내가 할 일은 두 가지였다. 하나는 북한에 전화를 하는 것이었고, 또 하나는 미국으로 가기 위해 태국에 머무르고 있는 동생에게 용돈을 보내는 것. 하지만 기초정착금 100만 원을 받자마자 브로커는 남은 돈을 물라고 성화였다. 급한 대로 95만 원을 지급하고 나니 5만 원이 남았다. 한 달 동안 어떻게 살아야 할지 막막했지만 일단 국제전화카드부터 샀다. 어쩐 일인지 아버지와는 연락이 되지 않았다. 나는 다른 지인에게 전화를 걸어 아버지의 안부를 물었다.

"장례 치른 지 보름 정도 되었다."

나는 말문이 막혀 한참을 멍하게 있었다. 아버지는 손녀를 업고 탈북을 시도하다가 두만강에서 붙잡혔다고 한다. 그리고 보위부에서 심한 고문을 당한 뒤 결국 감옥에서 숨을 거두고 말았다. 보위부는 아버지의 시신을 들것에 실어 집에 갖다놓았고, 장례를 치러준 사람들은 시신을 뒤늦게 발견한 이웃들이었다고 한다.

전화를 끊은 뒤 나는 통곡했다. 빈 집에 우두커니 앉아 이제나저제나 가족들을 기다리는 아버지의 모습이 선연했다. 남한에 가는 것을 두려워했던 아버지가 어떤 심정으로 손녀딸을 업고 두만강으로 달려갔을지 너무나도 생생하게 알 수 있었다. 차가운 감옥에서 숨을 거두던 순간까지 아버지는 가족들을 그리워했을 것이다. 우리가 무사히 자유의 땅으로 갔을지 걱정했을 것이다. 그리고 세 살짜리 딸아이는 그런 할아버지를 지켜보며 처량히 울었을 것이다.

서울에 온 뒤 나는 딸아이의 행방을 찾기 위해 백방으로 연락을 취했다. 하지만 여러 곳을 수소문한 끝에 내가 듣게 된 소식은 아이의 부고였다. 아버지가 돌아가시고 아내가 결혼한 뒤 친척 집에 맡겨진 아이는 결국 병으로 사망했다고 했다.

"아빠, 미워."

그것이 아이가 내게 마지막으로 한 말이었다. 내가 탈북한 것은 인간답게 살고 싶어서이기도 했지만 무엇보다 나의 자식에게 이런 삶을 물려주고 싶지 않아서였다. 하지만 이제 아이는 없었다. 어리고 어여쁜 나의 아이는 더 이상 이 세상 사람이 아니었다.

'아버지, 제가 의족을 착용한 모습을 한 번이라도 보셨으면 얼마나 기뻐하셨을까요?'

'연화야, 아빠가 목발 때문에 마음껏 업어주지 못해서 미안하구나. 이제는 우리 딸 실컷 업어줄 수 있는데….'

나는 한동안 실어증에 걸린 사람처럼 입을 닫고 살았다. 그 침묵의 시간 동안 나는 마음속으로 끊임없이 아버지에게, 딸아이에게 말을 걸었다. 내가 얻은 자유가 사랑하는 사람들의 죽음을 담보로 한 것이라는 생각이 떠나질 않았다. 나는 무엇을 위해 여기까지 왔을까.

• • •

한동안 나는 슬픔의 시간을 보냈다. 하지만 며칠이 지나자 살아야 한다는 생각이 들었다. 이곳에서의 삶이 사랑하는 사람들의 죽음을 딛고 얻어낸 것임을 잊어서는 안 되었다. 그들을 애도하고 추모하는 방법은 입을 닫고 귀를 막은 채 어두운 방 안에 웅크려 있는 것이 아니라, 바깥세상으로 나가서 내게 주어진 삶을 최선을 다해 살아내는 일이었다.

이제 막 남한 사회에 입성한 나는 모르는 것도 못하는 것도 많았다. 직업전문학교를 찾아가 교장 선생님과 상담했다. 그는 살면서 처음 만난 탈북자인 나를 기꺼이 받아주었다. 나는 한 손으로 타자 연습을 하고 컴퓨터 프로그램들을 익혔다. 포장마차를 차려 저녁에는 호떡과 어묵을 팔았다.

내게는 두 가지 꿈이 있었다. 하나는 아버지가 소원했던 대로 대학에 진학하는 것이었고, 또 하나는 통일이 된 뒤 떳떳하고 어엿한 모습으로 아버지와 딸 앞에 서는 것이었다. 나는 탈북자인 것도, 지체장애2급의 중증장애인인 것도 부끄럽지 않았다. 오로지 현재의 나와 미래의 나만 생각했다. 과거의 나, 꽃제비 출신의 장애인 지성호는 이미 북한에서 죽었다. 한국에서 살고 있는 나는 새로운 지성호였다.

어머니가 계신 인천으로 올라온 뒤 나는 대학에 진학하기 위해 공부를 시작했다. 복지관에서 이우재(가명)를 만난 것은 그 무렵이었다.

그는 나와 나이가 같다는 것을 알고는 "친구하자"며 사람 좋게 웃었다. 첫인상처럼 그는 밝고 싹싹한 사람이었다. "우리 나중에 같은 날 결혼할까?"라고 낯 간지럽게 느껴지는 말을 하는가 하면 "넌 꿈이 뭐야? 앞으로 어떤 사람이 되고 싶어?"라고 진지하게 물어오기도 했다.

"나도 너처럼 복지와 관련된 일을 하고 싶어. 사회도 결국 사람과 사람이 모인 곳이니까. 사람이 가장 중요하니까."

그때 나는 아버지를 생각하고 있었다. 정확하게는 내가 이해하지 못했던 아버지의 사고방식에 관해 생각하고 있었다.

친구인 박 씨 아저씨가 굶어 죽을 상황에 처했을 때 아버지는 산나물을 캐어 그 집에 갖다주고, 둘째 고모네에서 얻어온 된장을 나눠주었다. 아버지의 직장 상사인 김 씨의 아들이 죽었을 때는 수의가 없다는 말을 듣자마자 내가 중국에서 입고 온 옷가지를 선뜻 내주었다. 왜 상의도 하지 않고 옷을 주었느냐고 묻자 아버지는 이렇게 대답했다.

"성호야, 인간 세상은 말이다. 베푼 것만큼 꼭 돌아온다. 명심해라."

내가 꽃제비 생활을 그만두고 석회 장사를 하고 있을 때, 우리 집에는 종종 꽃제비 아이들이 찾아오곤 했다. 날씨가 추워지면 아이들은 우리 집을 찾아와 문을 열어달라며 나를 부르곤 했다. 아무리 사정이 딱해도 매번 그들을 재워주고 먹여주는 것은 현실적으로 어려운 일이었다.

하지만 아버지는 자다가도 문 두드리는 소리가 들리면 아이들을 방으로 들여 아랫목을 내주었고, 출근하기 전에 아침밥까지 차려주었다. 아버지의 이부자리가 석탄가루로 새까매진 것을 발견하는 아침이면 나는 아버지에게 불만을 쏟아내곤 했다.

“또 꽃제비들 재워주셨습까? 물론 이상적이고 훌륭한 일입다. 그렇게 살아야 하는 게 맞는지도 모르겠습다. 하지만 집안 살림도 살펴야 되지 않겠습까. 아기한테 옷도 사주어야 하고 돈 들 일이 많잖습까. 살림하는 집사람 생각은 안 합니까?”

나의 긴 항변에 대한 아버지의 대답은 간결했다.

“네가 꽃제비 생활 면한 지 얼마나 되었다고 이러는가?”

아버지는 그런 사람이었다. 자식에게 먹을 것을 나눠주지 않는 어떤 아비를 향해 “인간도 아니다, 아버지도 아니다”라고 말하는 사람, 장애인이 된 아들을 포기하라는 사람들의 말에 불같이 화를 내는 사람, 피붙이도 아닌 동료나 친구들을 도와주기 위해 우리 몫을 기꺼이 내어놓는 사람.

장애인인 내가 북한에서 살아남을 수 있었던 것은 어쩌면 그가 내 아버지였기 때문인지 모른다. 하지만 그때의 나는 아버지를 이해할 수 없었다. 각박하다고 할지 모르겠으나 내가, 내 가족이 굶어 죽을지 모르는 그 시절의 북한에서 타인을 돌아보는 것은 쉬운 일도 흔한 일도 아니었다. 손님이 집에 오면 가장 먼저 건네는 인사가 “밥 먹었습까?”가 아니라 “밥은 먹고 오셨겠지요?”인 곳이었다. 그곳에는 자식에게 먹일 몫까지 자신의 입에 집어넣는 부모들이 있었고, 팔다리가 잘린 채 살려달라고 울부짖는 소년을 뛰어넘어 석탄 자루를 챙기러 가는 사람들이 있었다.

“사회는 결국 사람과 사람이 모인 곳이다. 사람이 가장 중요하다.”

내가 끝내 이해하지 못했던 아버지의 말, 아버지의 사고방식은 어느새 나의 말, 나의 사고방식이 되어 있었다. 무엇이 되고 싶으냐는 우재의 말에 나는 대답했다.

“우리 아버지 같은 사람.”

사회복지사인 우재 또한 사람이 가장 중요하다는 생각을 갖고 있었다. 우리는 같은 지역에 사는 마흔여 명의 탈북자들을 모아 자원봉사단체를 만들었다. 탈북자들로 구성된 첫 봉사단체가 출범한 것이다. 우리는 쪽방촌과 달동네에 사는 저소득층을 위해 연탄을 나르기도 했고, 농사를 짓는 장애인공동체에 일손을 보태기도 했으며, 노숙자들을 대상으로 식사를 제공하기도 했다.

• • •

봉사단체 활동은 즐겁고 보람 있는 경험이었다. 장애인으로서 많은 사람들의 도움을 받아왔던 내가 이제는 다른 사람을 도와줄 수 있다는 사실이 무엇보다 기뻤다. 하지만 그때까지도 나는, 아버지를 향해 ‘가족들부터 챙겨라, 우리 형편을 먼저 생각하라’고 반항하던 아들에게서 크게 달라져 있지 않았다.

내게는 타인을 위한 강렬한 사명감보다 이 사회가 나를 받아주기를 바라는 마음이 더 컸다. 비록 장애인이지만 나도 누군가에게 도움이 될 수 있다고, 그렇게 이곳에 융화되고 싶고 공존하고 싶다고, 나는 세상을 향해 이렇게 말하고 싶었는지 모른다. 어쩌면 나는 스스로의 존재 가치를 증명하기 위해 더더욱 남을 돕는 일에 열심이었는지 모른다. 게다가 나는 빚을 지거나 민폐 끼치는 걸 못 견뎌하는 성격이다. 대한민국이 나를 받아주었고 국민들의 소중한 세금으로 정착금을 주었으니, 나 역시 받은 만큼 돌려줘야 한다는 생각이 봉사활동에 몰두하게 만들었던 것 같기도 하다. 물론 그런 마음이 불순하거나 잘못은 아닐 테지만, 내가 여전히 나라는 테두리를 벗어나지 못하고 있는 것은 사실이었다.

나는 아버지 같은 사람이 될 수 있을까? 여전히 내게는 타인보다 나 자신이 중요했다. 타인을 위해 내 삶의 너무 많은 걸 걸고 싶지는 않았다. 스스로 뿌듯해할 만큼만 봉사활동을 하고, 다른 사람을 돕는 데에서 자부심을 찾는 정도면 족했다. 적어도 그때까지는 그랬다. 아버지와 함께 내 삶의 이정표가 되어준 사람, 나의 친구 로버트 박을 만나기 전까지는.

5장

북한 땅에
자유의 봄을

살아 있는 양심, 나의 친구 로버트 박

대학 진학을 위해 공부를 시작했을 때 가장 어려운 과목은 영어였다. 어릴 때부터 영어 공부를 하는 한국 사람들과 달리 나는 알파벳이나 겨우 아는 수준이었다. 성인이 되어 처음 배우는 외국어는 낯설고 어려웠다. 그러던 어느 날 친구로부터 원어민과 탈북자들이 함께 하는 스터디 모임이 있다는 이야기를 듣게 되었다. 한국계 미국인 선교사였던 로버트 박은 그 그룹의 선생님들 가운데 하나였다.

미국인에게 나이를 묻는 게 실례라는 이야기를 들었던 터라 나는 그의 나이나 신상에 관해 묻지 않았다. 하지만 그가 먼저 내 나이를 물었고 자기와 동갑이라면서 친구가 되기를 청했다. 그의 한국어는 서툴고 어눌했지만 그의 목소리에서는 진정성이 묻어났다. 로버트 박의 한국 이름은 동훈이었다.

몇 번의 만남이 있은 뒤 동훈은 나의 이야기를 듣고 싶어 했다. 내가 어떻게 살았는지, 북한의 삶은 어떤지, 탈북하는 과정은 어떠했으며, 가족들은 무엇을 하고 있는지…. 단순한 호기심에서 비롯된 질문 같지는 않았다.

“나의 할아버지 할머니도 북한 사람이야. 전쟁 때 내려왔다 미국으로 갔어.”

알고 보니 그의 조부모는 평안북도 산천 출신이었다. 그에게 북한에 대한 이야기란 친구의 삶에 관한 이야기면서 자신의 뿌리에 관한 이야기였다. 하지만 나는 내 이야기를 하고 싶지 않았다. 이야기하기는커녕 떠올리는 것도 싫었다. 한국인의 외모를 가졌을 뿐 평생을 미국에서 살아온 그가 세계 최빈국에서 일어났던 최악의 식량난에 대해, 수령을 신으로 모시는 독재 국가의 현실에 대해 이해할 수 있을 것 같지도 않았다.

얼마 후 중국에서 붙잡힌 여동생이 강제 북송당했다는 소식이 들려왔다. 동생이 아버지의 전철을 밟을지 모른다고 생각하자 눈앞이 캄캄했다. 내 이야기를 들은 동훈은 공부하다 말고 나를 교회로 데려갔다. 고요하고 적막한 예배당에서 그는 나만큼이나 절박한 몸짓으로 나의 동생과 북송의 위기에 놓인 탈북자들을 위해 기도하고 또 기도했다. 두 시간, 어쩌면 세 시간쯤 흘렀는지도 몰랐다.

동생의 북송은 잘못 전해진 소식으로 알려졌지만 그 일로 인해 나는 그에게 마음을 열게 되었다. 나는 그제야 동훈이 듣고 싶어 하던 이야기를 꺼냈다. 고난의 행군, 할머니의 아사, 불운의 열차 사고, 꽃제비 생활, 탈북, 아버지와 딸아이의 죽음까지…. 그는 온 마음을 다해 내 이야기에 귀 기울였고 이야기를 다 들은 뒤에는 큰 충격을 받았다. 나의 이야기를 들은 사람들은 흔히 나를 동정했지만 그가 보여준 반응은 전혀 달랐다.

"성호, 너무 미안해. 북한에서 어떤 일이 벌어지고 있는지 몰랐던 것도 미안하고, 내가 풍족하고 행복하게 살았던 것도 미안해. 모든 게 다 미안해. 너무 미안해."

나는 그의 사과에 무슨 말을 해야 할지 알 수 없었다. 심지어 그는 자신의 삶이 범죄나 다를 바 없었다고 자책하기까지 했다.

"성호, 그럼 난 이제 북한 사람들을 위해 뭘 해야 하지? 내가 어떻게 그들을 도울 수 있을까?"

나는 당황했다. 북한에 남아 있는 사람들을 위해 무엇을 해야 하는가. 그것은 내가 한 번도 생각해보지 못한 문제였다. 북한에서 왔지만 이제 나의 관심사는 북한이 아니라 지금 여기, 내가 발 딛고 서 있는 현재였다. 나는 한국에 적응하고 싶었고, 쓸모 있는 사람이 되고 싶었으며, 이 사회의 일원으로 인정받고 싶었다. 북한 사람들을 위해 뭔가를 해야 한다는 그의 생각도, 더 나아가 북한을 변화시켜야 한다는 그의 주장도 내게는 몹시 비현실적으로 들리는 이야기였다.

동훈에게는 독특한 면이 많았다. 이를테면 자신이 가진 것을 사람들에게 마구 나눠주는 것이 그랬다. 날씨가 추우면 "추워? 내 옷 줄까?"라면서 자신이 입고 있던 옷을 벗어주었고, 선교비를 받으면 "돈 있어? 이거 가져"라면서 돈을 주는 식이었다. 내게만 그러는 것도 아니어서 주변에 있는 모든 사람들이 동훈에게 뭔가를 받거나 도움받은 적이 있었다.

그의 선의는 아는 사람들만을 대상으로 하지도 않았다. 길을 가다 노숙자라도 만날라치면 외투며 모자까지 자신이 걸치고 있던 모든 것을 벗어주고 주머니를 탈탈 털어 돈까지 준 뒤 오들오들 떨면서 집까지 걸어오곤 했다. 그는 경제관념도 없었다. 주머니에 5만 원이 있으면 5만 원을, 10만 원이 있으면 10만 원을, 그 순간 자기가 가진 것을 몽땅 남에게 꺼내주는 사람이었다. 그에게는 '빌려준다'거나 '돌려받는다'는 개념 자체가 없는 듯했다. 오직 '준다'는 개념만 있는 것 같았다. 그의 진정성은 의심할 여지가 없었지만, 그래서 나는 그가 더욱 걱정스러웠다.

3개월 후 동훈은 체류 기간이 끝나 미국으로 돌아가게 되었다. 그가 떠나기 전날 나와 동훈, 스터디 모임에서 친해진 두 명의 친구는 식당에서 조촐한 송별회를 가졌다. 내가 예약해둔 식당은 쌈밥집이었다. 정착금의 대부분을 브로커 비용으로 지불한 뒤 어머니와 포장마차를 끌며 겨우 생계를 유지하던 내게, 1인당 15,000원이나 하는 쌈밥은 몹시 비싼 메뉴였다. 하지만 나는 다시 만날 수 없을지도 모르는 친구를 위해 기꺼이 밥을 사고 싶었다. 고기와 야채, 밥과 찌개까지 함께 나온다는 점에서 쌈밥은 내가 생각해낼 수 있는 가장 고급스러운 메뉴이기도 했다.

"우리가 또 만날 수 있을까?"

내가 아쉬워하며 묻자 동훈이 대답했다.

"물론이지. 난 돌아올 거야."

그는 잠시 나를 바라보다가 말을 이었다.

"그리고 북한 사람들을 위해 살 거야."

나는 그의 말을 흘려들었다. 작별을 서운해하는 내게 빈말을 하는 거라고 생각했다. 미국이라는 거대하고 부강한 나라의 국적을 가진 외국인이 뭐가 아쉬워서 탈북자들을 위한 활동에 뛰어들까 하는 생각도 없지 않았다. 설령 그의 말이 진심이라고 해도 가족들이 허락하지 않을 터였다. 하지만 얼마 후 나는 그의 다짐이 결코 빈말이 아니었음을 알게 되었다.

• • •

3개월 후 동훈은 한국으로 돌아왔다. 안락한 현재와 성공적인 미래, 자신이 누릴 수 있는 모든 것을 뒤로 한 채 한국으로 돌아온 동훈을 보자 죄책감이 들었다. 그때 내가 괜한 소리를 한 건 아닐까? 이 친구도 꿈이 있을 텐데 내가 어려운 길로 이끈 건 아닐까? 왠지 모를 책임감과 자책감에 휩싸여 나는 동훈을 설득하기 시작했다.

"미국으로 돌아가. 부모님이 얼마나 걱정하시겠어?"

"다 말씀드리고 왔어."

"그런데도 가라고 하셔?"

"물론 걱정하셨어. 하지만 부모님이 반대하더라도 난 돌아올 생각이었어."

그는 내 말을 듣기는커녕 열띤 목소리로 자신이 만난 탈북자들에 관해 이야기했다. 지난 석 달 동안 그는 미국에 있는 탈북자들을 찾아다니며 북한의 참상에 대해 더 많은 이야기를 들었다고 했다.

"성호, 네 이야기를 들을 때도 그랬지만 나 그 사람들 이야기를 듣는데 너무 부끄러웠어. 이 세상 어딘가에서 이토록 끔찍한 일이 벌어지고 있는데 난 아무것도 모르고 있었잖아."

"하지만 그건 네 잘못이 아니야."

"우리 같이 판문점으로 가자. 거기에서 북한 인권에 대해 목소리를 내자. 지금 북한 사람들에게는 함께 목소리를 내줄 사람들이 필요해. 다른 사람들에게 그들의 현실을 알려야 해."

"뭐? 난 싫어. 내가 부각되는 것도 싫고 텔레비전에 나오는 것도 싫어. 지난번에 어느 방송국에서 장애인 탈북자라고 나를 취재하고 싶어 했는데 그것도 싫다고 했어."

"왜 싫어? 북한 사람들이 얼마나 힘든 상황에 있는지 네가 누구보다 더 잘 알잖아. 왜 그런 것을 남들에게 알리려고 하지 않는 거야?"

"북한의 힘든 상황? 그래 알지. 아주 잘 알아. 하지만 난 조용하게,

평범하게, 남들처럼 살고 싶어."

"하지만 네가 해야 해. 너밖에 없어."

"제발 무서운 소리 좀 하지 마. 절대 그럴 일 없어. 난 안 할 거야. 난 그런 사람이 아냐."

그와 나의 대화는 평행선을 달릴 뿐이었다. 나는 사람들 앞에 나서고 싶지 않았다. 스스로 탈북자라고 밝히고 싶지도 않았다. 내게 쏟아질 시선이 부담스러웠고 내가 감당해야 할 현실이 두려웠다. 또한 북한에 남아 있는 친척들의 안위도 고려하지 않을 수 없었다. 내가 '팔자 좋게' 인권운동을 했다는 이유로 그들은 나를 대신해 당국으로부터 온갖 보복을 받게 될 것이다. 보위부에 근무하는 사촌형이나 정치범 수용소에 근무하는 고모부도 무사하지 못할 것이다. 물론 북한에는 나의 친척들 외에도 2500만여 명의 주민들이 있었다. 몇 명의 친척과 몇 천만 명의 사람들. 어느 쪽이 더 중요하고 덜 중요한지 나는 감히 판단할 수 없었다.

내가 바라는 것은 그의 사명감과 전혀 동떨어진 것이었다. 09학번으로 대학에 갓 입학한 나는 그저 '남들처럼' 살기를 꿈꾸고 있었다. 내가 원하는 것은 학교를 다니고 공부하는 것, 자격증을 따고 취직하는 것, 결혼을 하고 가정을 꾸리는 것이었다. 그러다 보면 언젠가는 나도 63빌딩에서 바라봤던 사람들과 같은 모습이 되어 있으리라. 운전을 하여 올림픽대로를 달리고, 대출을 받아서 집을 사고, 퇴근 후에는 친구를 만나 맥주를 마시는 그런 일상을 보내고 있으리라.

대학에 들어간 뒤 나는 여러 가지 봉사활동을 하고 있었다. '사람과 사람이 함께 살아가야 한다'는 아버지의 말을 내 삶 속에서 실천하고 싶었고, 탈북자들도 이곳에서 조화롭게 공존할 수 있다는 것을 알리고 싶었다. 마음이 맞는 사람들을 모아 교내에서 통일 동아리를 만들기도 했다. 탈북자들 역시 통일 시대를 준비하는 대한민국의 국민이라는 것을 보여주고 싶었다. 동훈 같은 사람은 될 수 없을지 모르나, 나는 타인에게 도움이 되는 사람이 되기 위해 나름대로 노력하고 있었다. 가끔 북한에 대해 생각하기는 했다.

'돈을 많이 벌면 통일이 되었을 때 자동차에 쌀과 소고기를 가득 싣고 고향으로 가야지. 큰 잔치를 열어서 마을 사람들에게 소고기를 실컷 먹여주자.'

하지만 이런 생각도 이따금이었을 뿐, 내게 북한은 떠올리고 싶지 않은 곳이었다. 어쩌다 북한에 대해 생각하면 가장 먼저 드는 감정은 '싫음'이었다. 증오나 분노처럼 폭발적인 감정이 아닌 그저 '싫음'이었다. 북한 이야기를 하는 것도 듣는 것도 싫었다. 알고 싶지도 않고 관심 갖고 싶지도 않았다. 내가 싫어하는 것이 북한 정권인지, 북한에서의 내 삶인지도 분간할 수 없었다. 그저 북한이라는 말만 들어도 진절머리가 났다.

• • •

"나 성호 집에서 같이 살아도 돼?"

어느 날 동훈이 내게 물었다. 한국에 온 뒤 그는 친척 집에서 지내고 있었다. 하지만 그는 탈북자들과 함께 지내는 시간을 행복해했고 가장 친한 친구인 나와 함께 살고 싶어 했다. 그 무렵 나는 회기역 근처에 있는 친구의 집에서 지내고 있었다. 친구가 지방 발령을 받아 내려가면서 내게 빌려준 집이었다. 예닐곱 평 남짓한 작은 다세대 주택이었지만 나 역시 동훈과 함께 사는 일을 기쁘게 받아들였다.

동훈과 함께 지내면서 나는 그의 식습관이 바뀌었다는 것을 알게 되었다. 일단 육류를 안 먹는 것부터가 그랬다.

"너 예전에 나랑 쌈밥 먹으러 갔을 때 고기 잘 먹었잖아. 왜 지금은 손도 안 대?"

"응, 난 이제 고기 못 먹어. 생선도 못 먹고."

"아니, 이 좋은 걸 왜 안 먹어? 누군 없어서 못 먹는데."

"그러니까…. 북한 주민들은 못 먹잖아. 내가 만난 어떤 탈북자 청년은 북한에서 생선을 한 번도 못 먹어봤대. 비린내가 익숙하지 않아서 지금도 못 먹는대. 통일이 돼서 그 사람들도 이런 음식을 마음껏 먹을 수 있게 되면 그때 나도 다시 먹을 거야."

나는 할 말을 잃었다. 그는 상추 같은 생채소를 먹거나 아주 가끔 내가 사다놓은 두부를 먹었다. 더욱 걱정스러운 것은 그가 금식을 '밥 먹듯이' 한다는 점이었다. 그에게 금식은 굶주린 북한 사람들과 연대하는 방식이었다. 다른 공간에서나마 그들이 느끼는 허기의 고통을 함께하는 것이있다.

어느 날 나는 그에게서 심한 구취가 난다는 사실을 깨달았다. 그것은 내게 낯선 냄새가 아니었다. 텅 빈 위장에서 올라오는 역한 냄새, 아사 직전의 사람들이 풍기는 악취였다. 돌아가신 할머니에게서도, 굶어 죽은 이웃들에게서도 같은 냄새가 났다.

"너 이러다 굶어 죽어. 제발 뭐라도 좀 먹어."

내가 애원하다시피 했지만 동훈은 말을 듣지 않았다. 먹는 것뿐만이 아니었다. 그는 누더기 같은 옷을 걸치고 다녔고, 전철역이나 지하도에서 자는 것도 마다하지 않았다. 안락하고 편안한 모든 것을 거부하는 그의 모습은 기행처럼 보일 만큼 이상한 행동들이었다.

동훈은 집에 있을 때도 있었고 없을 때도 있었다. 어떨 때에는 일주일씩 안 들어오기도 했고, 어떨 때에는 사나흘 내내 집에만 있기도 했다. 중국에 다녀오겠다며 며칠씩 집을 비우는 적도 있었다. 나는 그가 중국에 있는 탈북자들을 위해 비밀스러운 사역을 감당하고 있음을 눈치 챘지만 자세히 묻지 않았다.

집에 있을 때면 동훈은 대부분의 시간을 기도하면서 보냈다. 그는 기도를 하는지 통곡을 하는지 분간되지 않을 만큼 울고 또 울었다. 너무나도 많은 것들이 그를 아프게 하고 있었다. 타인의 고통에 눈물 흘리지 않는 한국 교회가 그를 아프게 했다. 자신의 안위와 출세를 위해선 기도하면서, 불과 몇 시간 떨어진 곳에 있는 동포들을 위해 기도하지 않는 이 나라의 그리스도인들이 그를 아프게 했다.

"성호, 나 두만강을 건너서 북한에 갈 거야."

2009년 11월, 동훈이 내게 말했다. 그가 제대로 먹지도 입지도 않은 채 고생을 자청하고 있다는 것은 잘 알고 있었다. 중국에 발이 묶인 탈북자들을 구출하고 있다는 것도, 그러다가 몇 번인가 사기를 당했다는 사실도 알고 있었다. 그렇게까지 애쓰는 그가 이해되지 않을 때도 있었지만, 결국 내가 그를 이렇게 만들었다는 데 생각이 미치면 어쩔 수 없이 미안해지곤 했다. 하지만 북한을 간다니, 이건 아니었다. 이럴 수는 없었다.

"너 진짜 왜 그래? 허가를 받아서 공식적으로 입국하는 것도 아니고 두만강을 건너서 들어가겠다고? 너 북한이 어떤 데인지 알기나 해? 거긴 정상적인 나라가 아니야. 오죽하면 그 많은 사람들이 목숨을 걸고 그 땅을 탈출하겠냐고. 두만강을 건너가는 순간 넌 죽어. 미국인이라고 봐줄 것 같아?"

"응, 나도 알아. 그런데 이렇게 할 수밖에 없을 것 같아. 국제사회도 한국 교회도 북한에 대해 너무 안일해. 아무것도 하지 않잖아. 내가 그리스도인으로서 북한 주민들을 위해 순교해야 한다면, 그래서 나의 죽음을 알게 된 사람들이 북한 인권에 대해 목소리를 낸다면 난 기꺼이 그렇게 할 거야."

"순교한다고? 너 곱게 죽을 수나 있을 것 같아? 보위부는 엄청나게 악랄한 놈들이야. 잠도 안 재우고 피투성이가 될 때까지 몽둥이로 두들겨 패는 건 예사야. 수틀리면 손톱 발톱도 다 뽑아버린다고. 전기고

문, 물고문, 성고문, 온갖 고문을 다 해대. 넌 지금 그런 일을 자청하겠다는 거야."

"그래도 어쩔 수 없어. 난 가야 돼."

"너 이렇게 가면 난 어떡하냐? 내가 너희 부모님 얼굴을 어떻게 봐? 내가 네 가족들이랑 친구들한테 죄인 취급받으면 좋아? 기자들이 집에 막 찾아오면 그건 또 어떡하고? 여기 내 집도 아니잖아. 우리한테 집 빌려준 친구는 또 무슨 죄야?"

나는 회유하다 협박했고, 겁을 주다 애원했다. 하지만 목숨을 아깝지 않게 여기는 사람을 어떤 말로 설득해야 할지 나는 알지 못했다.

"성호, 만약 내가 죽으면…. 내가 못다 한 일을 네가 해줘. 그렇게 해줄 거지?"

그것이 마지막이었다. 다음 날 동훈은 홀연히 자취를 감추었다. 동훈이 갈 만한 곳을 찾아다녔지만 어디에서도 그의 모습은 보이지 않았다. 그의 친구들을 찾아가봤지만 그가 어디로 갔는지 아는 사람은 하나도 없었다.

나는 동훈이 돌아오기를 기다리며 그가 두고 간 물건을 우두커니 바라보았다. 미국 시민증, 사진 몇 장, 낡은 옷 몇 벌이 소박했던 그의 삶을 증명하는 듯했다. 나는 그 물건들 가운데에서 노트북을 발견하고 결국 울음을 터뜨렸다. 그 노트북은 예전부터 내게 주고 싶어 했던 것, 하지만 미안한 마음에 내가 받지 못했던 물건이었다. 내가 할 수 있는 일은 이 물건들이 유품이 되지 않기를 기도하는 것뿐이었다.

Freedom for North Korea

내가 동훈을 다시 본 것은 2009년 12월, 9시 뉴스에서였다. 텔레비전에서는 재미교포 출신의 북한 인권 운동가인 로버트 박이 무단 방북 후 청진에서 고문을 당하고 있으며, 곧 평양으로 이송된다는 속보가 전해지고 있었다. 그가 북한으로 들어간 경로는 내가 탈북한 길 그대로였다. 삼합진에서 두만강을 건너 국경지대로 들어간 그는 군인들이 달려오기 전까지 꽁꽁 얼어붙은 두만강 위를 걸으며 찬송가를 부르고 있었다. 군인들에게 붙잡히던 순간 그는 큰 소리로 외쳤다.

"김정일은 회개하라! 우리는 북한 주민을 사랑합니다!"

나는 홀린 듯이 텔레비전을 보다가 고함을 질렀다. 오열했고 통곡했다. 미칠 것 같은 절망감에 휩싸여 큰 소리로 신을 원망했다.

"하나님, 당신이 계시기나 합니까? 당신이 진짜 계신다면 해도 해도 너무한 것 아닙니까? 왜 언제나 제게 소중한 것을 빼앗아가십니까? 왜 저한테만 이렇게 혹독하십니까?"

신이 내 삶을 주관하는 절대자라면 그는 이미 너무나도 많은 것을 내게서 빼앗아갔다. 나의 팔다리를, 나의 이웃과 친구들을, 나의 아버지와 딸을 빼앗아갔다. 그 모든 일을 겪어낸 뒤 나의 소원은 두 가지뿐이었다. 평범하게 사는 것, 사랑하는 사람들을 잃지 않는 것. 하지만 신은 여전히 충분하지 않은 것 같았다. 이제 나는 절친한 친구를, 나의 일을 자신의 일처럼 아파하던 동지를, 잃게 되었다.

결국 내가 그를 죽음으로 내몬 것이다. 나의 이야기를 듣지 않았다면 그는 결코 저곳에 있지 않을 것이다. 아버지와 딸을 사지에 남겨두고 왔다는 죄책감에 더해, 이제 나는 친구를 사지로 떠밀었다는 죄책감을 안고 평생을 살아가야 할 것이다. 앞으로도 나는 얼마나 더 많은 것들을 잃어야 할까. 얼마나 더 잃어야 평범하게 살 수 있을까. 내게 벌어지는 이 모든 일에 정말 신의 뜻이 있기는 할까.

나와 친구들은 광명시 철산동에 있는 한 교회에서 동훈을 위한 기도회를 열었다. 기도의 제목은 '로버트 박을 살려주세요'가 아니었다. 우리는 이 모든 일에 하나님의 뜻이 있음을 이해하려고 노력했다. 그리고 하나님이 당신의 뜻대로 행하기를 기도했다. 일각에서는 사람을 살려달라고 기도하는 대신 하나님의 뜻대로 하라고 기도하는 우리를 비난했다. 그러나 우리가 아는 동훈은 누구보다 신의 뜻대로 살고자 하는 의지가 강한 사람이었다. 그가 사는 길이 아니라 죽는 길로 걸어간 것도 그 의지와 믿음 때문이었다.

그랬다. 동훈이 북한에 간 이유는 살기 위해서가 아니었다. 그가 내게 직접 말했다시피 그의 목표는 오히려 죽음, 북한 주민들을 위한 순교였다. 그래서 오히려 북한 당국의 입장에서 그는 죽일 수 없는 존재일지 몰랐다. 나는 동훈이 어떤 사람인지 잘 알고 있었다. 그는 자신을 고문하는 보위부나 교도관에게도 복음을 전파할 사람, 매를 맞으면서도 "하나님은 당신을 사랑하십니다"라고 말하는 것을 포기하지 않을 사람이었다. 죽음을 각오하고 신앙으로 무장한 미국인 인권 운동가는 북한 당국에 여러모로 부담스러운 존재일 것이었다.

나는 그가 처형되기보다는 추방될 가능성이 크다고 추측했다. 내 생각대로 북한 정권은 동훈이 모든 잘못을 인정했으며 추방이 결정되었다고 발표했다. 동훈은 미국 측 고위급 인사들이 자신을 데리러 오는 것을 원치 않았다. 북한을 나오는 순간까지 동훈은 너무나도 그다웠다. 그렇게 모진 일을 당하고도 그는 내가 아는 박동훈 그대로의 모습이었다.

동훈이 미국으로 돌아간 지 얼마 되지 않아 기도회 멤버들은 한 통의 메일을 받았다. 아리조나주 투손에 살고 있는 동훈의 친구들이 보낸 편지였다. 그들은 북한이 어떤 나라인지, 동훈이가 전한 믿을 수 없는 참상이 진실인지 궁금해했다.

우리는 당신들 가운데 누군가가 이곳에 방문해주길 바랍니다. 그래서 이곳 사람들에게 진실을 알려주기 원합니다. 스케줄을 짜고 비행기표를 보내겠습니다. 우리의 초청을 받아주면 고맙겠습니다.

기도회 친구들은 내가 가야 한다고 말했다. 북한의 처참한 현실을 온몸으로 겪어낸 생존자이자, 그저 내 삶에 대해 이야기하는 것만으로도 북한이 숨기고 싶어 하는 북한의 실상을 알릴 수 있는 사람이기 때문이었다.

"조용하게, 평범하게, 남들처럼 살고 싶어."

새삼 동훈에게 했던 그 말이 부끄러웠다. 다른 사람은 몰라도 나는 그럴 수 없었다. 북한 정권의 피해자이자 생존자로서 나는 남들이 모르는 것을 알고 있었다. 불과 수 킬로미터 떨어진 곳에서 어떤 일이 벌어지고 있는지 너무나도 잘 알고 있었다.

동훈이 북한의 현실을 몰랐다는 것에 대해 자책하는 사람이라면, 나는 누구보다 잘 알면서 모른 척하는 사람, 내가 아는 진실을 묻어두고 침묵하는 사람이었다. 동훈이 억류된 뒤에야 깨달았다. 내게는 나의 피해와 생존에 대해 증언할 책무가 있음을. 지금 이 순간에도 누군가는 예전의 나와 똑같은 일을 겪고 있다고 나는 말해야 했다. 2010년 2월의 어느 날, 나는 그 이야기를 하기 위해 미국행 비행기에 올랐다.

• • •

2주 동안 나는 아리조나주 곳곳을 다니면서 내가 겪은 일을 이야기했다. 첫 일정은 투손의 한 고등학교였다. 나는 강단에 서서 내가 겪은 일을 이야기하기 시작했다. 강연이 진행되면서 나는 점점 당황하기 시작했다.

'이 사람들 도대체 왜 우는 거지?'

통역을 하던 한인 학생도, 강당을 꽉 채운 미국인 학생들도, 심지어 선생님들까지 모두 눈물을 흘리고 있었다.

내가 이야기를 마치자 한 선생님이 가장 먼저 자리에서 일어섰다. 그는 물기가 촉촉한 눈으로 나를 바라보며 박수를 쳤다. 학생들도 하나둘 자리에서 일어났다. 결국엔 모든 사람들이 자리에서 일어났다. 강당을 채운 수백 명의 사람들이 모두 기립박수를 보내고 있었다. 나는 어리둥절했다. 내가 아는 한 기립박수는 장군님만 받을 수 있는 것이었다.

"저…. 왜 기립박수를 치시는지?"

나는 통역을 하던 한인 학생에게 물었다. 그는 다른 사람들의 말을 전해주었다.

"지성호 선생님의 용기에 찬사를 보낸다고 합니다. 너무나도 용기 있고 대단한 삶을 살아오셨습니다."

학생들은 나와 사진을 찍고 싶어 했다. 종이를 내밀며 사인을 해달라는 사람도 있었다. 나는 여전히 얼떨떨한 기분으로 생각했다.

'사인이 뭐지?'

첫 일정을 시작으로 나는 대학과 교회, 라디오 방송국 등을 다니면서 내가 겪은 일과 북한 주민들의 삶에 대해 강연하고 인터뷰를 했다. 일정 중에는 북한 주민의 해방을 촉구하는 집회도 있었다. 이 머나먼 이국에서 과연 몇 명이나 북한 사람들에게 관심을 가져줄까? 나는 집회의 규모에 대해 회의적이었다. 그러나 집회 당일이 되자 다양한 인층과 연령의 사람들이 집회 장소인 공원으로 속속 몰려들었다. 참석자들 가운데에는 어머니와 함께 온 한국인 남자아이도 있었다. 일고여덟 살쯤 되었을까. 아이는 "북한 어린이들을 사랑해주세요"라고 적힌 피켓을 들고 있었다. 나는 아이에게 다가가 미소를 지으며 물었다.

"여긴 어떻게 왔어?"

"엄마랑 같이 왔어요."

"이건 엄마가 들고 있으라고 시켰어?"

나는 피켓을 가리키며 물었다. 아이는 의아한 표정으로 나를 잠시 바라보았다. 왜 그런 질문을 하느냐는 듯이.

"엄마가 시킨 거 아니에요. 제가 하고 싶어서 하는 거예요. 텔레비전에서 북한 어린이들을 봤어요. 굶고, 쓰레기를 주워 먹고, 몸이 아픈 친구들도 있었어요. 다친 친구들도요. 그걸 보고 많이 울었어요. 제가 북한 어린이를 위해서 무엇을 할 수 있을까 생각했어요. 그런데 엄마가 북한에서 온 대학생 형이 이걸 한다고 알려줬어요. 그래서 나온 거예요."

나는 부끄러워서 어쩔 줄 몰랐다. 나는 왜 아이가 북한을 위해 스스로 무엇인가를 하고 싶어 한다고 생각하지 못했을까. 내가 북한을 위해 아무것도 하고 있지 않아서는 아닐까?

"그랬구나. 미안하다. 그리고 고맙다."

나는 벌게진 얼굴로 뒤돌아섰다. "제가 북한 어린이들을 위해서 무엇을 할 수 있을까 생각했어요"라는 아이의 말과 "난 조용하게, 평범하게, 남들처럼 살고 싶어"라는 나의 말이 머릿속에서 어지럽게 뒤엉켰다. 아이가 돕고자 하는 '굶고, 쓰레기를 주워 먹고, 아프고 다친 북한 어린이'는 바로 몇 년 전의 나였다. 나는 타인의 고통을 외면하고 있었을 뿐 아니라 과거의 나 자신까지 외면하고 있었다.

행진 순서가 되었을 때 나는 피켓을 들고 선두에 섰다. 피켓에는 "북한 주민들에게 자유를(Freedom for North Korean)!"이라는 글씨가 영문과 한글로 적혀 있었다. 행진으로 인해 교통이 혼잡했지만 불만을 토로하는 운전자는 없었다. 오히려 시민들은 지지의 표시로 경적을 울려주었고, 차창을 열고 "Freedom for North Korean!"이라고 함께 외쳐주었다. 자꾸 눈시울이 뜨거워졌다. 북한 주민들은 알까? 여기, 지구 반대편에 자신들을 응원하는 사람들이 있다는 것을. 자신들의 해방과 자유를 위해 한 목소리로 외치는 사람들이 있다는 것을.

• • •

돌아오는 비행기 안, 로스앤젤레스를 경유하며 나는 무수하게 빛나는 도시의 불빛을 바라보았다. 그 불빛은 꽃제비 시절의 내가 너무나도 부러워했던 삼합진의 불빛과는 비교할 수 없을 만큼 화려했다. 이 세상 어느 곳에서는 이토록 환한 불빛이 빛나고 있다는 것을 북한에 살 때는 몰랐다. 이제 나는 저 불빛만큼이나 많은 사람들이, 저 불빛만큼이나 빛나는 마음으로 북한 주민들을 응원하고 지지한다는 사실을 알게 되었다. 하지만 나는 우울했다. 내가 그 사실을 미국에서 확인했기 때문이었다.

'왜 한국 사람들은 북한 사람들에게 관심을 가지지 않을까? 같은 한반도 땅에서 고통받는 사람들을 왜 지지하고 응원해주지 않을까?'

내가 한국에서 만난 사람들은 흔히 북한이 미사일을 쏘고 핵을 개발한다는 뉴스를 통해서만 북한에 대해서 '안다'고 생각했다. 저 춥고 척박하고 황폐한 땅에도 사람이 살고 있음을, 너무나도 처절하게 살아내고 있음을 대부분의 한국 사람들은 잘 모르거나 모른 체했다. 하지만 미국에서 내가 만난 사람들은 말했다.

"북한 정권은 나쁘다."

그리고 그들은 고민했다.

"우리는 무엇을 해야 하는가?"

나는 그들에게 물었다.

"왜 무엇을 하려고 하는가?"

그들은 대답했다.

"나쁘다는 것을 알면서 아무것도 하지 않는 것도 그만큼 나쁜 일이다. 나치만 나쁜 것이 아니라 나치의 만행에 침묵했던 모든 사람들이 나쁜 것처럼."

그들은 북한에서 1만 킬로미터 이상 떨어진 나라에 살고 있었다. 그러나 국제사회의 일원으로서, 국경이나 거리에 상관없이 누군가의 고통에 대해 목소리를 내는 것이 마땅하다고 여겼다. 그들은 나를 용기 있다고 추켜세웠지만 나는 한없이 부끄러웠다. 그들은 나를 비난하지 않았지만 나는 나를 비난했다. 그들이 말하는 '나쁘다는 것을 알면서 아무것도 하지 않는 사람'이 바로 나였으니까. 나는 북한 정권이 얼마나 나쁜지 누구보다 잘 아는 사람, 그러면서 외면하고 침묵해온 사람이었다. 동훈도 내게 같은 말을 했었다.

"알면서 아무것도 행하지 않는 것은 죄다."

나는 항변했다.

"김정일이 죄인이지 내가 왜 죄인이야? 나는 북한 정권의 피해자일 뿐이야."

나는 이제야 동훈의 말이 옳았음을 깨달았다. 침묵은 곧 가담이었다. '하지 않는 것'은 최악의 행동을 '하고 있는 것'이었다. 한국에 온 뒤 까맣게 잊고 있었던 기도가, 라오스의 정글에서 신에게 했던 약속이 떠올랐다.

'여기서 살아나간다면 저 같은 사람이 없는 세상을 만들기 위해 제 삶을 바치겠습니다.'

나는 인천공항에 도착하자마자 휴대전화를 켰다. 그리고 친구들에게 전화를 했다.

"나 이렇게 살지 않을 거야. 행동할 거고 목소리를 낼 거야. 너희가 같이해줘. 북한 주민들의 자유를 위해서."

정권의 피해자에서 인권의 옹호자로

"함께한다는 게 중요해. 북한 문제를 북한 주민이나 탈북자만의 문제로 치부해선 안 돼. 이 시대를 살아가는 모든 청년들이 고민하고 행동해야 하는 문제야."

"남한에서 북한과 가장 가까운 지역은 불과 2킬로미터 정도야. 그야말로 우리 코앞에서 수많은 사람들이 고문당하고 죽임당하고 정치범 수용소로 끌려가고 있는 거야."

"통일이 되고 나서 북한 주민들이 이렇게 묻는다고 생각해봐. 내 아버지가 고문으로 죽었을 때, 내 어머니가 굶어 죽었을 때, 어린 동생들이 산속에서 독초를 먹고 죽어갈 때, 그때 당신은 뭘 했느냐고 묻는다면 우리는 뭐라고 대답할 수 있을까? 그래서 행동해야 해. 훗날 그들의 질문에 대답할 수 있도록."

"통일에서 가장 중요한 건 역시 북한 주민들의 인권 문제라고 생각해. 국가와 정부가 할 일도 있지만, 이 문제에 대해 우리 같은 청년들이 할 수 있는 일도 있을 거야."

"침묵하지 않아야 해. 우리가 북한 주민들의 목소리가 되어 이야기해야 해."

2010년 봄, 나를 포함한 일곱 명의 기도회 멤버들은 열띤 토론을 벌이고 있었다. 북한 인권 단체의 출범을 앞두고 우리가 이 일을 왜 해야 하는지, 어떤 방향으로 나아가야 하는지 의논하는 자리였다.

남한 사람, 탈북자, 재미교포 등 우리의 출신은 저마다 달랐다. 그러나 우리는 남한 출신, 북한 출신이라는 말 대신 경기도 용인 출신, 경상남도 부산 출신, 함경북도 회령 출신이라는 말을 쓰기로 했다. 우리 안에서부터 남북을 구분 짓지 말고 작은 통일을 먼저 이루자는 의미였다.

단체 설립의 초기 비용은 내가 미국에서 받아온 200달러의 후원금이 전부였다. 동훈의 교회 친구들이 북한을 위해 써달라며 십시일반으로 모아준 돈이었다. 단체를 설립하기엔 턱없이 부족한 액수지만 웬일인지 나는 걱정이 되지 않았다. 한국으로 돌아오는 비행기 안에서 북한 인권을 위해 살겠다고 결심한 순간, 나는 이상하리만큼 마음이 평온해지는 것을 느꼈다. 내가 그토록 잊고 싶어 했던 북한에서의 기억이 선명하게 되살아나면서, 내가 겪은 모든 일들이 비로소 하나로 꿰어지는 기분이었다.

'이것이 나의 소명이었구나. 이 일을 하기 위해서 그토록 많은 일을 겪었던 거야.'

내가 가야 할 길을 명징하게 깨달은 뒤에도 북한에 있는 친척들은 나의 마음을 무겁게 하는 문제였다. 여전히 나는 몇 명의 친척과 몇 천만 명의 사람들 중 누구의 안위가 더 중요한지 판단할 수 없었다. 그러나 판단할 수 없어서 아무것도 선택하지 않는다면 나는 결국 누구도 구하지 못할 것이었다.

몇 번의 회의를 거친 뒤 대표를 선출하는 날이 되었다. 사회를 맡은 친구가 외쳤다.

"대표 지성호!"

나는 자리에서 벌떡 일어나 큰 소리로 말했다.

"이건 아니지!"

선거 결과를 받아들일 수 없다는 나의 항의를 신경 쓰는 사람은 아무도 없었다. 친구들은 내 말 따위는 들리지 않는 듯 박수를 치며 환호했다.

"하지만 내 능력으론 너무 부족하다고. 게다가 지금 난 학교에서 탈북대학생 동아리 회장도 하고 있어. 자원봉사 단체도 맡고 있고. 여력이 안 돼."

"에이, 우리가 잘 도와주면 되지. 그럼 대표가 회령 출신이니까 부대표는 용인 출신 이동구, 총무는 재미교포 박진걸이 하면 딱 맞겠네. 남북미 연합으로!"

최일남, 김건우, 이옥정(가명), 지철호, 이춘범을 비롯한 멤버들은 박수를 치며 선거 결과를 공표했다. 장난스럽게 이야기했지만 멤버들의 생각은 동훈의 생각과 같았다.

"네가 해야 해. 너밖에 없어."

동훈이 그렇게 말했을 때 나는 그의 말을 이해하지 못했다. 세상에는 수많은 사람들이 있고, 그들 가운데 누군가는 북한 주민을 위해

뜻 깊은 일을 할 거라고, 그러나 그 누군가가 나는 아니라고 생각했다. 하지만 동훈이 그랬듯 멤버들 또한 그 누군가가 나라고 생각했다.

"피해자인 네가 앞장서야 해. 진실이 무엇인지 너는 네 삶으로 증명할 수 있어. 너는 이제 북한 정권의 피해자가 아니라 인권의 옹호자야."

결국 나는 친구들의 뜻에 따라 대표직을 받아들였다. '정권의 피해자에서 인권의 옹호자로'. 그 말이 나의 마음을 움직였다. 오랫동안 나는 피해자라는 것을 나의 정체성으로 여겨왔는지도 모른다. 스스로를 무력하고 불운한 피해자로 여겼기 때문에 나의 과거를 이야기하는 것도, 장애인이라고 밝히는 것도 꺼려했는지 모른다. 하지만 더 이상은 아니었다. 나는 이제 주체적이고 자발적으로 '인권의 옹호자'를 나의 정체성으로 삼을 생각이었다.

단체의 이름은 나우(NAUH)로 결정되었다. '나우 액션 앤드 유니티 포 휴먼 라이츠(Now Action And Unity For Human Rights)'의 약자로, 북한 땅에 자유의 봄이 오는 그날까지 지금 여기에서 행동하자는 의미를 담고 있다. 광명시 벧엘교회 담임목사님의 부인이자 어린이집을 운영하는 김용란 모사랑 대표님은 나우에 대모와 같은 존재가 되어주었고, 조원일 전 베트남 대사님은 21세기 매너와 국제기준에서 바라본 선진국 청년들의 모습에 대해 교육해주었다. 밝은 통일의 미래를 만들어가라며 나우 사무국 청년들에게 쾌적한 공간을 제공해주신 김장환 극동방송 이사장님은 2018년 내 일생일대에서 최고의 설 명절을 선물해주셨다. 그 외에도 북한 인권을 위해 미주 한인 사회에서 가장 큰 활약을 해주시는 손인식 목사님은 뜨거운 가슴과 사랑으로 일한다는 것이 무엇인지를 탈북대학생들에게 손수 보여주셨으며, 남산교회의 이희열 장로님은 사무국의 한 사람 한 사람을 위해 애써주시는 친정아버지와 같은 분으로 우리를 따뜻하게 품어주셨다. 장호근 전 장군님은 온 가족분들이 나우를 물심양면으로 도와주신다. 이분들의 이런 사랑과 관심에 눈시울을 붉힐 때가 많다.

2010년 4월, 나우는 김용란 원장님이 제공해준 광명의 한 주택에서 발대식을 열었다. 우리가 초청한 언론사는 자유아시아방송(RFA)뿐이었다. 나는 이 방송을 통해 북한 주민들에게 나의 목소리가 가닿기를 바라며 이런 약속을 전했다.

"북한의 동포 여러분이 이 방송을 듣는다면, 누군가는 죽음의 위기 앞에서 제 목소리를 듣고 있을지 모릅니다. 또 누군가는 사랑하는 사람을 잃은 절망 속에서 이 방송을 듣고 있을 수도 있습니다. 지금 어떤 상황에 놓여 있든 북한의 모든 동포들에게 부탁합니다. 꼭 살아주십시오. 부디 살아남으십시오. 남북 청년들이 함께하고 있습니다. 우리는 당신들이 처한 상황을, 북한 인권의 처참한 실상을 세상에 알릴 것입니다. 우리 모두가 평화로운 세상에서 함께할 수 있도록, 저 얼어붙은 북한 땅에도 자유의 봄이 올 수 있도록 우리가 변화를 만들 것입니다. 그러니 아무쪼록 살아주십시오, 통일의 그날까지."

• • •

나우의 첫 활동은 매주 토요일 강남의 교보문고 앞에서 진행한 캠페인이었다. 북한 정권을 규탄하는 기존의 집회들은 북한 주민의 인권보다 반공 그 자체에 초점을 맞추는 경우가 많았기 때문에 다소 거칠고 과격한 면이 있었다. "김정일을 타도하라!"라는 구호를 외치거나, 김 씨 일가의 초상화를 불태우는 퍼포먼스를 벌이는 것도 시민들의 눈높이에 맞지 않아 보였다.

나우의 활동가들은 가슴과 등에 두 개의 피켓을 멨다. 앞의 피켓에는 "나는 행복한 사람입니다"라는 문구를, 뒤의 피켓에는 "북한에서 태어나지 않았으므로"라는 문구를 적었다. 또 다른 피켓에는 "나는 한국 여성입니다"라고, 뒷면에는 "중국에서 60만 원에 팔려가는 북한 여성이 아니라"라고 썼다.

시민들이 받아들일 수 있는 선에서 창의적이고 유연하게 접근해보자는 전략은 많은 사람들의 관심을 끌었다. 하지만 이제 막 출범한 가난한 시민단체의 활동이 녹록할 리 없었다. 우리는 사무실도 활동비도 없었다. 아는 분들이 이따금 보태주는 몇 만 원의 후원금, 학생인 데다 월급도 없는 활동가들이 매달 각출한 15만 원이 단체 수입의 전부였다.

한여름이 되자 뜨거운 햇볕을 맞으며 아스팔트 위에 서 있는 일이 무척 힘들어졌다. "목마른데 물 좀 사 먹어요." 활동가들이 이렇게 말하면 총무를 맡은 재미교포 친구는 고개를 저었다. "안 돼. 돈 없어." 땀에 흠뻑 젖은 채 갈증을 참아가며 활동하는 팀원들도, 빠듯한 돈으로 단체의 살림을 꾸리는 총무도 안쓰러웠다. 북한 주민들을 위해 시작한 일이지만 내 주변 사람들에게 지나친 헌신을 강요하는 건 아닌지 자책감도 들었다. 고생이 많다며 음료수를 사다주는 시민들도 있었지만, 북한에서 왔냐고 물은 뒤 다짜고짜 호통을 치는 사람들도 있었다.

"북한에서 뭘 하러 여기까지 내려왔어? 너희 빨갱이지?"

"북한 인권 같은 소리하고 있네. 남한 사람들 인권도 안 지켜지는데 북한 인권까지 지키자고?

"북한도 살 만하잖아? 북한 인권은 북한 사람들이 알아서 해야지."

그런 반응에 상처받지 않는 건 아니었지만, 그분들이 그렇게 말하는 이유는 북한 주민들의 삶에 대해 잘 모르기 때문이었다. 가시 돋친 말들에 속상해질 때면 나는 그렇게 마음을 다잡곤 했다.

'알면 달라질 거야. 알려야 변화가 시작될 테고. 그래서 우리가 여기에 있는 거야.'

• • •

우리가 충무로에 첫 사무실을 마련한 것은 단체를 설립한 지 3년 만인 2013년의 일이었다. 방송에 출연하면서 인지도가 생긴 덕분에 탈북자 구출 비용은 조금씩 후원이 늘고 있었다. 그러나 돈이 생길 때마다 구출 비용으로 사용하다 보니 사무실을 마련할 여력이 없었다. 나는 나우의 대모 같은 김용란 원장님을 찾아가 상황을 말씀드리고 도움을 요청했다.

“일할 공간이 필요합니다. 서울에 사무실이 있었으면 좋겠는데 도와주실 수 있을까요?”

“얼마가 필요할까요?”

“500만 원 정도면 어떻게 해볼 수 있을 것 같습니다.”

원장님은 조용히 고개를 끄덕였고, 다음 날 현금 500만 원을 내게 건넸다. 그것이 원장님의 생명보험금을 해지한 돈이라는 사실을 안 것은 그로부터 시간이 꽤 흐른 뒤였다.

나우의 첫 사무실은 충무로의 좁은 골목 안에 위치한 낡고 허름한 5층 건물의 꼭대기 층이었다. 공용 화장실에는 쪼그려 앉아 볼일을 봐야 하는 좌변기가 놓여 있었고, 아래층에서 올라온 담배 연기로 복도는 늘 매캐했다. 담배를 끊은 뒤라 복도에서 풍겨오는 담배 연기와 냄새가 무척 고역스러웠다.

엘리베이터도 없어서 나는 의족을 끌고 하루에도 열 번 이상을 5층까지 계단으로 오르내려야 했다. 비품이라곤 책상과 중고 냉장고와 선풍기가 전부였다. 그래도 우리는 사무실이 생겼다는 것만으로도 기뻤다. 무엇보다 그 사무실은 김용란 원장님의 마음이 담긴 소중한 공간이었다. 당장 돈을 갚을 수 없는 우리로서는 그 액수 이상의 일을 해내겠다고 다짐할 수밖에 없었다.

열악한 환경에서 일하는 팀원들에게도 늘 미안했다. 햇볕을 그대로 흡수하는 꼭대기 층의 특성상 한여름이 되면 사무실은 찜통이었다. 열에 달아올라 벌게진 얼굴에 러닝셔츠만 입은 채 일하고 있는 팀원들을 보면 타인을 위해 일한다는 명목으로 가까운 사람들을 혹사시키고 있다는 자책감이 들었다.

하루는 사무실에 전화를 했는데 계속 부재중이었다. 사무를 담당하는 김건우와 최일남에게 전화를 걸어 왜 사무실을 비웠느냐고 묻자 그가 대답했다.

"죄송해요. 버스비가 없어서 출근을 못했어요. 오늘하고 내일 엑스트라 아르바이트 가니까 일당 받으면 모레 출근할게요."

나는 뭐라고 대답해야 할지 몰라서 수화기를 든 채 가만히 있었다. 한참 후에야 나는 겨우 이렇게 물었다.

"월급을 얼마쯤 주면 너희가 지금처럼 일할 수 있겠니?"

"글쎄요…. 차비로 한 10만 원 정도면…."

"그래. 그렇게 해볼게."

전화를 끊는데 눈물이 핑 돌았다. 동국대 경찰행정학과를 졸업한 두 사람은 공무원 시험공부를 하러 간다며 매일 집을 나온 뒤, 나우 사무실에서 일을 돕고 있었다. 일남은 어머니가 해준 반찬과 즉석 밥을 사무실에 들고 와서 동료들과 함께 나눠먹기도 했다.

어려움에 처한 이들은 그 친구들만이 아니었다. 대부분의 팀원들이 가난한 탈북대학생들이었고, 월급도 없이 사비를 털어가면서 일하고 있었다. 찜통 같은 사무실에서 컵라면으로 끼니를 때우면서도 누구 하나 불만을 토로하지 않았다. 그래서 더 미안했고, 그래서 더 자책감이 들었다. 나는 취업한 친구 두 명에게 전화를 걸어 10만 원씩만 후원해달라고 부탁했다. 건우와 일남이 출퇴근할 차비였다.

나우의 재정이 나아진 것은 2014년부터였다. 우리의 활동에 대해 알게 된 NED(National Endowment of Democracy, 미국민주주의진흥재단)는 첫 기금을 지원해주었고, 그 재단의 칼 거슈먼(Carl Gershman) 회장님은 우리의 열정을 높이 평가하며 국제기준에 맞는 수준으로 일할 수 있도록 도와주었다.

한 탈북 여성도 고마운 후원자 가운데 한 분이다. 탈북해서 한국에 들어올 때까지 나우의 도움을 받은 그 여성은 돌이 안 된 아이를 업고 사무실을 찾아와 감사인사와 함께 월 5,000원의 후원 약정을 했다. 나우 멤버들은 모두 마음으로 울었다. 그녀에게 월 5,000원은 결코 적은 돈이 아닐 것이다. 기초생활수급자이자 한부모 가장인 그녀의 녹록치 않은 현실을 우리는 잘 알고 있었다.

민주평화통일자문회의 사무처 간부로 일하시는 한 국장님은 멤버들을 위해 첫 회식자리를 열어주기도 했다. 그날 우리는 눈치도 보지 않고 배 터지게 삼겹살을 먹었다. 북한 땅에 자유를 찾아주기 위해 행동한다고 하지만, 사실 우리는 여러 사람들의 사랑을 통해 조금씩 성장하고 있었다. 2015년 내가 오슬로포럼의 연사로 선 것도, 2018년 나우가 NED의 민주주의상을 수상한 것도 이분들의 도움이 없었다면 가능하지 않았을 것이다.

서울 하늘 아래 '작은 북한'을 만들다

나우는 탈북 난민 구호 활동과 거리 캠페인을 비롯하여 짧은 시간에 많은 일을 해나갔다. 나우 멤버들이 출연하여 한국의 대학, 취업, 문화 등 일상적인 삶을 이야기하는 대북 라디오 RFA의 〈청춘 만세〉는 북한 주민들에게 바깥 세상에 대해 알려주는 작은 창구가 되었다. 남북한 청년들이 서로의 삶을 좀 더 구체적으로 이해해보자는 취지로 기획한 〈남북 살롱〉도 젊은 층에 큰 호응을 얻은 행사다.

내가 텔레비전 프로그램인 〈이제 만나러 갑니다〉에 출연한 뒤에는 수많은 분들이 예기치 않게 많은 구호기금을 후원해주셔서 나우의 멤버들 모두 깜짝 놀라는 일도 있었다. 그 당시 모금된 1억 원이 넘는 후원금으로 우리는 그해 51명의 탈북 난민을 구출할 수 있었다.

나우가 기획한 여러 행사들 가운데에서 특히 기억에 남는 것은 '장마당 재현' 행사였다. 나우가 한창 성장하고 있던 2014년, 우리는 북한 인권 문제를 알리는 데 있어 가장 중요한 것은 현장, 즉 북한의 실제 모습을 보여주는 것이라고 생각했다. 그렇다면 북한의 다양한 모습 가운데 무엇을 보여줄 것인가. 우리가 선택한 것은 북한을 추동하는 가장 중요한 장소 장마당이었다.

고난의 행군 시절, 당국은 주민들의 식량난을 해결하기는커녕 완전히 방치해버렸고 심지어 가난한 일부 지역의 경우 일찌감치 배급을 끊어버려 마을이 통째로 몰살당하기도 했다. 유엔을 비롯한 국제사회의 원조가 있었지만 썩을 대로 썩은 사회에서 해외의 구호물품은 일반 주민들에게 전해지지 않았다.

그런 상황에서 북한 주민들이 고난의 행군이라는 극한 시대를 견뎌낼 수 있었던 것은 다른 누군가의 도움이 아닌, 그들 스스로 만들어낸 시장의 힘 덕분이었다. 그리고 그 힘이 결집되어 있는 곳이 바로 장마당이었다. 하지만 한국인들이 실제로 이 현장을 목도하기는 불가능했다. 북한에 관광을 가더라도 안내원이 동행하는 상황에서는 마음대로 장마당을 구경할 수도, 꽃제비를 만날 수도 없기 때문이다.

"백 마디 말보다 한 번 보는 게 낫다고 하잖아. 장마당을 설명하는 대신 보여주자고. 제대로 보여줄 수만 있다면 이 행사는 한국 사람들이 북한 사회를 이해하는 데 큰 역할을 하게 될 거야."

나우는 장마당과 꽃제비를 '제대로' 보여줄 수 있는 유일한 단체였다. 나부터가 한때는 꽃제비였고 우리 단체의 직원과 봉사자들은 이른바 '장마당 세대'라 불리는 90년대생들, 꽃제비 출신의 탈북 청년들이 주를 이루고 있었기 때문이다.

"그래, 해보자! 장마당이 어떻게 생겼는지, 꽃제비들이 어떻게 사는지 제대로 한번 보여주자고."

그렇게 서울 시내 한복판에 '작은 북한'을 세우는 프로젝트가 시작되었다.

• • •

호기롭게 덤벼들었지만 장마당 프로젝트는 우리에게 큰 모험이었다. 기존의 북한 관련 단체들은 비슷한 시도조차 한 적이 없었다. 선례가 없기 때문에 장소 대여부터 물품 공수까지 무엇 하나 순탄한 일이 없었다. 디데이는 5월 24일, 준비 기간은 3개월이었다. 장소는 유동인구가 많은 광장이 좋을 것 같았다. 나들이를 나오는 사람이 많은 계절이니 만큼, 일부러 찾아오지 않더라도 지나가다 자연스럽게 들를 수 있기 때문이다. 북한에 관심이 있는 사람이든 없는 사람이든 광장을 지나치다 장마당 안으로 들어온다면, 그리고 북한 음식이라도 한 번 시식한다면 그걸로 충분하다고 생각했다.

부스를 만들고 간이화장실을 설치하고 물품을 준비하려면 많은 예산이 필요했다. 꽃제비, 장사꾼, 보안원 등 장마당에 실제로 있는 인물들을 재현극으로 보여주는 공연도 준비해야 했다. 하지만 가장 중요한 것은 장마당에서 거래되는 실제 물품을 공수해오는 것이었다. 우리가 만드는 '작은 북한'이 현실을 모방하는 수준에서 그치지 않으려면 진짜 장마당 하나를 통째로 옮겨오는 작전이 필요했다.

중국 시장에서도 북한 화폐, 북한산 술과 담배, 중고 의류 같은 북한 물건을 구할 수 있긴 했다. 특히 의류는 중국의 헌옷을 구해오기만 하면 된다. 의류를 생산하지 못하는 북한은 중국에서 수거된 헌옷을 킬로그램 단위로 사들이기 때문에 중국에서 헌옷을 구해오는 것만으로도 북한의 실제 옷차림을 어느 정도 보여줄 수 있다. 하지만 우리가 원하는 것은 그 정도의 재현이 아니었다. 의류라는 한 가지 품목 안에서도 초중고 학생들의 교복, 노동복, 군복, 보안원과 보위부의 제복, 김정일의 국방위원복까지 다양한 신분과 계층을 보여주고 싶었다.

중국에서도 북한산 담배를 쉽게 구할 수 있지만 이것만으론 북한의 현실을 보여주기에 부족했다. 중국에서 파는 것은 멀쩡한 갑 담배지만 내가 그랬듯 북한 서민들은 담뱃잎을 썰어서 신문지에 말아 피우는 경우가 더 많기 때문이다. 이 모습을 세밀하게 구현하기 위해선 북한 신문지까지 필요했다.

북한에서 물건을 공수해오는 문제에 행사의 성패가 달려 있다고 생각한 나는 북한 장마당에서 물건을 사올 중국인을 찾았다. 여러 가지 어려움이 있었지만 우리는 다양한 의류와 신발, 교과서, 북한에서 생산한 화장품, 치약과 칫솔 같은 생필품 등 북한의 장마당 하나를 통째로 쓸어오는 데 성공했다. 다른 경로로 준비해야 할 물건도 많았다. 옷걸이, 그릇 등 북한 공산품의 70~80퍼센트는 중국제이기 때문에 중국산 물건도 준비해야 했고, 북한 사람들이 타는 일본산 중고 자전거, 장마당에서 비싸게 거래되는 국산 중고 텔레비전도 구해야 했다. 물품이 다 갖춰진 뒤에는 북한의 실제 장마당 사진을 프린트하여 배경을 제작했다.

모든 준비를 마치고 나자 너무나도 뿌듯했다. 북한에서 살다온 우리가 봐도 완벽했다. 팀원들과 함께 이 프로젝트에 죽기 살기로 매달렸던 지난 석 달이 스쳐갔다. 돈이 모자라서 지인들을 찾아가 몇 만 원씩만 보태달라고 사정했던 일, 시식 코너를 준비하기 위해 탈북 여성들과 함께 음식을 만들던 일….

"이건 정말 많은 사람들이 봐야 하는데…. 통일부 장관님도, 민주평화통일자문회의 회장님도 오시면 좋겠다."

여러 곳에 전화를 걸었지만 바쁜 분들이라 그런지 통화하기가 쉽지 않았다. 그래도 이만큼 열심히 준비했으니 시민들이 많은 관심을 가져주리라 기대하며 마음을 다잡았다.

• • •

행사 당일 청계천 한빛광장에는 많은 시민들이 몰려들었다. 사람들은 처음 보는 북한 물건들이 신기한지 호기심에 찬 표정으로 이것저것을 살펴보았다. 가장 사람이 북적이는 곳은 무료 시식 코너였다. 부모님의 손을 잡고 나온 어린아이, 북한 음식이 낯설지 않을 듯한 전쟁 세대의 어르신, 여행 중인 외국인들까지 음식 매대 앞은 장사진을 이루었다. 사람들이 북한 장마당의 인기 메뉴인 속도전떡과 두부밥을 먹고 있는 모습을 보자 흐뭇함을 넘어서 과거로 돌아간 듯한 묘한 기분도 들었다.

장마당의 하이라이트는 탈북자들이 보여준 꽃제비 재현극이었다. 두부밥을 파는 장사꾼, 장사꾼이 한눈 파는 사이 음식을 훔쳐 달아나는 꽃제비, 그런 꽃제비를 두들겨 패는 보안원, 그들이 엉켜 나동그라지며 엉망이 된 매대…. 재현극이 보여주는 상황은 단순했지만 후배들의 열연을 보고 있자니 마음이 뭉클했다. 재현극에 출연한 친구들은 모두 '고난의 행군 세대'라고 불리는 20~30대 청년들이었다. 장마당에서 구걸하고, 때로는 자기들끼리 뒤엉켜 싸움박질하고, 보안원에게 붙잡혀 매를 맞는 것이 일상이던 친구들. 그들의 연기는 고단하고 힘겨웠던 그 시절로 돌아가는 일, 서글픈 어린 시절을 다시 한 번 살아내는 일이었다.

많은 사람들 앞에서 허름한 옷차림에 꼬질꼬질한 분장을 한 채 서 있는 것이 창피하지 않을 리 없었다. 고달팠던 그 시기를 다시 한 번 살아내는 것이 괴롭지 않을 리도 없었다. 하지만 그들은 진심을 다해 연기했고, 전문 배우들은 아니지만 최선을 다하는 후배들의 모습에 관객들도 크게 호응해주었다. 재현극이 끝나자 꽃제비 역할을 맡았던 내 남동생이 마이크를 잡았다.

"저는 열두 살 때부터 꽃제비 생활을 했습니다. 지금 저희는 대한민국에서 공부하는 학생이지만 오늘만큼은 꽃제비 생활을 하던 그 시기로 돌아갔습니다. 저희가 부끄러움을 무릅쓰고 꽃제비 시절의 모습으로 여러분 앞에 선 이유는, 지금도 북한에는 수많은 꽃제비 아이들이 굶주리고 있기 때문입니다. 하늘을 지붕으로, 땅을 방바닥으로 생활하고 있기 때문입니다."

마이크를 받은 또 다른 청년 주일룡이 말을 이었다.

"서희가 좀 더 진솔한 연기를 하기 위해서 어제 저녁부터 밥을 굶었습니다. 저희도 지금 배가 고프지만 북한에 있는 우리 친구와 형제들은 이 봄의 보릿고개를 미처 넘기지 못하고 굶어 죽을지도 모릅니다. 그들을 생각하면 우리가 고작 두 끼밖에 안 굶었다는 게 너무나도 미안합니다."

북한의 가장 나쁜 점은 국가가 조직적으로 범죄를 자행한다는 것, 그리고 그것을 은폐한다는 것이다. 서울 시내에 장마당을 만들고 꽃제비 출신의 탈북자들이 자신들의 과거를 재현해 보이는 일은 우리가 북한 당국의 거짓말에 맞서 진실을 외치는 방법이었다.

특히 꽃제비는 북한의 아동 인권 문제와 맞닿아 있다는 점에서 중요했다. 어린아이들이 꽃제비가 되어 길거리로 쏟아져 나오는 이유는 그들의 부모가 북한 당국의 노예로 살고 있기 때문이다. 일한 만큼 대가를 받지 못한 부모들, 먹고살 길을 찾아 탈북한 부모들, 굶어 죽었든 맞아 죽었든 어린 자식들만 남겨놓고 세상을 떠나버린 부모들.

슬픈 운명을 맞은 이 부모들의 아이들이 꽃제비가 되었지만, 당국은 고위층의 자녀들이 출연한 공연을 외부 세계에 보여주며 북한 어린이들이 행복하게 살고 있는 것처럼 선전한다. 북한은 나 같은 장애인이 살아남기조차 힘든 사회지만 당국은 장애인 인권 문제가 없다고 선전하기 위해 고위층의 장애인 자녀나 군 복무 중에 장애를 얻은 사람을 선정해 패럴림픽에 출전시킨다. 그들의 거짓 속에는 누구에게도 보호받지 못한 채 거리를 떠도는 아이들도, 굶어 죽지 않기 위해 필사적으로 몸을 움직여야 하는 가난한 장애인도 존재하지 않는다.

정권의 피해자에서 인권의 옹호자가 된 우리가 보여주고자 하는 것은 바로 그 존재하지 않는 존재들, 북한 당국으로부터 은폐당한 존재들이었다. 어떻게 하면 이 진실을 더 많은 사람들에게 알릴 수 있을까. 이 고민은 나우가 기획한 모든 행사의 시발점이자, 꽃제비들이 미국행 비행기에 오른 이유였다.

미국으로 간 꽃제비들

거리 캠페인, 방송 출연, 장마당 재현을 비롯한 여러 프로젝트들은 한국 사회에 북한 인권에 대한 화두를 던지기에 충분했다. 사람들은 북한에 꽃제비로 대변되는 아동 인권 문제가 있다는 사실을, 중국에 있는 탈북 여성들이 성매매와 인신매매의 표적이 되고 있다는 사실을 알게 되었다. 하지만 이 화두들이 가지고 있는 인권 유린의 심각성에 비해, 우리가 기대했던 것만큼 큰 변화의 흐름은 만들어지지 않았다. 북한 주민의 인권 문제는 그 당위성에도 불구하고 한국 사회에서 껄끄러운 문제일 수 있었다.

세계에서 가장 지뢰가 촘촘하게 매설된 남북의 국경지대를 정면

놀파하는 탈북자들도 가끔 있지만, 대부분은 한반도의 최북단으로, 중국으로 탈북한다. 하지만 중국과 북한은 우호적인 관계를 맺고 있고, 북한은 탈북자 문제에 예민하므로 중국 공안은 눈에 불을 켜고 탈북자를 적발해낸다. 그렇기 때문에 중국의 범죄 조직과 브로커들은 탈북자들에게 공안에 신고하겠다는 협박을 일삼으며 노예 노동과 성매매를 강요할 수 있는 것이다. 하지만 중국 정부는 자국 안에 탈북자 인권과 관련된 문제가 없는 것처럼 행동한다.

한국에서도 북한 인권은 정쟁의 대상으로 이용되곤 한다. 보수 정당은 북한 문제를 통해 자신들에게 유리한 것을 취하려 하고, 진보 정당은 남북의 우호적 관계를 위해 이 문제를 말하기 꺼려 한다. 한국의 평범한 시민들도 이런 이야기에 관심을 가지기가 쉽지 않다. 대부분의 사람들은 마치 북한이라는 나라가 존재하지 않는 것처럼 살고 싶어 하는 것 같다. 그나마 한국인들에게 북한이라는 나라가 존재감을 가질 때는 북한이 미사일을 쏘거나 핵무기를 실험할 때, 남북 사이에 위협적인 분위기가 조성될 때다. 한국인들은 그때야 비로소 짜증스러운 기분으로 북한이 저기에 있음을 인식한다.

남한에 정착하는 데 성공한 탈북자들도 자신들이 북한에서 어떤 일을 겪었는지 이야기하지 않는다. 그들은 남한 사회에서 목소리 없는 존재로 살아가기를 자청한다. 이들은 저소득층으로 생활고에 시달리고 있으며, 낯선 자본주의 사회에 적응하는 것만으로도 벅차다. 또한 탈북자라는 신분을 밝혔을 때 자신이 받을지 모르는 차별, 북한에 남아 있는 가족들이 당해야 하는 불이익도 큰 부담이다. 또 이들은 북한의 절망적인 현실을 너무나도 잘 알기 때문에 오히려 '나 하나 나선다고 뭐가 달라지겠나'라는 무기력함에 빠져 있다. 바로 몇 년 전의 나처럼 말이다.

중국 정부가 자국 내 탈북자의 인권 유린에 대해 시치미를 떼는 동안, 한국 정부가 공식적으로 이 문제를 언급하기 꺼려하는 동안, 대부분의 한국 사람들이 북한이라는 존재 자체를 잊고 싶어 하는 동안, 이 문제에 대해 누구보다 잘 아는 탈북자들이 침묵하는 동안 북한 주민들은 아무도 듣지 못할 절규를 내지르며 가혹한 죽음을 맞는다.

우리는 이 문제에 있어서 국제사회가 함께해야 한다는 문제의식을 가지고 있었다. 북한 주민들의 인권 개선은 단순히 한반도만의 문제가 아니기 때문이다. 또한 우리나라를 넘어 전 세계에 북한의 거짓을 폭로하고 진실을 알릴 필요가 있었다.

나는 처음 미국에 갔을 때 미국 시민들이 북한 주민들을 향해 보여준 연대의 장면을 기억하고 있었다. 미국 행정부가, 미국 국무부가, 미국 의회가, 미국 대통령이 내가 만난 그 시민들처럼 연대의 풍경을 만들어준다면 더 많은 사람들, 더 많은 나라들, 종국에는 전 세계인들이 북한 인권 개선을 위해 목소리를 내는 것도 가능할 거라 생각했다. 바로 이것이 우리가 미국의 심장인 백악관 앞에서 거지꼴을 하고 꽃제비 연극을 하기로 마음먹은 이유였다.

• • •

장마당 행사에서 꽃제비에 대한 짧은 상황극을 선보인 적은 있지만 미국에서의 공연은 그때와 달라야 했다. 우리가 하려는 것은 단순한 재현극이 아니라 진짜 연극이었다. 그러기 위해서는 시나리오를 써야 했고 영어로 대사를 준비해야 했다. 꽃제비 출신의 탈북 청년들은 익숙하지 않은 영어 대사를 외우고 연기 연습을 하느라 분주했다. 어느 날 꽃제비 한 명이 대사를 외우다 말고 내게 말했다.

"대표님? 대표님은 연극 안 해?"

"뭐라고?"

"대표님도 연기해야지. 우리는 거지꼴로 연기하는데 대표님만 양복 입고 폼 잡으면서 구경하려고?"

대사 연습을 하던 다른 꽃제비들의 시선이 갑자기 내게 쏠렸다. 다들 옳거니 하는 표정이었다. 여기저기에서 "맞아! 대표님도 해야지"라는 아우성이 쏟아졌다.

"아니, 내가 할 일이 얼마나 많은데? 스케줄도 짜야 하고 시나리오도 써야 하고 동선도 조정해야 하고 예산도 따와야 하고…. 내가 연기하고 있으면 그건 다 누가 해?"

"에이, 그것도 하고 이것도 하면 되지."

"대표님도 양복 벗고 옛날로 돌아와."

"혹시 대표님은 우리가 창피한가?"

다 같이 막무가내로 졸라대는 데 이길 방법이 없었다. 나는 호기롭게 큰소리를 쳤다.

"그래. 하자, 해! 나도 오랜만에 꽃제비 노릇 한번 해보지, 뭐."

유난히 무더운 그 여름을 우리는 다시 꽃제비가 되어 살았다. 우리 연습실은 약수동 산꼭대기에 있는 팀장의 집이었다. 가파른 골목길을 오르고 나면 연습을 시작하기도 전에 진이 빠졌다. 팀장과 팀원들에게 가장 많이 혼나는 사람은 대표인 나였다. 또래 청년들이 모인 나우는 직급에 따른 권위가 없기도 했지만, 연기 연습 외에도 할 일이 많았던 나는 늘 열등생이었다.

"대표님, 또 대사 덜 외워왔어? 대표님부터 아웃시켜야겠구먼."

"대표님, 틀렸잖아. 연습을 제대로 안 하니까 자꾸 틀리지."

"대표님, 살 좀 빼야겠는데. 무슨 꽃제비가 이렇게 통통해? 살찐 꽃제비 본 적 있어?"

나는 팀원들에게 미안하다는 말을 달고 살았다. 보안원 역할을 맡은 팀원의 신들린(?) 연기 덕분에 몸에 멍이 가실 날도 없었다. 힘들지만 즐거운 시간이었다. 연기 지도를 해준 연극배우 엄태열 씨, 사진 촬영과 포스터 제작을 맡아준 이지혜 씨 등 고마운 분들도 많았다. 특히 나우의 이사이자 미국에서 변호사로 일하고 있는 박진걸 씨는 미국 일정과 관련된 수많은 일을 처리해주었다.

미국에서 우리는 워싱턴, 뉴욕, 보스턴의 하버드 대학과 케네디스쿨 등을 돌며 공연을 할 계획이었다. 하지만 출발을 한 달 앞두고 오하이오의 신시네티를 스케줄에 추가했다. 오하이오를 시작으로 워싱턴에서 일정을 마무리 짓는 계획이었다. 우리가 무리를 해서라도 계획을 수정한 이유는, 18개월 동안 북한에 억류되었다가 석방 엿새 만에 사망한 오토 웜비어(Otto Warmbier)의 고향이 신시네티이기 때문이다.

2016년 1월, 버지니아 주립대학에 재학 중이던 스물한 살의 오토 웜비어는 중국 여행사를 통해 북한에 관광을 갔다. 관광을 마치고 돌아오기 전 그는 숙소였던 평양의 어느 호텔 벽에 붙어 있던 북한 선전물을 보고 가족들에게 선물로 주기 위해 떼어내 가방에 넣었다. 이 행위로 웜비어는 출국 과정에서 긴급 체포되었고, 같은 해 3월 북한 최고재판소에서 '국가전복음모죄'라는 판결을 받아 15년 노동교화형을 선고받았다. 북한 조선중앙통신은 웜비어가 "미국 정부의 대조선 적대시 정책에 추종해 조선민주주의인민공화국에 관광의 명목으로 입국해 엄중한 반공화국 적대행위를 감행한 자기의 죄과를 인정했다"고 보도했다.

노동교화형에 처해진 그에게 무슨 일이 있었는지 정확히 알 수는 없다. 하지만 외부와 차단된 채 자급자족 체제로 운영되는 시설에 감금되어 심한 강제노동에 시달렸을 것은 분명하다. 폭행과 학대가 일상이었을 것이고 정치적 목적으로 억류되었다면 고문을 당했을 가능성도 없지 않았다. 결국 웜비어는 2017년 6월 13일, 의식 불명 상태로 미국으로 송환되었고 엿새 만에 사망했다.

나우의 멤버들은 웜비어에 대한 뉴스를 보면서 너무나도 마음이 아팠고, 인류의 보편적 가치인 인권을 말살하는 북한에 분노했다. 우리는 미국에서의 첫 일정을 신시네티에서 시작하자는 데 의견을 모았다. 북한을 대신하여 속죄하고 싶은 마음이었고, 가능하면 웜비어의 가족들을 만나 위로의 뜻을 전하고 싶었기 때문이다. 하지만 연락이 닿지 않아 웜비어의 묘지에 헌화를 하기로 했다.

꽃과 나무가 아름답게 가꿔진 공원묘지는 거대한 정원처럼 느껴졌다. 한여름의 태양 아래에서 나무들은 짙은 녹색으로 푸르렀고 새들은 나무 사이를 자유롭게 날아다니고 있었다. 장례를 치른 지 얼마 되지 않아서였을까, 갑작스러운 비보에 경황이 없어서였을까. 묘비도 잔디도 없는 그의 무덤은 그가 낯선 땅의 감옥에서 보낸 시간처럼 쓸쓸해 보였다.

우리는 국화꽃을 놓은 뒤 오토 웜비어의 영원한 안식을 위해 기도했다. 그는 어떤 사람이었을까. 어떤 꿈을 가지고 있었을까. 무엇을 좋아하고 무엇을 그리워하는 사람이었을까. 우리는 그 청년의 삶에 대해선 잘 모른다. 하지만 그의 죽음에 대해선 알고 있었다. 그는 단지 외국의 호텔 벽에 붙어 있는 선전물 하나를 챙겨 가려 했다는 이유로 목숨을 잃었다.

오토 웜비어의 비극이 말해주듯이 북한 당국이 누군가를 억류하고 고문하고 죽이는 이유는 정상적인 국가라면 도저히 납득할 수 없는 것들이었다. 비자를 훼손해서, 선전물을 떼어서, 서구에서 제작한 북한의 다큐멘터리 영상물을 소시해서…. 이 모든 일은 다른 나라에서라면 전혀 문제가 되지 않거나 설령 문제가 되더라도 벌금형 정도로 끝날 사안이다.

웜비어를 추모하고 애도하는 내 마음 한편에는 커다란 죄책감이 있었다. 우리가 더 열심히 일했다면 북한 당국이 저렇게까지는 못하지 않았을까. 북한에서 태어난 것은 자의가 아니지만, 그를 죽인 나라인 북한의 주민이었다는 데 대해 사죄해야 하는 건 아닐까. 모든 것이 미안했다. 내가 한때 북한 사람이었다는 것도, 북한 인권을 외치는 나의 목소리가 더 크지 못하다는 것도.

• • •

오하이오의 볼링그린에서 첫 일정을 시작한 꽃제비 연극단은 뉴욕과 보스턴을 거쳐 마지막 지역인 워싱턴으로 향했다. 워싱턴에 도착하자 북한에서 6차 핵실험을 했다는 속보가 보도되었다. 우리는 공연에 앞서 뉴욕 UN북한대표부 앞에 가서 시위를 하기로 했다. 휴일이었지만 큰 이슈가 터진 만큼 UN북한대표부 직원들이 출근할 거라 생각했다. 예상대로 조선민주주의인민공화국 배지를 단 직원들이 하나둘 출근하는 모습이 보였다. 시위가 끝나는 대로 공연을 해야 했기 때문에 우리는 허름한 옷차림의 꽃제비 모습을 하고 있었다. 나는 직원들에게 달려가 대뜸 소리쳤다.

"당신들 북한에서 왔죠? 우리도 북한에서 왔어요. 우린 탈북자입니다. 우린 꽃제비였습니다. 꽃제비 아시죠?"

직원들은 처음엔 당황했지만 우리를 훑어본 뒤 경멸조로 말했다.

"뭐야, 이 거지 새끼들은?"

직원이 나를 밀치고 경찰이 달려오면서 한바탕 소동이 일어났다. 나는 머리끝까지 화가 치밀어서 직원을 향해 바락바락 고함을 지르며 항의했다.

"왜 핵을 쏘겠다고 합니까? 왜 미사일을 쏩니까? 왜 죄 없는 외국인들을 인질로 잡고 억류시키고 협박합니까? 북한 주민들의 인권 문제는 어떻게 할 겁니까? 인권 문제 해결하십시오! 정치범들을 석방하십시오!"

경찰의 중재로 큰 충돌은 없었지만 나는 복잡한 심정이었다. 북한이라는 나라, 그래도 한때는 나의 조국이라고 믿었던 나라가 저지르고 있는 만행에 서글픔과 참담함이 밀려왔다. 우리는 마음을 추스르고 공연 장소인 공원으로 이동했다.

백악관과 최대한 가까운 장소에서 공연하고 싶었지만 우리가 허가받은 장소는 독립기념탑 옆에 있는 공원의 후미진 곳이었다. 저 멀리 백악관이 손가락만큼 작게 보였다. 무대도 따로 없어서 현수막만이 이곳에서 공연이 열린다는 사실을 알리고 있었다. 설상가상으로 날씨는 흐렸고 바람이 거세게 불었다. 금방이라도 비가 쏟아질 것처럼 주위는 어둡고 을씨년스러웠다. 자꾸 서글픈 마음이 들었다. 마지막 일정이라 멤버들도 모두 지친 상태였다.

그래도 우리는 최선을 다해서 연기했다. 배우들의 목소리는 바람 소리에 묻혀 잘 들리지 않았고 공원 외곽에서 진행되는 연극에 발길을 멈추는 사람도 별로 없었지만, 나는 내가 맡은 역할인 장애인 꽃제비의 역할에 몰입하려고 애썼다. 연극할 때의 나는 북한에서의 모습 그대로였다. 한 팔과 한 다리는 낡은 목발에 의지하고 있었고 탈북할 때 입었던 낡은 옷차림을 하고 있었다. 누군가는 내 모습을 곁눈질로 힐끗거리다 그냥 지나쳐갔고, 누군가는 한동안 멈춰선 채 우리의 연극을 지켜보았다. 어느 쪽이든 그들에게 나는 초라한 모습의 이방인 그 이상도 이하도 아니었을 것이다.

'이렇게까지 해야 할까?'

연극을 위해 의족과 의수 없이 처음으로 사람들 앞에 섰을 때, 내 마음속에는 그런 질문이 떠올랐다. 한때는 팔과 의수의 연결 부위가 눈에 띌까 봐 항상 긴 팔 옷만 입고 다닌 적도 있었다. 북한에서는 어쩔 수 없었지만 한국에서 살게 되면서부터 나는 남들과 최대한 비슷하게 장애인이 아닌 것처럼 보이려고 노력했다. 한 팔과 한 다리로 낯선 외국인들 앞에 서는 것은 내게 여전히 창피하고 수치스럽게 느껴졌다.

나와 함께 연기하고 있는 친구들은 내가 북한에 살 때는 모르던 이들이었다. 우리는 모두 꽃제비였지만 각자 다른 지역에서, 각자 다른 사투를 벌이다 한국에서 만났다. 지금 내 앞에 있는 꽃제비들의 얼굴 위로 내가 아는 꽃제비들이, 나를 왕초라고 부르며 따라다니던 어린아이들의 얼굴이 겹쳤다. 그중에는 다섯 살짜리 꼬마도 있었다. 그 아이는 한겨울에 역전에서 자다가 얼어 죽었다.

내가 꽃제비 생활을 그만둔 뒤에도 겨울밤이 되면 우리 집에 찾아와 "성호 형, 성호 형" 하고 나를 부르던 동생뻘의 꽃제비들도 있었다. 나는 그 아이들이 귀찮았다. 내가 살 길을 찾고 싶었다. 짜증을 내며 오지 말라고 말한 적도 있었다. 내가 매몰차게 대해도 아이들은 돌아가지 않았다. 자존심을 부리며 발길을 돌리기엔 너무 춥고 배고팠기 때문이다. "성호 형 아버지, 성호 형 아버지." 내가 나오지 않으면 아이들은 아버지를 애타게 불렀다. 나와 달리 아버지는 자다가도 일어나 아이들을 방으로 불러들였다. 아랫목을 내어주고 밥을 먹여주었다. 왜 나는 그러지 못했을까. 그때로 돌아간다면 나는 아버지 같은 사람이 될 수 있을까.

여전히 내 눈에는 온몸이 꽁꽁 얼어붙은 채 새파란 얼굴로 숨을 거둔 다섯 살짜리 어린아이가 보였다. 여전히 내 귀에는 "성호 형, 성호 형." 하고 나를 부르던 목소리가 들렸다. 더 잘해줄 수는 없었을까. 지금 북한 사람들을 살리려고 애쓰는 것처럼 그때도 다 함께 살려고 애써볼 수는 없었을까.

지금 내가 의족과 의수 없이 사람들 앞에 서는 일, 연극 속에서나마 그때로 돌아가 그 시절을 다시 한 번 살아내는 일은 그 아이들에게 보내는 나의 사과이자 속죄였다. '이렇게까지 해야 할까?' 자문하디기도 내 고향 마을 새친역의 이런 꽃제비들이 떠오르면 나는 스스로에게 이렇게 대답하지 않을 수 없었다.

'그때 못한 일을 이렇게라도 해야 한다.'

연극은 막바지로 치닫고 있었다. 나는 저 멀리 조그맣게 보이는 백악관을 바라보았다. 백악관 건물은 참으로 멋지고 웅장했다. 나는 건물의 창문 너머에서 미국 대통령과 백악관 관계자들이 우리를 바라보고 있다고 상상했다. 그들이 봐야 하는데, 거지 같은 지금 우리의 모습을. 그리고 그들이 알아야 하는데, 지금도 북한에서 이런 모습으로 지내고 있는 꽃제비들을. 나는 백악관을 바라보며 절박한 심정으로 기도했다.

'제발 저 사람들이 한 번만 우리를 보게 해주세요.'

그때는 전혀 몰랐다. 4개월 후 내가 저 백악관 안으로 들어갈 거라는 사실을. 미국 대통령과 부통령을 만나 나의 삶에 대해 이야기할 거라는 사실을. 그리고 미국 의회에서 아버지의 유품인 낡은 목발을 치켜들 것이라는 사실을.

나의 목발이 누군가의 희망이 되기를

나우가 세계인들에게 북한 인권에 대해 목소리를 낼 기회를 잡음으로써 일대 전환기를 맞이한 것은 2015년이다. 전 세계에 북한 주민의 처참한 실상을 알린 그 기회는 바로 '오슬로 자유포럼'에서였다.

오슬로 자유포럼은 미국의 인권재단(HRF)이 2009년부터 노르웨이 오슬로에서 개최해온 강연회다. 이 자리에 참여하는 전문가와 활동가들은 인권 유린이 심각한 국가의 문제에 대해 강연과 토론을 진행하며, 인류의 보편적 가치이자 규범인 인권이 지켜지지 않는 나라의 실태를 알려왔다.

2015년 봄, 오슬로 자유포럼 팀은 나를 연사로 초청하기 위해 충무로의 사무실을 찾아왔다. 사전 인터뷰를 위해 방문한 토르 대표와 알렉스 부대표, 취재하러 온 언론사 사람들, 우리 직원들까지 합쳐 스무 명 가까운 사람들이 좁은 사무실에서 북새통을 이루었다. 다들 카메라와 장비를 들고 5층까지 오르내리느라 땀을 뻘뻘 흘렸다. 에어컨조차 없는 실내에서는 회전 모드에 맞춰놓은 낡은 선풍기만 요란한 소음을 내며 돌아가고 있었다. 조금이라도 바람을 통하게 하려고 문을 열어놓았지만 담배 냄새와 화장실의 지린내만 들어올 뿐이었다.

"한국 정부는 아무 지원도 하지 않나요? 한국 대통령은 다른 나라에 가면 통일이 되어야 한다고, 한반도 통일 시대를 열 수 있게 도와달라고 말하잖아요. 그런데 통일을 위해 남북의 청년들이 이렇게 노력하는데 왜 무관심한 거죠?"

오슬로 자유포럼 재단의 일원이자 중국계 미국인인 게일은 믿을 수 없다는 표정이었다.

"우리 재단에서 나우의 사무실을 마련할 방법을 찾아볼게요. 특히 당신은 의족을 하고 있는데 그 상태로 계단을 오르내리는 건 너무 힘들잖아요."

고마운 이야기였지만 한편으로는 씁쓸한 마음이 들었다. '다른 나라에 가서는 통일을 말하면서 한국에서는 통일을 위해 애쓰는 사람들에게 무관심한 정부'라는 게일의 질책이 아프게 느껴졌다. 얼마 후 오슬로 자유포럼 재단은 크라우드 펀딩회사 '인디고고'를 통해 나우의 사무실을 마련해주었다. 펀딩에 참여해 1만 달러를 낸 고액 후원자 가운데에는 델라웨어주에 거주하는 '브라이언'이라는 사업가가 있었다. 나중에 그는 나우의 이사가 되어 우리의 미국 활동을 도왔다.

• • •

2015년 5월, 나는 노르웨이로 갔다. 오슬로는 세월의 흔적이 느껴지는 고풍스러운 건물과 푸른 물빛의 바다가 어우러진 아름다운 도시였다. 내가 묵게 된 그랜드호텔은 매년 노벨상 수상자들의 숙소로 사용되는 유서 깊은 곳이었다. 최고급 숙소와 식사를 대접받고 각국의 대통령들과 유명인사들이 참석하는 저녁 파티에 참석하면서 나는 꿈 같은 시간을 보냈다. 오슬로 자유포럼이 연사로 초청된 인권 활동가들을 얼마나 성의 있게 대하는지 알 수 있었다.

포럼은 사흘에 걸쳐 개최되었다. 나는 첫 번째 섹션의 마지막 토론자였다. 내가 포함된 섹션에는 태국의 군사정권에 맞서 진실을 고발하는 기자도 있었고, 인도네시아 고위직인 아버지를 테러리스트에게 잃은 뒤 테러와의 싸움에 뛰어든 활동가도 있었다. 모든 연사에게 주어진 시간은 12분. 나 역시 12분이라는 길지 않은 시간 안에 북한 정권이 짓밟은 나의 삶에 대해, 그리고 여전히 고통받고 있는 북한 동포들에게 대해, 북한이 그토록 숨기고 싶어 하는 진실에 대해 이야기해야 했다.

차례를 기다리며 대기실에서 마음을 가다듬고 있는데 게일의 말이, 왜 한국 정부와 한국인들은 통일에 무심하냐는 그녀의 질문이 떠올랐다. 극도의 긴장 상태에서도 자꾸 서글픈 마음이 들었다. 나의 조국이 북한 동포들의 인권에 대해 관심을 가져주지 않는다는 것이, 내게 스피커를 쥐어준 곳이 우리나라가 아니라 미국이나 유럽 같은 열강이라는 것이, 잠시 후면 다른 나라 사람들에게 우리가 하는 일을 도와달라고 외쳐야 한다는 것이 마음 아팠다.

* * *

"제가 초등학교 졸업반이던 1992년, 함경북도 회령시에서 찍은 사진입니다. 북한의 배급 체계가 무너지기 전이었습니다."

무대 위의 스크린에는 20여 년 전에 찍은 흑백사진이 띄워져 있었다. 교정의 동상을 배경으로 초등학교 학급 친구들과 함께 찍은 단체 사진이었다. 햇볕에 눈이 부셨을까, 아니면 낯선 카메라가 어색했을까. 첫 번째 줄에 앉은 나는 얼굴을 찡그린 채 카메라를 바라보고 있었다. 작고 여윈 아이. 나는 낡아버린 사진을 잠시 바라보다가 말을 이었다.

"제가 중학교에 다닐 때 우리 학급에는 빈 책상이 늘어나기 시작했습니다. 1994년 이후 북한에서는 나의 친구들을 포함한 많은 사람들이 굶어 죽었습니다. 제가 살던 탄광마을에서는 사람들이 먹을 것을 찾아 산과 들을 헤맸습니다. 나무껍질을 벗겨 먹고 풀을 뽑아 먹고 흙을 캐서 먹던 그 사람들은 대부분 굶어 죽었습니다. 그들은 나의 뒷집에 살던 사람이었고, 옆집에 살던 이웃이었으며, 나의 학급 친구들이었습니다. 1995년 4월에는 나의 할머니도 굶주림으로 돌아가셨습니다. 저와 가족들은 그 모습을 지켜볼 수밖에 없었습니다.

지난 70년 동안 김 씨 집안은 북한 주민들을 속여왔습니다. 나의 가족과 친구와 이웃이 죽어가는 그 순간에도 학교 선생님들은 북한식 사회주의가 최고라고, 우리는 전 세계에서 가장 행복한 국민이라고 가르쳤습니다. 김정일은 굶주린 주민들을 향해 곧 식량 배급이 재개될 것이니 일을 하라고 압박했습니다. 저는 아주 나중에야 그때 이미 북한의 배급 시스템이 붕괴된 상태였다는 것을 알게 되었습니다. 가장 가난한 지역들에는 일부러 식량을 배급하지 않았다는 사실도 알게 되었습니다.

우리 마을 끝에는 22호 정치범 수용소가 있었습니다. 여기에서 정치범들은 매일 1,200톤의 석탄을 생산했습니다. 우리는 그 석탄을 팔면 먹을 것을 살 수 있다고 생각했고, 저희 가족은 밤마다 군인들의 감시를 피해, 달리는 석탄열차에 올라탔습니다.

저는 지금도 석탄 자루의 무게를 기억합니다. 키 120센티미터, 몸무게 20킬로그램에 불과했던 굶주린 소년에게 그것은 너무나 힘든 일이었습니다. 그때 저는 매우 말랐기 때문에 석탄을 실은 배낭을 메면 등짝의 피부가 쓸리면서 벗겨져 피가 나곤 했습니다…."

나는 잠시 말을 멈추었다. 달리는 열차 위에서의 상황이 생생하게 떠올랐다. 석탄가루를 뒤집어쓴 새까만 사람들이 미친 듯이 석탄을 자루에 퍼 담던 모습, 그들 사이에 섞여 악착같이 석탄을 챙기는 열다섯 살의 내 모습이 기억났다. 시퍼런 불빛이 번쩍이던 열차 위의 고압선과, 살이 찢겨나가는 듯한 두만강의 매서운 강바람과, 맨손에 닿는 살단과 삽석의 감촉까지…. 아픈 기억이 한꺼번에 떠올라 나는 자꾸 목이 메었다.

“1996년 3월 7일 새벽에도 저는 달리는 석탄열차에 올라탔습니다. 차량 번호는 4031호였고, 제가 탄 열차에는 60톤의 석탄이 실려 있었습니다. 열차 위에는 저처럼 석탄을 훔치기 위해 올라탄 마을 사람들이 있었고, 눈과 이를 제외하면 사람들은 석탄가루로 새까맸습니다. 저는 며칠 동안 굶은 상태였기 때문에 어지러웠습니다. 결국 다음 역에서 내리기 전 정신을 잃고 열차에서 떨어지고 말았습니다.

정신을 차렸을 때 저는 철로에 누워 있었습니다. 왼쪽 다리는 열차에 잘린 상태였습니다. 숨을 쉴 때마다 다리에서 피가 푹푹 뿜어져 나왔습니다. 그때의 공포와 고통은 어떤 말로도 표현할 수 없습니다. 다리를 잡아 피를 멈추게 하려던 저는 이미 손가락마저 잘려나간 뒤라는 것을 알게 되었습니다.

저는 아버지, 어머니, 여동생을 차례로 부르면서 살려달라고 울부짖었습니다. 영하의 날씨는 저를 더 고통스럽게 했습니다. 여동생이 저를 찾았지만 할 수 있는 것은 목도리와 옷을 벗어 상처를 덮어주는 것뿐이었습니다. 철도 관계자들이 달려온 뒤에야 저는 병원으로 이송될 수 있었습니다.

병원에 도착했지만 저는 여전히 춥고 고통스러웠습니다. 수술실에 누워서 바라봤던 수술도구들이 기억납니다. 수혈도 마취도 없었습니다. 제 다리를 톱으로 자를 때 느껴지던 그 진동과 떨림이 지금도 생생합니다…."

나는 말을 더 잇지 못하고 눈물을 흘리고 말았다. 그때의 고통이, 그때의 공포와 추위와 아득함이 고스란히 떠올랐다. 살려달라는 나의 외침과, 가만히 있으라는 의사의 호통과, 수술실 밖에서 울부짖던 어머니와 여동생의 통곡소리가 들리는 것 같았다. 한낱 고깃덩어리처럼 널브러져 있는 나의 몸을, 생살을, 뼈를, 힘줄을 자르던 의사의 무표정한 얼굴도 아른거렸다. 끔찍했던 고통과, 눈앞이 캄캄해지면서 몇 번이나 정신을 놓아버리던 순간과, 나의 뺨을 때리며 의사가 집요하게 던지던 질문도 떠올랐다.

너는 왜 살아야 하느냐고.

"우리는 항생제도 진통제도 없이 집으로 돌아왔습니다. 사고 이후 하루하루를 버텨내는 것이 죽음보다 힘들어서 저는 밤마다 죽여달라고 소리를 질렀습니다. 동생들이 힘들게 구해온 음식을 먹을 때마다 죄책감을 느꼈습니다. 그때까지도 북한의 식량난은 나아질 기미가 보이지 않았고, 당 간부를 제외한 모든 사람들이 굶주리고 있었습니다.

나의 어린 동생은 하루 종일 시장과 역전을 헤매며 몇 올의 국숫발을 구해왔습니다. 저는 지금도 동생이 제 입에 넣어주던 그 국숫발의 맛을, 다친 형을 살리고 싶어 했던 동생의 눈빛을 잊지 못합니다.

석탄 판 돈을 제 약값으로 써버렸기 때문에 제 몸이 나을 때까지 동생들은 풀을 뜯어 먹어야 했습니다. 여름이 되자 제 다리에서는 괴사가 진행되었습니다. 악취가 났고 뼛조각이 살 밖으로 튀어나왔습니다. 사고가 난 지 240일이 지난 후에야 고통은 수그러들었습니다. 저는 미래가 없다고, 꿈을 잃었다고 생각했습니다. 여러 번 자살을 생각하기도 했습니다.

2000년, 저는 먹을 것을 구하기 위해 목발을 짚고 중국으로 건너갔습니다. 중국에서는 가축들이 우리 가족들보다 훨씬 더 잘 먹고 있었습니다. 우리가 세상에서 가장 행복한 국민이라는 당국의 말은 거짓이었습니다. 몇 킬로그램의 쌀을 구해서 북한으로 돌아왔지만 저는 경찰에 잡혔고, 경찰은 저에게 '너 같은 병신은 공화국의 수치'라고 말했습니다. 저는 함께 잡힌 다른 사람들보다 훨씬 더 심한 고문을 당했는데 왜냐하면 제가 수령의 이미지에 먹칠한 장애인이기 때문입니다. 그 일은 제 마음에 큰 상처가 되었습니다.

그런 불의가 계기가 되어 저는 북한을 탈출할 결심을 하게 되었습니다. 2006년 저는 목발을 짚고 남동생과 함께 두만강을 건넜습니다. 북한을 떠나기 전 아버지에게 술 한 잔을 올렸던 일이, 눈물을 흘리던 아버지의 모습이 기억납니다.

두만강을 건넌 뒤 저는 중국, 라오스, 미얀마를 거쳐 6천 킬로미터를 이동해 태국에 도착했습니다. 긴 여정 가운데에서도 가장 힘들었던 순간은 라오스의 국경을 넘을 때였습니다. 목발을 짚고 걷는 것이 너무나 힘들어서 차라리 이곳에서 죽고만 싶었습니다. 북한에서 태어난 것이 원망스러웠고, 만약 살아서 이곳을 벗어난다면 누구도 나와 같은 일을 당하지 않도록 만들겠다고 맹세했습니다.

2006년 7월, 저는 서울에 도착했습니다. 그때 저의 소원은 의족과 의수를 가지는 것이었습니다. 대한민국 정부는 그것을 제공해주었습니다. 저는 이 기쁨을 아버지와 나누고 싶어서 북한에 연락을 시도했습니다. 고향의 지인들과 연락이 닿았지만 아버지는 이미 돌아가신 뒤였습니다. 가족들이 모두 탈북하고 아버지가 마지막으로 탈북을 시도하다가 보위부에 잡혀 고문을 당하고 감옥에서 숨을 거둔 것이었습니다. 가족이 없기 때문에 아버지의 시신은 한동안 빈집에 방치되어 있었다고 합니다.

제 가족의 비극과 저의 장애에도 불구하고 저는 포기하지 않았습니다. 제가 대학에 가기를 원하셨던 아버지의 바람대로 저는 한국에서 대학을 졸업했습니다. 그리고 북한 인권의 대변자가 되기로 결심했습니다. 작은 사무실에서 친구들과 함께 나우를 창립하고 지난 4년간 여성, 어린아이, 장애인 등 여러 탈북자들을 중국에서 구출해냈습니다. 그 숫자는 100여 명이 넘습니다.

북한 사람들은 인터넷을 사용하지 못하기 때문에 저희는 라디오를 통해 북한 주민들에게 진실을 알리고 있습니다. 또한 저는 북한 안에 진실을 알리는 것뿐 아니라 북한 바깥에 진실을 알리는 것도 중요하다고 생각합니다. 그것이 제가 오늘 이 자리에 선 이유입니다. 앞으로도 저는 진실을 알리는 일을 멈추지 않을 것입니다. 오로지 진실만이 북한에 변화를 가져올 것이라 믿기 때문입니다."

나는 무대 한쪽에 놓여 있던 목발을 향해 걸어갔다. 그리고 목발을 들고 사람들을 바라보았다.

"이것은 제가 1만 킬로미터를 건널 수 있게 해준 목발입니다. 이 목발은 제가 어떤 상황에서도 포기하지 않았음을, 모든 것을 이겨내고 끝내 자유를 찾았음을 상징하는 물건입니다. 또한 돌아가신 나의 아버지가 만들어주신 마지막 유품이기도 합니다. 앞으로도 저는 북한의 자유와 해방을 위해 제가 할 수 있는 일들을 해나갈 것입니다. 여러분이 함께해주셔야 합니다. 제가 힘겹게 찾은 이 자유를 죄책감 없이 누릴 수 있도록 여러분이 함께해주십시오!"

나는 목발을 높이 치켜들었다. 객석에서 우레와 같은 박수가 쏟아져나왔다. 사람들이 하나둘 자리에서 일어나더니 이내 모든 관객들이 기립박수를 보냈다. 나는 목발을 치켜든 채 몇 번이고 외쳤다.

"함께해주십시오! 함께해주십시오!"

• • •

오슬로 자유포럼이 있은 지 약 3년 후, 나는 백악관의 대통령 집무실에 서 있었다. 꽃제비 공연을 하던 날, 그저 바라보기만 했던 곳, 우리의 목소리를 단 한 번만 들어주기를 바랐던 곳이었다. 그리고 내 앞에는 뉴스와 신문에서만 봤던 키 큰 금발머리의 남자가 서 있었다. 도널드 트럼프 미국 대통령이었다. 그는 커다란 창문으로 들어오는 햇볕을 받으며 내게 말을 걸어왔다.

"미국에 잘 오셨습니다. 당신의 이야기를 듣고 그 용기에 정말 감동했습니다."

그는 옆에 서 있던 펜스 부통령을 바라보며 말을 이었다.

"부통령도 당신의 오슬로 포럼 연설을 보고 눈물을 흘렸다고 하더군요. 전 세계인들이 당신의 이야기에 귀를 기울여야 합니다. 북한 사람들의 고통을 알아야 합니다. 진실은 언제나 강력합니다."

그의 얼굴에는 미소가 어려 있었고 목소리는 따뜻했다. 백악관에 들어서면서 내가 느꼈던 긴장과 떨림은 어느새 사라져버렸다. 외모는 전혀 다르지만 왜 그런지 대통령의 얼굴 위로 돌아가신 아버지의 얼굴이 겹쳤다.

대통령이 "전 세계인들이 당신의 이야기에 귀를 기울여야 합니다"라고 말할 때에는 눈물이 쏟아질 것 같기도 했다. 내가 사람들에게 나의 삶에 대해 이야기하는 이유는 그것이 북한 정권이 가장 두려워하고 숨기고 싶어 하는 진실을 증언하는 일이기 때문이었다. 트럼프 대통령이 자신의 국정연설에 나를 초청한 이유도 내가 알리고자 하는 그 진실 때문이었다.

2018년 1월 30일, 나는 미국 의회에서 열린 국정연설(State of the Union Address) 행사장에서 또 한 번 목발을 치켜들었다. 내 뒷쪽에는 오토 웜비어의 부모님들이 앉아 있었고, 트럼프 대통령은 연설에 앞서 웜비어의 가족을 비롯해 참석자들을 소개했다. 그가 마지막으로 소개한 사람은 나였다.

"… 1996년 성호 씨는 북한에서 굶주리던 아이였습니다. 어느 날 그는 열차에서 석탄을 훔치려고 했습니다. 음식을 구하기 어려워 석탄과 바꾸려던 것입니다. 그 과정에서 그는 굶주림에 지쳐 철로 위에서 정신을 잃었습니다. 그가 깨어난 건 열차가 그의 다리 위로 지나간 뒤였습니다. … 지금 성호 씨는 서울에 살면서 다른 탈북자를 구하고, 북한 정권이 가장 두려워하는 진실을 북한에 방송으로 알리고 있습니다. 이제 그에겐 새 다리가 생겼습니다. 하지만 성호 씨는 자신이 얼마나 먼 길을 왔는지 기억하기 위해 예전에 쓰던 목발을 여전히 간직하고 있습니다. 당신의 위대한 희생은 우리 모두에게 감명을 줬습니다. 고맙습니다."

소개가 끝났을 때 나는 자리에서 일어나 목발을 높이 들었다. 그 목발은 내가 모든 것을 이겨내고 끝내 자유를 찾았음을 상징하는 물건, 아버지가 만들어주신 마지막 유품이었다. 그러나 나는 이제 이 목발이 내 삶의 상징이 아닌, 다른 누군가의 새로운 상징이 되길 바란다. 북한 주민들의 자유와 해방을 이뤄내는 희망의 상징이.

진실은 언제나 강력하다. 나는 오로지 진실만이 저 얼어붙은 북한 땅에 자유의 봄을 가져올 수 있다고 믿는다. 그것이 바로 내가 이 긴 이야기를 쓰게 된 이유다.

/ 에필로그 /

내가 닿은 포구는 어디인가

"제가 함경북도 청진에 살았는데 여기에 수남 시장이라고, 고양이 뿔 빼고 다 있다는 큰 시장이 있었거든요. 한국 제품은 물론이고 미제, 일제, 동남아시아 제품까지 뭐든 살 수 있는 곳이었는데요…."

카페는 빈자리 없이 사람들로 가득 차 있다. 북한 장마당에 관해 이야기하고 있는 강연자는 스물세 살의 탈북 청년이다. 강연을 듣는 관객은 20~30대의 한국 청년들이다.

2013년부터 시작된 이 행사는 탈북 청년들과 한국 청년들이 북한 주민의 삶과 사고방식, 소소한 일상에 대해 이야기를 나누는 '남북 살롱'이다. 어떻게 하면 한국 청년들에게 북한에 대한 관심을 불러일으킬 수 있을까 하는 고민에서 기획된 행사다. 나는 객석 맨 뒤에 앉아 남북 청년들이 때로는 웃음을 터뜨리며, 때로는 진지한 표정으로 북한에 대해 이야기 나누는 모습을 바라보고 있다.

남한에 정착한 탈북자는 이제 25,000명이 넘는다. 그러나 여전히 그들 대부분은 목소리 없는 이방인이다. 한때 내가 그랬듯 그들은 탈북자라는 사실을 밝히고 싶어 하지 않는다. 남한 사람들은 그들과 소통할 필요를 거의 느끼지 못한다. 특히 남한 청년들은 북한에 대해 놀라울 만큼 관심이 없다. 통일에 대해 부정적인 의견도 높다. 서운하지만 당연한 일인지도 모른다. 남북이 분단된 지 70년이 지났다. 북한은 세계 최빈국으로 남북의 경제 규모 차이는 40배가 넘는다. 사람들에게는 통일이 이뤄낼 장기적인 효과보다 그 과정에서 남한이 감내해야 할 지난한 상황이 더 크게 와닿을 수 있다.

어떤 사람들은 나우에 묻는다. 우리도 먹고살기 바쁜데 왜 우리가 북한까지 신경 써야 하느냐고. 북한 주민들의 인권이 대체 우리와 무슨 상관이냐고. 서운하지만 그럴 수 있다고 생각한다. 손과 다리가 잘린 소년이 피투성이가 된 채 살려달라고 울부짖어도 그 소년을 뛰어넘어 자신의 석탄 자루를 챙기러 가는 것이 사람이다. 사람은 그토록 나약한 존재다. 악한 것이 아니라 약한 것이다. 나도 당신도, 우리 모두가 그렇다. 내게는 그런 질문을 던지는 이들을 설득할 논리가 없다. 다만 나는 이렇게 말할 수 있을 뿐이다.

"거기에 사람이 있으니까."

다른 말이 더 필요할까? 저 한반도 북쪽에도, 저 춥고 척박한 땅에도 사람이 있다. 나 같고 당신 같은 사람이 살고 있다. 그게 전부다.

내가 생각에 잠겨 있는 사이 강연자가 이야기를 마치고 무대를 내

러간다. 잠시 후 나의 동료인 이동구 부회장이 케이크를 들고 무대에 오른다. 그는 영문을 몰라 어리둥절해 있는 나를 보며 싱긋 웃는다.

"지성호 대표님 생일이 며칠 전이었는데요, 그래서…."

옆에 있던 동료들이 나를 일으켜 세우자 회원들이 합창한다.

"노래해! 노래해! 노래해!"

쑥스러워서 어쩔 줄 모르는 내게 누군가 김 씨 왕조의 우상화를 위해 만들어진 '장군님 노래'를 불러달라고 요청한다. 남한에서는 금지된 노래지만 이런 자리에서라면 괜찮지 않을까.

"곡절도 많은 내 한생, 굽이굽이 흘러왔네. 사나운 파도를 넘어 내가 닿은 포구는 어디인가…."

겨우 몇 소절을 불렀을 뿐인데 다음 가사가 생각나지 않는다. 내가 머리를 긁적이자 사람들이 웃음을 터뜨린다. 나는 멋쩍은 표정으로 자리에 앉는다. 사람들과 웃고 떠드는 사이에도 나는 잊어버린 가사를 생각한다. 한참 후 다음 가사가 떠오른다. 그것은 '장군님의 사랑의 품'이다. 한 많은 생에서 인생의 고비를 넘고 넘어 도달한 곳이 독재자 김정일의 품이라는 뜻이다. 어떤 탈북자들은 김 씨 일가에 대한 증오심을 섞어 이 부분을 '대한민국 사랑의 품'이라고 바꿔 부르기도 한다. 나는 입속말로 다시 노래를 불러본다.

"곡절도 많은 내 한생, 굽이굽이 흘러왔네…."

나는 닭 한 마리를 먹는 것이 소원이던 소년이었다. 나는 열차에서 뛰어내리지 못한 소년, 팔다리를 잃어버린 소년, 꽃제비 왕초가 된 소년이었다. 이토록 곡절 많은 생을 살았던 나는 나를 가장 운 나쁜 사람이라고 생각하며 북한에서 태어난 운명을 저주했다.

그러나 중요한 것은 '사나운 파도를 넘은' 이후의 일들이었다. 두 다리로 세 걸음만 걸어보고 싶다고 생각했던 나는 이제 두 다리로 전 세계를 다니고 있다. 북한의 차가운 감옥에 누워 단 하루라도 자유로운 나라에서 살고 싶다고 생각했던 나는, 13년째 자유로운 나라 대한민국의 국민으로 살아가고 있다. 라오스의 정글을 헤맬 때 나는 살아서 이곳을 나간다면 나와 같은 일을 겪는 사람이 없는 세상을 만들겠다고 다짐했다. 지금 나는 북한 인권 활동가로 북한 주민들의 목소리를 대변하는 데 내 삶을 걸고 있다.

트럼프 대통령의 국정연설 때 만난 오토 웜비어의 아버지는 내게 아들의 유품인 넥타이를 선물하며 또 다른 지성호가 없는 세상, 또 다른 오토 웜비어가 없는 세상을 만들어달라고 당부했다. 나 같은 사람이 없는 세상, 그것은 이제 나의 소원이자 목표가 되었다.

"내가 닿은 포구는 어디인가."

내가 닿은 포구가 어디인지, 어딘가에 닿기는 한 건지 나는 여전히 모르겠다. 다만 나는 누군가의 포구가 되어주려고 한다. 오슬로 자유포럼 연설의 마지막에 내가 외쳤듯 누군가의 포구가 되어주는 그 일을 나는 당신과 함께하고 싶다. 언젠가 우리는 함께 어딘가에 닿을 수 있을 것이다. 우리가 닿을 그곳에 또 다른 지성호는 없을 것이다.

1992년, 함경북도 회령시에서 찍은 초등학교 시절의 모습(첫 번째 줄 오른쪽에서 두 번째).

2010년에 북한 인권을 개선하기 위해 설립한 단체 나우(NAUH)에서
2014년에 개최한 '북한 장마당 재현 전시 행사'.

나우 설립 후 교보문고 앞에서 진행한 첫 캠페인.
앞의 피켓에는 '나는 행복한 사람입니다'라는 문구를,
뒤의 피켓에는 '북한에서 태어나지 않았으므로'라는 문구를 적었다.

나우를 설립한 뒤 우리는 북한 인권 상황을 알리기 위해 다채로운 행사를 준비했다.

나우에서 기획한 연극 〈꽃제비〉.
꽃제비들의 삶을 가감 없이 그린 이 연극은 실제 탈북민이 극본을 쓰고 연기하고 연출했다.
이춘범, 주옥경, 주은주, 주일룡, 지철호, 최일남, 최태준이 출연을, 엄태리가 감독을,
홍수정이 통역을 맡아주었다.

2015년 5월 노르웨이에서 열린 오슬로 자유포럼에 참가하여 북한 인권 상황에 대해 증언했다.
이 증언을 시작으로 전 세계인들이 북한 인권에 대해 관심을 갖기 시작했다.

〈꽃제비〉 공연 연습.
나는 이 연극에서 의수와 의족을 벗고 북한에서 잃어버린 팔과 다리를 온전히 드러냈다.
연극의 진정성이 솔직한 자기 고백에서 온다고 믿었기 때문이다.

2017년 백악관 앞 공원에서 〈꽃제비〉를 공연하는 모습.
나우는 북한의 인권 상황을 알리겠다는 목표 하나로 미국 순회 공연을 진행했다.

2017년 10월 옥시데이 재단(OXIDAY FOUNDATION)에서 수여하는
커리지 어워드(COURAGE AWARD)를 수상했다.
이 상은 매년 전 세계에서 자유와 민주주의를 위해 활동한 사람을 선정해 수여하는 상이다.

2018년 1월 30일 트럼프 대통령은 첫 국정연설에서
"지성호의 이야기는 모든 인간의 자유에 대한 갈구를 말해주고 있다"며 나를 소개했다.

2018년 미국의 첫 국정연설에 참석하여 처음으로 트럼프 대통령을 만났다.
트럼프 대통령이 나에게 보여준 관심은 북한 주민을 향한 것이기도 했다.

2018년 백악관에서 펜스 부통령(가운데)을 만날 수 있었다.
펜스 부통령은 북한 인권 문제에 대해 많은 관심을 보였다.

THE WHITE HOUSE

WASHINGTON

March 13, 2018

Mr. Ji Seong-ho
Seoul, Republic of Korea

Dear Seong-ho,

Thank you for being our guest at the State of the Union Address. It was truly an honor to have you with us and to share your remarkable story with America.

Your great sacrifice is an inspiration to us all, and a testament to the yearning of the human soul to live in freedom. We hope the enclosed photos will serve as a reminder of your experience at the State of the Union Address and a small token of our respect and support.

We send our best wishes to you and your family for good health, happiness, and prosperity.

Sincerely,

THE VICE PRESIDENT

WASHINGTON

March 26, 2018

Mr. Ji Seong-ho

Dear Mr. Ji:

Karen and I were honored to meet with you during our recent visit to the Republic of Korea. Your bravery is an inspiration. We know you have overcome many challenges, and we commend you for your courage and sacrifice.

The United States remains deeply concerned for the welfare of the North Korean people and the plight of North Korean refugees. Regardless of what side of the line they live on, Koreans share the same desire to live with dignity and to have their human rights respected. They deserve the same freedoms and the same opportunities.

Your courage and willingness to share your story provides valuable testimony that the United States is able to use to raise international awareness of the regime's terrible human rights record. Please know that I remain grateful for your voice in helping to inform these efforts by sharing your understanding of North Korea.

Thank you again for our meaningful visit. You have my best wishes in the days ahead.

Sincerely,

Michael R. Pence
Vice President of the United States

트럼프 대통령과 펜스 부통령이 나우 사무실로 보내온 감사 서한.

2018년 2월 2일 트럼프 대통령이 나를 비롯한 탈북자 여덟 명을
백악관에 초청하여 북한 인권 상황에 대한 이야기를 경청했다.
트럼프 대통령은 북한의 참혹한 인권 상황을 잘 알고 있다며
북한의 인권 상황 개선에 대한 자신의 의견을 강력히 피력했다.

2018년 12월 18일 백악관에서 열린 크리스마스 연회에 초대되었다.
2018년 한 해에만 트럼프 대통령을 세 번이나 만나는 기회를 가졌다.

오토 웜비어의 아버지와 형제.
그들은 나에게 웜비어의 유품인 넥타이를 선물하며 또 다른 오토 웜비어가 없는 세상,
또 다른 지성호가 없는 세상을 만들어달라고 당부했다.

나의 목발이
희망이 될 수 있다면

1판 1쇄 인쇄 2019년 7월 8일
1판 1쇄 발행 2019년 7월 12일

지은이 지성호
글정리 하재영

발행인 양원석
본부장 김순미
책임편집 최은영
디자인 RHK 디자인팀 박진영, 김미선
해외저작권 최푸름
제작 문태일, 안성현
영업마케팅 최창규, 김용환, 양정길, 이은혜, 신우섭, 조아라,
유가형, 김유정, 임도진, 정문희, 신예은

펴낸 곳 ㈜알에이치코리아
주소 서울시 금천구 가산디지털2로 53, 20층(가산동, 한라시그마밸리)
편집문의 02-6443-8888 **구입문의** 02-6443-8838
홈페이지 http://rhk.co.kr
등록 2004년 1월 15일 제2-3726호

ISBN 978-89-255-6717-4 (03800)